古典詩歌研究彙刊

第六輯

龔鵬程 主編

第 8 冊

唐代懷古詩研究

柳惠英 著

國家圖書館出版品預行編目資料

唐代懷古詩研究／柳惠英 著 — 初版 — 台北縣永和市：花木
蘭文化出版社，2009〔民98〕

目 2+202 面；17×24 公分

（古典詩歌研究彙刊 第六輯：第 8 冊）

ISBN 978-986-6449-59-8（精裝）

1. 唐詩 2. 詩評

820.9104 98013921

ISBN - 978-986-6449-59-8

9 789866 449598

古典詩歌研究彙刊
第六輯 第八冊 ISBN：978-986-6449-59-8

唐代懷古詩研究

作 者 柳惠英
主 編 龔鵬程
總 編 輯 杜潔祥
出 版 花木蘭文化出版社
發 行 所 花木蘭文化出版社
發 行 人 高小娟
聯絡地址 台北縣永和市中正路五九五號七樓之三
電話：02-2923-1455／傳眞：02-2923-1452
網 址 http://www.huamulan.tw 信箱 sut81518@ms59.hinet.net
印 刷 普羅文化出版廣告事業
初 版 2009 年 9 月
定 價 第六輯 25 冊（精裝）新台幣 35,000 元

唐代懷古詩研究

柳惠英 著

作者簡介

柳惠英，韓國首爾出生，淑明女子大學畢業，台灣大學中國文學研究所碩博士，現於釜山高神大學授課。發表論文有〈對死亡的審美觀照——魏晉輓歌詩的特點與價值〉、〈陶淵明「詠貧士七首」的旨趣與「貧士」的內涵〉等。

提　　要

　　「懷古」一詞是從古以來普遍使用的詞彙，但「懷古詩」是非常獨特的詩歌體類。本文所謂懷古詩則以歷史遺跡為起興媒介，抒發對時間流逝與人事無常的悲傷的作品，試圖對懷古詩的形成過程與演變發展，作一深入系統的研究。

　　緒論指出過去對「懷古」的語意及懷古詩與詠史詩之間的混淆現象，並通過對前人研究成果的回顧，闡述懷古詩研究的必要性及本文的研究目標和方法。

　　第二章以南朝與初唐前期詩歌為對象，從題材的分化、感物對象的轉移、歷史興亡的反思等三個方面探討懷古詩的形成過程，希望彌補過去懷古詩研究的缺陷。然後繼續考察初唐後期懷古詩的內容、形式特點，以獲得了對懷古詩形成的具體而全面的瞭解。

　　由第三章至第五章分別考察了盛唐、中唐、晚唐懷古詩的特點。由於時代政局與審美趣味的變化，各階段的內容情境有所不同，對人類事功的態度由肯定逐漸變成懷疑乃至否定，大致以繁榮盛世的生命悲歌、世事無常的哀歌、人事空幻的挽歌加以概括。就表現形式而言，在形成期以盛衰對比的長篇古體較多，從盛唐開始試圖啟動懷古詩的格律化工作，中唐時期逐漸增加了對五絕、七絕、七律等各種近體格律的嘗試，到了晚唐大量出現了常變對比的七律懷古詩，這些作品充分體現著晚唐詩人「殘」的美感意識與七律的對仗效果。就遺跡憑弔而言，自從杜甫以後，以荒因失國的王朝遺跡為創作背景的作品甚多，包括玄宗遺跡在內，正反映出晚唐懷古詩人的憂患意識。此外，儘管唐代懷古詩與詠史詩各自平行發展，但因其歷史的共同因素，難免吸受彼此的藝術特點，不斷地打破彼此的界定，引起了懷古詩與詠史詩之間的許多糾葛與混淆。

　　第六章結論，總結了本文之研究所得。

目

次

第一章 緒 論

第一節 引 言

一、研究動機與命題

　　尊重傳統、重視歷史是中華民族根深蒂固的特性。周代起即設史官，以史爲鏡，春秋時更有「秉筆直書」，不惜身家性命而忠實修史職責的美談。豐富的歷史著作與完整的史籍記載，都是重視歷史的外在顯著特徵。在思想觀念上，更顯示出以古爲美的取向。後人則憑藉史家的文字記載，探知前代人事的具體情況，甚且從中吸取經驗教訓，作爲行事的借鑑與參考。不僅如此，歷史往往成爲文人表達情意的材料。中國人對過往歷史的深厚情感，早已產生出「詠史詩」此一特殊的詩歌類型。不過，吟詠歷史的詩歌體類並不是僅有詠史詩，還有一種特殊類型，即懷古詩。明人高棅曾經指出：「元和後，律體屢變，其間有卓然成家，皆自鳴所長。若李商隱之長於詠史，許渾、劉滄之長於懷古，〔註1〕此其著者也。」（《唐詩品彙·七言律詩敘目》）可見，懷古詩確實是有別於詠史詩的詩歌體類。那麼，懷古詩究竟是

〔註1〕 明·高棅：《唐詩品彙》（上海：上海古籍出版社，1988年7月），頁707。

何時、如何形成的詩歌體類？其與詠史詩之間究竟有何差別？這都是頗饒興味而值得研究的問題，此即本文的研究動機之一。

眾所周知，在中國詩歌發展史上，詠史詩出現甚早——東漢班固詠緹縈之作。雖然鍾嶸譏為「質木無文」，但自從班固〈詠史〉出現以來，詠史詩逐漸受到詩人的矚目，成為六朝的主要抒情媒介之一。因此，梁朝昭明太子蕭統所編《文選》一書，專設「詠史」一類。有趣的是，《文選》僅有「詠史」而沒有「懷古」一目。這證明了詠史詩在六朝詩壇的重要性，同時顯示出六朝詩以詠史為盛，懷古詩尚未形成一種獨立成體的詩歌題材。然而唐代以後則似乎以懷古為盛。怎麼說？「上續《文選》」的《文苑英華》裡僅有「懷古」一目，卻沒有「詠史」。《文苑英華》儘管分類極細而多不合理，將懷古詩分散於「墳墓」、「宅第」、「遺跡」、「宮殿」、「樓」、「樓臺」等類目中，但可以看出在唐宋詩壇興起的懷古詩創作之熱。〔註2〕這樣的編目結果，當然不是憑空而來的，或多或少反映了當時詩壇的實際創作情形。那麼，在唐代三百年的時間裡，懷古詩究竟如何演變發展呢？這無疑是一個又有趣又有待努力研究的課題。

至於本文以「唐代懷古詩」命題，則基於以下理由：

一、「登臨懷古」是中國古典文學中的永恆主題之一。懷古主題在中國文人筆下不斷地湧現，便成為唐詩、宋詞、元曲等抒情文學領域的主旋律之一。〔註3〕雖然早在唐代以前已有不少類似懷古之作，

〔註2〕《四庫全書總目》指出「梁昭明太子撰《文選》三十卷，迄於梁初。此書所錄，則起於梁末，蓋即以上續《文選》。其分類編輯，體例亦略相同，而門目更為繁碎，則後來文體日增，非舊日所能括也。」見清·永瑢等撰：《四庫全書總目》（北京：中華書局，1995年4月），卷一八六，頁1691。

〔註3〕班彪〈北征賦〉、馮衍〈顯志賦〉、蔡邕〈述行賦〉等均以懷古為其主題結構中的重要部分，及至宋、齊，懷古主題便在文學作品中因其普遍性而通俗化了。從此以後，懷古詩在「國將不國」，或改朝換代之初為多，如南北朝、晚唐、宋元之際等。宋人王安石〈桂枝香〉、辛棄疾〈漢宮春〉、周邦彥〈西河〉等詞，以及元人陸摯〈洛陽懷古〉

惟在整篇作品中所佔的分量較少，並不能成爲主導性的抒情旨歸，尚未發展爲獨立成體的詩歌體類。以多數南北朝詩人的創作經驗作爲基礎，初唐終於陸續出現以懷古爲題的作品，如李百藥〈郢城懷古〉、劉希夷〈蜀城懷古〉等。就懷古主題的發展而言，唐代懷古詩屬於承先啓後的關鍵時期，意義重大。若不瞭解唐代懷古詩的形成、發展過程，則未能掌握懷古主題發展的一大關鍵。

　　二、就唐詩之研究而言，前人多集中於邊塞、山水、社會詩等題材。並且，大多以懷古爲研究旨趣者，偏重於中晚唐時期的重要作品與懷古詩的審美表現方式及懷古詩的定義問題，很少人對唐代懷古詩做一全面性的論述，與唐詩研究盛況相比，可謂一大缺憾。若能全面地掌握唐代懷古詩發展的具體面貌，必當有助於瞭解唐代詩人的抒情特質與審美情趣，並且通過與既有的詠史傳統相比照，能夠解決兩類詩歌之間一直存在的許多糾葛和混淆。

二、前人研究成果的回顧

　　目前爲止，關於懷古詩的研究，累積得不少。大致而言，學界的研究趨勢，從懷古詩與詠史詩的區別逐漸轉向懷古詩本身。在古典詩的分類上，詠史詩與懷古詩之間一直存在著許多糾葛和混淆，有將懷古詩視爲詠史詩的一類者，有將詠史視爲懷古的一類者。〔註4〕因此，

等十七首、張養浩〈潼關懷古〉等散曲，皆是中國文士心靈的吐露，憂患意識增強了他們的滄桑興亡之嘆，也加深了他們對生命本質的思索，他們的苦心，融化到了一首首懷古作品中。參閱廖蔚卿：〈論中國古典文學中的兩大主題〉，《幼獅學誌》（1983 年 5 月），第 17 卷第 3 期，頁 112〜119；劉衛英、王立：〈懷古詩的詩學本質及其精神史意義〉，《求索》，1998 年第 6 期，頁 93〜97；姚大勇：〈懷古詩詞文化成因試析〉，《棗莊師專學報》，1998 年第 4 期，頁 4〜10。

〔註4〕　齊益壽師將詠史詩分爲史傳型、詠懷型、史論型三類，蕭馳在〈歷史興亡的詠歎──詠史詩藝術的發展〉一文中又將「攬碎古今巨細，入其興會」的懷古詩視爲詠史詩的一種類型。然而，王立繼承歷代詩論家的觀點，將詠史詩納入在「向後看」的價值追索意向的「懷古主題」範圍之內。詳見齊益壽師：〈談六朝詠史詩的類型〉，《中華

學界集中探討懷古詩與詠史詩的差別，取得了相當豐富的成就。後人以這些研究成果爲基礎，進一步研究懷古詩的思想內容、表現形式及淵源。本文將從懷古詩與詠史詩的區別標準、懷古詩思想藝術特點的發掘及懷古詩的淵源探索等三個方面，回顧前人的研究成果，以作爲本文的研究基礎。

（一）懷古詩與詠史詩的區別

研究唐代詠史詩的發展與特質的廖振富就說「詠史與懷古兩種類型的含蓋對象固然有所重疊，難以作壁壘分明的界定，但二者的內容特質仍各有不同偏向，彼此均不能涵蓋對方、取消對方。」〔註5〕雖然難以界定，但還是各有不同偏向。那麼，懷古詩究竟是什麼？元朝方回的言論，值得我們參考：「懷古者，見古跡，思古人。其事無他，興亡賢愚而已。可以爲法而不之法，可以爲戒而不之戒，則又以悲夫後之人也。」〔註6〕「見古跡，思古人」則指「懷古」類的創作緣起；「其事無他，興亡賢愚而已」則指「懷古」類的內容；「可以爲法而不之法，可以爲戒而不之戒，則又以悲夫後之人也」則指方回對「懷古」類的個人感想。雖然方回所謂的「懷古」是包括懷古詩與詠史詩的作爲詩歌分類項目的懷古，有異於本文所說的作爲詩歌題材的懷古，但後代研究者嘗試區別懷古詩與詠史詩時，大致從方回指出的創作緣起與內容情志加以判別。

蔡英俊在《興亡千古事》之〈導論〉中說，懷古詩與詠史詩的區分就在於對歷史題材所採取的寫作態度上，即在於議論與抒懷這

文化復興月刊》（1977 年 4 月），第 10 卷第 4 期，頁 9～12。；蕭馳：〈中國詩歌美學〉（北京：北京大學出版社，1986 年 11 月），頁 124～144。；王立：《中國古代文學十大主題》（瀋陽：遼寧教育出版社，1990 年 8 月），頁 104～128。

〔註5〕 廖振富：《唐代詠史詩之發展與特質》（台北：台灣師範大學國文研究所碩士論文，1989 年），頁 11。

〔註6〕 宋·方回編：《瀛奎律髓》（北京：中國書店，1990 年，掃葉山房藏版影印本），卷三，頁一。

兩種成分在作品中所占有的比例：「一般說來，詠史詩篇的作者，
對於歷史事件或人物所抱持的態度，往往是智性的、分析的，因此
這一類作品都偏向於採取議論的方式；至於懷古詩篇的作者，他們
往往是抱著一種感性的、觀賞的態度面對歷史事件或人物，因此，
他們的作品都偏向於抒發個人的感想與襟懷，抒情的成分多於議
論。」〔註7〕劉若愚認為詠史詩一般指示一種教訓，或者以某個史
實為藉口以評論當時的政治事件；懷古詩則以朝代的興亡與自然的
永恆相對照而產生幻滅感。〔註8〕廖蔚卿亦認為「詠史詩借一二古
人古事以喻況自己，發揮個人情志，或對一二古人古事加以批評，
懷古詩則表達生命無常的歷史悲感，所反省的是眾人共同的命運，
是社會的也是自然律的生命困境。」〔註9〕那麼懷古詩與詠史詩之
間內容情志的差別是如何產生的呢？詩人對歷史題材所採取的寫
作態度上的差別從何來？方回點到為止──「見古跡」，可惜並沒
有具體說明。清代學者開始關注懷古詩的創作緣起上的特點。

　　清人沈德潛云：「懷古必切實地」。〔註10〕王夫之又云：「吊古
詩必如此乃有我位，乃當時現量情景。不爾，預擬一詩入廟黏上，
饒伊議論英卓，只是措大燈窗下鑽故紙物事。」〔註11〕當今學者施
蟄存繼承了傳統觀念，進而對懷古、詠史、詠懷三種詩類加以區別：
「詠史詩是有感於某一歷史事實，懷古詩是有感於某一歷史遺跡。

〔註7〕 蔡英俊：《興亡千古事》（台北：故鄉出版社，1980年10月），頁10。
〔註8〕 劉若愚在〈中國人的一些概念與思想感覺的方式〉一文中，曾經討
　　　　論過時常構成中國詩的實際主題或者基礎構架而可能被西洋讀者
　　　　所誤解的，一些典型的中國概念與思想感覺方式。他認為中國詩人
　　　　對歷史的獨特感覺方式，孕育出有別於詠史詩的懷古詩此一詩歌特
　　　　殊類型。見劉若愚：《中國詩學》（台北：幼獅文化，1985年6月），
　　　　頁82～84。
〔註9〕 同註3，頁104。
〔註10〕清・沈德潛：《說詩晬語》，見丁仲祜編定：《清詩話》（台北：藝文
　　　　印書館，1977年5月），卷下，頁678。
〔註11〕蕭馳：〈中國詩歌美學〉（北京：北京大學出版社，1986年11月），
　　　　頁130。

但歷史事實或歷史遺跡如果在詩中不佔主要地位，止是用作比喻，那就是詠懷詩了。」〔註12〕降大任亦認爲「二者的形式可以相同，又均涉及歷史題材：其差別只有很細微但又很明顯的一點，即歌詠的觸發點不同。……總之，詠史詩是直接由古人古事的材料發端來創作的，懷古詩則需有歷史遺跡、遺址或某一地點、地域爲依託，連即吟詠與之有關的歷史題材。」〔註13〕二位學者都認爲，詠史、懷古兩類都以歷史爲情感寄託的詩作，詠史詩是因讀史而詠，與古蹟或實地景物無關；懷古詩則因實際登覽古蹟或特定地點，由眼前所見景物觸發而詠。他們清楚地指出，除了內容情志以外，創作緣起也是懷古詩、詠史詩分別的重要區別標準。蕭馳則在〈歷史興亡的詠歎〉一文中更詳細地說明二類詩歌創作緣起上的差別所引起的內容情志上的特點：「它（懷古詩）不再像詠史詩那樣是緬想的，而是履踐的；不再是過去時間的，而是現在空間的，或憑弔墓塚，或訪謁祠廟，或登山林水」。〔註14〕

總之，寫作態度所引起的內容情志上的差別固然是懷古詩、詠史詩的區別標準，但不是絕對唯一的判別根據。研究者並沒有忽略掉兩類詩歌的起興方式，進一步指出了兩類詩歌寫作觸發點上的差別與內容情志之間的密切關系。

（二）懷古詩思想藝術特點的發掘

最近，學界不再局限於二者的區別問題，而在前人研究基礎上，從不同角度對懷古詩進行綜合研究，不僅提出更精緻的區別標準，同時深入研究懷古詩的思想與藝術特點，取得了前所未有的成就。相關的成果主要有：

〔註12〕施蟄存：《唐詩百話》（台北：文史哲出版社，1994 年 3 月），頁 261。

〔註13〕降大任：《詠史詩注析》（山西：山西人民出版社，1985 年 12 月），頁 488～489。

〔註14〕同註 11，頁 131。

首先，陳清俊在《盛唐詩時空意識研究》論文裡，以時間意識爲經，古跡爲緯，探討盛唐懷古詩之內涵與特質。〔註 15〕登臨古跡，使詩人每每興發無窮感慨，潛藏於心的時間意識亦隨之油然而生，故懷古詩人注重表現的幻滅之悲與時間意識的關係頗爲密切。因此，他指出了時間意識是懷古詩吟詠的主題，時間意識之有無，正可以作爲詠史與懷古詩的判別標準。並且，該文以張法的研究作爲基礎，進而分析盛唐懷古詩的三種表徵時間意識的意象——人文歷史、動植物、天文地理，有助於瞭解盛唐懷古詩的表現特點。時間意識的提出，不僅明確點出懷古詩與詠史詩的本質性差別，同時凸顯出盛唐懷古詩的藝術特點與思想價值。

其次，侯迺慧〈唐代懷古詩研究〉一文，不僅提出非常明確的區別標準，還深入探討其情意表現的形式特點。〔註 16〕她認爲，詠史與懷古在面對歷史人事的題材時，其所專注的層面完全不同。詠史詩不論是詠贊、敘述或議論，其所關注的完全停留在人物與事件的作爲因果、是非成敗等事實上，所提出的歷史見解終究都只是環繞在現象面。但懷古詩則截然不同，在面對複雜曲折的歷史人事時，幾乎擺脫人事的種種作爲與是非成敗等評斷，而直接看到在恆常的時空背景底下生命與歷史的眞實本質——變。若從詩歌的精神來看這兩類詩歌，就發現詩人情意投射的對象層次完全不同，即詠史詩所關注的是歷史的現象，懷古詩則爲生命的本質。〔註 17〕此外，該文分別由意象結構與文字結構兩方面去分析懷古詩穩定化的表現特

〔註 15〕陳清俊：《盛唐詩時空意識研究》（台北：國立台灣師範大學國文研究所博士論文，羅宗濤指導，1996 年），頁 73～107。

〔註 16〕侯迺慧：〈唐代懷古詩研究〉，《中國古典文學研究》（台北：中國古典文學研究會，2000 年 6 月），頁 35～58。

〔註 17〕蕭馳曾經說：「如果說以往的詠史是詩人投影到歷史人物中去，那麼，在懷古詩中我們則看到詩人開始直接把自身的現實也作爲一種歷史存在來反思了。」可見，他也注意到兩類詩歌的情意投射方式的差別，可惜點到爲止，未加充分發揮。同註 11，頁 135。

色，可以說是富有啓發性的論述。她從自然與人文意象的對比結構中討論懷古詩對宇宙與人事的見解，尤其對關於月亮、山川、植物、流水等懷古詩常見的自然意象的含意解釋，相當精彩。她又討論懷古詩中常見的「自」、「猶」、「還」、「唯」等文字與問句對於懷古主題開展上的重要功能，值得我們注意。

最後，大陸學者田耕宇在《唐音餘韻——晚唐詩研究》一書中，不僅從「人的覺醒」的高度來分析晚唐懷古詩的思想價值，還從律詩的對仗特點來分析晚唐七律懷古詩的審美特質。〔註18〕他對懷古詩、詠史詩的區別標準基本上與侯迺慧的並無二致，但以「終極關懷」、「現實關懷」等詞來有效地概括懷古詩與詠史詩的主旨及其差異。並且，晚唐詩人常常以七律懷古詩的形式，表現他們在審視了大唐帝國的興衰之後的思考。這種對歷史的思考以懷古的形式出之，突破了前人籠統稱爲「詠史」的域界，將懷古從詠史中剝離出來，並將對歷史反思的領域擴大到對存在的終極關懷。

由此可見，懷古詩研究不再停留於詠史詩與懷古詩之間的區別問題，進而探討懷古詩的表現特點與思想價值。有賴於以上許多學者的努力研究，懷古詩終於擺脫「消極性」的印象，能夠進入中國詩歌史上的主流類型之一，開始受到它應受的注意。

（三）懷古詩的淵源探索

由於研究者對懷古詩的定義有所不同，故論及懷古詩的源頭時，所列舉的作品並不一致。

首先，張法認爲唐代「金陵懷古」是「亡國之悲」模式的完美表現，且將《詩經・王風・黍離》視爲「亡國之悲」的原型。〔註19〕懷古詩的觸景生情的創作特色或多或少受到此詩的影響，此詩的景物描

〔註18〕田耕宇：《唐音餘韻——晚唐詩研究》（成都：巴蜀書社，2001 年 8 月），頁 143～157。

〔註19〕張法：《中國文化與悲劇意識》（北京：中國人民大學出版社，1989 年 1 月），頁 132～134。

寫、感懷本質，尚不能與後世的懷古詩相提並論。(詳見第二章之第
一節)

　　其次，廖蔚卿在〈論中國古典文學中的兩大主題〉一文中說，懷
古主題是首先由天才作者屈原加以展示的。〔註20〕她認為，懷古意識
情態的出現與形成，既關連著哲學的省思，亦關連著時代社會的整體
活動。因而，詩經中所表現的孤絕意識有別於「懷古」的反省。相形
之下，屈原遭讒流放的生活經驗，及國家社會的紛亂處境所激發的忠
君愛國的情操，構成了他有志難伸的疏離和孤絕之悲，所以屈原作品
中亦不乏歷史的回顧，但楚辭中藉聖君賢臣暴主亂臣作為諷諭，雖有
歷史的使命感，卻並未全然構成懷古的悲痛，惟有在〈哀郢〉中，「哀
州土之平樂兮，悲江介之遺風」，「曾不知夏之為丘兮，孰兩東門之可
蕪？」展示了他「心不怡之長久兮，憂與愁其相接」的懷古情懷。

　　再次，田耕宇從「人的覺醒」的發展歷程去考察晚唐懷古詩的思
想史價值，故認為懷古詩起源於漢末〈古詩十九首〉，例如〈驅車上
東門〉、〈去者日以疏〉。〔註21〕他說，「東漢末年的社會動盪，不僅威
脅著人們的生命，而且造成了儒家思想的信仰危機。生死的思考引起
了人的覺醒，首發悲音的古詩十九首的作者，面對著荒墳古墓，唱出
了憂傷無奈的時代悲歌」。〔註22〕

〔註20〕同註3，頁116～118。

〔註21〕全詩如下：

　　　　驅車上東門，遙望郭北墓。白楊何蕭蕭，松柏夾廣路。
　　　　下有陳死人，杳杳即長暮。潛寐黃泉下，千載永不寤。
　　　　浩浩陰陽移，年命如朝露。人生忽如寄，壽無金石固。
　　　　萬歲更相送，聖賢莫能度。服食求神仙，多為藥所誤。
　　　　不如飲美酒，被服紈與素。
　　　　去者日以疏，生者日以親。出郭門直視，但見丘與墳。
　　　　古墓犁為田，松柏摧為薪。白楊多悲風，蕭蕭愁殺人。
　　　　思還故里閭，欲歸道無因。

　　見逯欽立輯校：《先秦漢魏晉南北朝詩》(台北：木鐸出版社，1988
　　年7月)，頁332。

〔註22〕同註18，頁145～146。

　　至於古詩十九首的主題，吉川幸次郎把它稱爲「推移的悲哀」，並且將〈驅車上東門〉、〈去者日以疏〉等作品歸類於「感到人生只是向終極的不幸即死亡推移的一段時間而引起的悲哀。」〔註23〕在中國文學史上，是把死亡、時間等生命本質的主題首次這麼集中而有力的加以表達的。〔註24〕無論思想內涵或起興媒介，這些作品與懷古詩之間似乎存在著不少共同點。然而，古詩十九首的「推移之悲哀」與懷古詩人的「人生如夢」之感慨似乎有本質上的差別。張淑香師曾經在〈旅人的幽情〉一文中指出：「旅人已能夠從『我』的自閉中跳出，將自己視爲整體的一部分，把自己置在宇宙人生的整體中作觀照透視，於是遂獲得某種程度的自由。就此而言，『人生如夢』乃是一種豁然開釋的體悟，一種經驗上的認知。」〔註25〕相比之下，東漢末落魄文人的生命感慨只能停留在「自我」的層面，故「在自我省思個人生命意義與價值之際，更覺人生天地間，生命短促無常的恐懼與焦慮」，〔註26〕僅有一種侷促感，看不出一種超越、延宕的自由成分。

　　最後，蕭馳認爲阮籍〈詠懷詩〉之三十一首是「從句法到音韻都

〔註23〕吉川幸次郎著，鄭清茂譯：〈推移的悲哀〉，《中外文學》6 卷第 5 期，（1977 年 10 月），頁 25。

〔註24〕呂正惠認爲古詩十九首是一個劃時代的作品，還說：「我們不能説，在古詩十九首之前，中國文學不曾處理過死亡、尤其不曾從時間的流轉上來感慨生命的短暫……我們就不得不承認，中國文化是在漢、魏之交才把時間與死亡整個的提出來加以『哲學』的思考，而古詩十九首就是這一思考在文學上最具體、最完整的表現。」見呂正惠：〈「物色」論與「緣情」說──中國抒情美學在六朝的開展〉，《文心雕龍綜論》（台北：台灣學生，1988 年 5 月），頁 293。

〔註25〕張淑香：《抒情傳統的省思與反省》（台北：大安出版社，1992 年 3 月），頁 182。

〔註26〕王國瓔師曾經詳細討論兩漢文學的抒情本質。根據王師的研究，兩漢文學充分流露對個體生命的關懷，對個人生命意義的體味，以及對個體人格獨立的尊嚴等深沈的生命感慨，但強調的往往是個人生命價值的實現，重視的是一己情懷志趣的表達，似乎停留在個人與現實的範圍。這種感懷內容與後世懷古詩有所不同。見王師國瓔：〈個體意識的自覺──兩漢文學中的個體意識〉《漢學研究》，第 21 卷第 2 期（2003 年 12 月），頁 45～76。

使人感到它啓發了陳子昂的〈燕昭王〉，可視爲後世詠懷古跡之作的先聲」。〔註27〕陳清俊也認同蕭馳的說法而說：「楚辭與兩漢詩作，懷古的主題亦未曾出現，直至阮籍〈詠懷〉詩第三十一首，覽古、弔古的傳統才逐漸形成」。〔註28〕此詩以魏都、吹臺爲空間定點，而聯繫古今，進一步興發昔盛今衰的感慨，確實是弔古覽古之作。〔註29〕然而，「尙無足夠的歷史感，詩人主要關注的仍然是『戰士食糟糠，賢者處蒿萊』的命運，及上文所說的個人憂憤。」〔註30〕作品所呈現的情懷實質確實與陳子昂的懷古之作相當類似，但尙未提升至終極關懷的層面，故與中晚唐典型的懷古詩有一段距離。

三、研究目標與方法

本文的研究目標有三：

首先，探討懷古詩的形成過程，以深入瞭解懷古詩的先天特點。前人的研究成果顯示，他們幾乎都注重討論懷古詩與詠史詩之間的異同，並未關注懷古詩的形成過程。因爲，他們將懷古詩視爲詠史詩的一種型態，故自然忽略了對懷古詩形成的探索。然而，筆者認爲，「懷古詩何時、如何形成」應該比「懷古與詠史怎麼區別」事先解決的重要事項。懷古詩形成過程才是懷古詩研究者首先關注的研究課題。其實，廖蔚卿曾在〈論中國古典文學中的兩大主題〉一文中，詳細討論懷古情懷在中國文學史中普遍化及通俗化的過程。但其過程表現在賦體，故作者的討論重點亦在賦，並未詳細討論懷古情懷在詩歌中的發

〔註27〕同註11，頁130～131。

〔註28〕陳清俊指出「黍離麥秀」之悲旣已成爲故國淪亡的代詞，懷古詩中描寫登臨前朝遺跡之作，亦不能不受其影響，但就詩作本身而論，《詩經・王風・黍離》中撫今追昔之感尚不明晰，和後世的懷古詩實不可同日而語。同註16，頁75～76。

〔註29〕阮籍〈詠懷詩〉：「駕言發魏都，南向望吹臺。簫管有遺音，梁王安在哉。戰士食糟糠，賢者處蒿萊。歌舞曲未終，秦兵已復來。夾林非吾有，朱宮生塵埃。軍敗華陽下，身竟爲土灰。」見同註22，頁502。

〔註30〕同註9，頁131。

展過程。因此，本文藉著懷古詩形成過程的探討，找出懷古詩的先天特色，以作爲唐代懷古詩研究的基礎。

其次，本文之性質屬於詩歌體類之斷代研究，故注重探討唐代懷古詩的發展歷程，以瞭解每個階段的主要特色，及演變的重大關鍵所在。在文學史上，唐詩大體分爲初、盛、中、晚唐四個階段。這種四唐的分法，由高棅《唐詩品彙》正式成立，至今廣爲文學史家所沿用。這四個階段的劃分，與社會的盛衰、政局的變化，有著密切的關係。因爲，這種外在因素，必定要引起士人精神面貌和心理狀態的變化，而詩人主觀情志的變化，又一定會影響到他們的創作傾向和藝術追求的變化。同時代作家的作品或多或少反映出同時代作家群體的共性。唐代懷古詩亦不例外，它的發展走向與整個時代由興盛走向衰敗是密切相關的。另外，文學的發展有其自身的規律，當然不能完全等同於社會發展階段的劃分，探討唐代懷古詩的發展走向時，不可忽略的文學內在因素無疑是詩歌格律化的趨勢。唐代懷古詩的演變發展可以說是與詩壇格律化的進程有密切關系。因此，本文基本上採取四唐分法，同時兼顧詩歌發展的自身規律，再加上個別作品所呈現的特點爲依據，大致分爲四個階段來進行討論：第一個階段是指從南北朝到初唐，稱爲形成期；第二個階段相當於盛唐，稱爲繼承期；第三個階段相當於中唐，包括大歷與元和時期，稱爲轉變期；第四個階段相當於晚唐，稱爲全盛期。

最後，懷古詩與詠史詩之間的交融，是普遍出現在唐代每個階段的現象。至於交融的方式，從觸景起興到寫景抒情，不斷地進化而發展，有些作品往往很難作明確的區別。只是，若說過去研究者主要從詠史詩的立場討論兩類詩歌的交融現象的話，本文則主要從懷古詩的立場去檢討兩類交融情形與其意義。希望藉由這種嘗試，能深入瞭解唐代詩人的藝術構思特點，以及其對歷史題材處理方式的變化。

第二節　「懷古詩」一詞的界定

一、「懷古」一詞的用例辨析

　　研究懷古詩時，常常讓人感到困惑的是，學界對懷古一詞的用意並不統一。「懷古」一詞，原本是從古以來非常普遍使用的詞彙，但被後人不斷地賦予以新的意涵，引起了不必要的混淆。因此，筆者必須辨析「懷古」一詞的多樣用例，作爲懷古詩涵義界定的基礎工作。

　　眾所周知，「懷古」一詞，原本意謂追念古昔，是從古以來使用的非常普遍的詞彙。

> 望先帝之舊墟，慨長思而懷古。（東漢・張衡〈東京賦〉）
>
> 弱子戲我側，學語未成音。此事眞復樂，聊用忘華簪。
> 遙遙望白雲，懷古一何深。（東晉・陶淵明〈和郭主簿二首〉）
>
> 欲蠲憂患，莫若懷古。懷古之志，當自同古人，見通則憂減，意遠則怨浮，昔有琴歌於編蓬之中者，用此也。（南朝宋・顏延之〈庭誥〉）

張衡登臨古跡而追念往昔的繁盛，陶淵明則遠望白雲，發思古之幽情，顏延之更指出了懷古思維的現實意義。懷古思維的起因或懷古的內容無論如何，「懷古」一詞確實是指追念往昔的思維方式。

　　原本意謂追念古昔的「懷古」一詞，後來便成爲詩歌分類的標準。一般分類編目的一些唐詩選集、別集多以「懷古」爲目，且仔細觀察其選錄情形，「懷古」一目兼含懷古詩與詠史詩。例如，《分類補註李太白詩》卷廿二「懷古」目下，兼收〈蘇臺覽古〉、〈越中覽古〉、〈金陵三首〉等李白代表懷古詩，以及〈西施〉、〈王昭君〉、〈商山四皓〉、〈蘇武〉等詠史詩；[註31]《集千家註分類杜工部詩》在「懷古」目下，除了〈詠懷古跡〉、〈公安縣懷古〉以外，亦收錄〈述古〉、〈遣興〉、

〔註31〕唐・李白撰，宋・楊齊賢注，元・蕭士贇補注：《分類補註李太白詩》（台北：國立中央圖書館，1990年），「目錄」頁30〜31。

〈憶昔〉等作品。〔註32〕不論其情意投射對象爲何,他們都以「懷古」來概括。這種傳統的分類標準還沿用到現在。大陸學者王立則以「懷古」一詞的原意爲基礎,繼承歷代詩論家的傳統觀念而立論「懷古主題」一說,〔註33〕試看:

> 我國素來文史不分家,文爲經邦,史爲鑑世,其懷古情結是文史作品創制的內在源泉。伴隨著對文學作用的社會功利性的強調,懷古主題價值取向形成的心理定勢遂遍及中國文學創作主題的情感機制中,終於演變爲由形式到內容的共性創作特色。〔註34〕

他將「懷古」視爲中國人非常普遍的心理習尙,且這種懷古心理習尙不僅影響了人們的價值取向,同時影響了詩人作品的題材選擇和主題開掘。懷古念故可以說既是文學史的貫穿性主題,又是中國文學表現形式上一大特色。並且,他還說「懷古內容是什麼似乎並不怎麼重要了,重要的是有這種『向後看』的價值追索意向。」〔註35〕因此,他更多地注意到詠史、懷古、詠懷三者的共同性而不做嚴格的區分,將懷古詩、詠史詩都歸於較寬泛意義上的懷古主題一類,加以討論。

此外,我們得注意廖蔚卿的懷古一詞的用例。王立與廖蔚卿都以「懷古主題」爲研究主旨,但因其對懷古一詞的定義不同,故其研究對象與範圍大有不同。廖蔚卿所謂的「懷古」,是一種特殊的意識情

〔註32〕宋・徐居仁編,黃鶴補註:《集千家註分類杜工部詩》(台北:大通書局,1974 年),「目錄」頁 39。

〔註33〕王立在緒論中表明,該書使用的「主題」一語與現今常見的含義有別,是西方文學理論中的概念,相當於古代文論術語中的「意」、「立意」。王立所謂「主題」(theme)不是絕對化地特指某一具體作品的主題,而是指瀰漫於幾首整個古代文學中的若干類較爲集中專注的情感線索、思想意旨,及其相關的藝術表現形式。它沿著人的深層文化積澱形成的內在情感指向代代傳承,有著較爲穩定的意象、題材與情感詠嘆模式,它不同於作品的具體內容本身。《中國古代文學十大主題》(瀋陽:遼寧教育,1990 年 8 月),頁 5。

〔註34〕同前註,頁 108～109。

〔註35〕同前註,頁 115。

態，並不是普遍的心理習尚，如下：

> 就懷古的意識情態而言，其基礎是建立於對人生的了解的
> 歷史認知，也是對時間的流程中的過去、現在、將來的反
> 省：在歷史中，人類將一切人爲的創作、一切事物，當作
> 他生命的促進因素，以此反抗死亡，向時間挑戰，努力使
> 人生朝向不朽和永恆，但一切形質的創建可能在時間之流
> 中改變和破壞，故亦因此引發了人類心靈的變化無常的感
> 傷，感傷於人心的毀滅性多於創建性及自然律之不可抗
> 拒，因而人類仍處於孤絕之境，自覺其疏離於時間的眞實
> 存在之外；那人類歷史過程中曾顯現過的種種朝向不朽的
> 努力，便成爲他心靈中的皈依，懷古的意識情態便如此產
> 生了。〔註36〕

她所說的「懷古」意識情態，原出於人性的關注與反省，是生活經驗
的體認，也是一種哲學的省思——根據卡西勒的說法，「空間和時間
是一切實在與之相關聯的構架。我們只有在空間和時間的條件下才能
設想任何眞實的事物。」〔註37〕懷古意識情態的構成當然與時間——
「內經驗」有密切相關。〔註38〕人在生存活動的過程中，時常感覺到
時間的三個流程（過去、現在、未來），且這一因時間意識而引發的
歷史感可以說是懷古意識情態的核心因素。儘管以懷古意識情態爲主
題的作品涉及歷史追述，似乎表現出「向後看」的價值追索意向，但
注重表現的是對整體的人類及人生的意義之反省，即生命無常的憂

〔註36〕同註3，頁104。

〔註37〕廖蔚卿自注說，對於空間與時間，死亡及歷史的反省等觀念主要取
材於卡西勒的《人論》之〈人類的時空世界〉與〈歷史〉部分。本
文中的引文，見恩斯特・卡西勒（Ernst Cassirer）著，甘陽譯：《人
論》（台北：桂冠圖書，1997年11月），頁63。

〔註38〕卡西勒試圖從歌德（Goethe）的生活與著作解釋人的時間經驗，他
說：「詩歌乃是那種人（法官）可以通過他對自己和自己的生活做出
裁決的形式之一。這就是自我認識和自我批評。這種批評不應當在
一種道德的意義上來理解，他並不意味著去對詩人個人生活作評價
或責難、辯護或定罪，而是意味著一種新的更深刻的理解，意味著
對詩人個人生活的再解釋。」同前註，頁77。

傷，故與作爲普遍心理習尚的「懷古」大有不同。

總之，作爲一種普遍心理習尚的懷古，只能說明懷古詩人的「向後看」價值追索意向，不能說明懷古詩的深刻內涵。相形之下，作爲意識情態的懷古，充分凸顯出懷古詩的思想內容。本文的研究對象，不是以懷古心理習尚爲基礎的作品，乃是以表現懷古意識情態爲作品宗旨的作品。

二、「懷古詩」一詞的界定與研究範圍

本文既以「唐代懷古詩」爲研究對象，進行正式論述之前，自須先辨明「懷古詩」之確定含意，然後據以劃定研究範圍。

對「懷古詩」一詞的界定，基本上是以前人研究成果作爲基礎，參照實際創作而定的。試將前人關於懷古詩與詠史詩之間的差異，表列如下：

	懷古詩	詠史詩
方　回	見古跡，思古人	
王夫之	當時限量情景	
沈德潛	必切實地	
施蟄存	感於某一歷史遺跡	感於某一歷史事實
降大任	以歷史遺跡、遺址或某一地點、地域爲依託	讀史而詠或直接由古人古事的材料發端
蕭　馳	履踐的、現在空間的歷史結局所包孕的哲理	緬想的、過去時間的個別歷史事件的發展
松浦友久	時間的愛惜，生命的愛惜	
蔡英俊張火慶	感性的、觀賞的態度抒情的成分多於議論	智性的、分析的態度偏於採用議論
劉若愚	朝代的興亡與自然的永恆相對比而產生的幻滅感	指示一種教訓或評論當時的政治事件
廖蔚卿	生命無常的歷史悲感人類整體命運的哀悼	喻況自己或批評古事個人感情
廖振富	消極性的歷史幻滅感	詠讚、敘述評論歷史人物事件

陳清俊	時間意識	
侯迺慧	生命本質為對象 其關注點在恆常的時空背景底下生命與歷史的真實本質，即「變」	歷史的現象為對象 其關注點停留在人物與事件的作為因果、是非成敗等事實上
田耕宇	終極關懷	現實關懷
劉學鍇	因景生情，撫跡寄慨，所抒者多為今昔盛衰、人事滄桑之慨	因事興感，撫事寄慨，所寓者多為對歷史人事的見解態度或歷史鑑戒

　　但實際上，懷古詩與詠史詩並非都是如此涇渭分明的，二者由於題材性質的近似，而有所交集、部分重疊，毋寧是必然的結果。文學類型畢竟不是一成不變的封閉系統，而是一種動態的衍化過程，隨時根據新經驗的加入而作調整、變通，故我們必須注意其類型的分化或他類之間的滲透融合現象。因此，當我們嘗試對二者加以區別時，主要著眼於內涵特色的差異加以分判，不應該執著於題目型態。

　　基於以上認知，本文所稱「懷古詩」為以古跡廢址、有特殊意義的地理位置為起興媒介，觸發深藏於心的時間意識而油然引起生命無常之悲，表現出一種消融在歷史時空裡的虛幻感之作品。

　　詠史詩在六朝時期大致因讀史而作，與古跡無關，但到了唐代則吸收懷古詩觸景生情的構思特點，多是由實際景物觸發而作，故不能以觸發因素來作為唐代懷古、詠史的衡量標準。然而，「見古跡」畢竟是懷古詩的先天特點，不應該忽略懷古詩的觸景抒情特點。廖蔚卿曾經強調，「懷古的主題不能由一個無人生存過及無歷史的虛無處開始……必以一『存在』、『實體』為定點加以展示」。〔註39〕歷史，是人類過往的全部的生活經驗。這些經驗不僅保存於文字的記載中，還見諸前人所留下的遺跡裡。在遼闊的大地上，處處可見前朝的遺址與英雄的遺跡。目睹這種歷史陳跡的詩人每每興發無窮感慨。因此，過往歷史遺留的人文景物，既是觸發懷古情懷的重要媒介，同時是懷古

〔註39〕同註3，頁105。

詩中不可缺少的重要內容。

　　最後，要附加說明的是，本文的討論範圍並不限於符合如上認定標準的懷古詩，還包括在詩題上標寫登覽某古跡的作品，甚至採取某某懷古的型態而在內容上卻屬於詠史的作品在內。因為，筆者認為，這些作品雖然不合本文所採取的認定標準，但可以把它視為是詠史、懷古的交融之作。探討懷古詩與詠史詩的交融現象，也是本文研究目標之一。因此，將懷古詩與詠史詩之交際部分的作品也歸於研究範圍，加以討論。但純屬詠史的作品，不加討論。

第二章　懷古詩的形成——由南北朝至初唐

　　論及懷古詩的源頭，有的以爲當出自《詩經・王風・黍離》，有的以爲起於阮籍〈詠懷詩〉之三十一首，有的以爲起於東漢末〈古詩十九首〉的一些作品。這些詩篇都以觸景生情爲其創作特點，但撫今追昔的歷史感尚不明晰，且所抒發的都是個人憂憤，和後世的懷古詩實不可同日而語。那麼，懷古詩究竟何時，又如何形成？

　　廖蔚卿在〈論中國古典文學中的兩大主題〉一文中，曾經詳細討論懷古意識情態在中國文學史中普遍化及通俗化過程。不過，其過程先行于賦體，故此文的討論重點亦在賦，未及探討懷古意識情態在南朝詩歌中的普遍化過程。因此，本文以廖蔚卿的研究內容與方式作爲基礎，將分兩個階段來討論懷古詩的形成過程：〔註1〕首先，從體類的分化、感物對象的轉移、歷史的反思等三個方面去討論懷古詩形成的第一階段，然後，從走出宮廷的詩風變革與懷古詩的復現、初唐後期懷古詩的繼承與創新、懷古與詠史之融合三個方面去討論懷古詩形

〔註1〕　唐詩研究者，大致按照詩歌作風的轉變，將初唐詩歌分爲兩個或三個階段論述。無論分兩類或三類，他們都注意武后帶來的社會效應及其對詩風變革的影響。因此，本文大致以詩風變革的中心人物初唐四傑的創作活動爲後期的起點，相關內容請見本章第二節。

成的第二階段，以期獲得對懷古詩形成的正確認識，進而解決存在於所謂懷古詩與詠史詩之間的許多糾葛與混淆。

第一節　懷古詩形成的第一階段——由南北朝至初唐前期

一、題材的分化：從行旅詩到懷古詩

綜覽中國文學史不難發現，每一種詩歌題材的興起，大抵是有所沿承、加以分化而逐漸完成的。〔註2〕懷古詩亦不例外，並非突然出現在初唐詩壇。那麼，懷古詩是究竟從何種詩歌題材演變出來的？也許，很多人聯想到詠史詩。因為，詠史詩早流行於六朝詩壇，並且它們都以歷史為共同材料。但這並不符合懷古詩形成的實際情況。

廖蔚卿在〈論中國古典文學中的兩大主題〉一文的最後階段，詳細說明「懷古」主題的普遍化及通俗化的過程。若我們稍加注意就發現，此文所列舉的作品，不論其文學體製如何，或詩或賦，都以「行遊」作為其寫作背景，如潘岳的〈西征賦〉、謝靈運的〈撰征賦〉、〈歸途賦〉、鮑照的〈蕪城賦〉、顏延之的〈北使洛〉、〈還自梁城作〉、〈始安郡還都與張湘州登巴陵城樓作〉等。

首先，將鮑照〈蕪城賦〉與第一首以懷古為詩題之李百藥〈郢城懷古〉相較，〔註3〕雖然有詩賦之別，發現兩者的內涵情志與表現方

〔註2〕　王瑤對由玄言到山水之變遷的解釋，可以應用到懷古詩的形成：「文學史上一種文體和流派的興起和沒落，都不是突然的事情，總有它的前趨和對後來的影響的」；「由玄言詩到山水詩的變遷，所謂『莊老告退而山水方滋』，並不是詩人們的思想和對宇宙人生認識的變遷，而只是一種導體，一種題材的變遷。」見王瑤：〈玄言・山水・田園〉，《中古文學史論》（北京：北京大學出版社，1986 年 1 月），頁 248；頁 251。

〔註3〕　事實上，中國詩歌史上第一首題為懷古的詩作不是李百藥〈郢城懷古〉，應該是陶淵明〈癸卯歲始春懷古田舍二首〉。這是陶淵明癸卯年（403）春初在田舍所寫的詠懷之作：詩人認為孔子、顏回等聖賢

式都非常類似。〔註4〕其實，美國漢學家宇文所安（Stephen Owen，
1946～）也已注意到兩篇作品之表達模式上的類似。〔註5〕大陸學者
許總又基於宇文的說法而進一步說，〈蕪城賦〉是漢代都城題材轉變
爲唐代懷古題材的關鍵作品。〔註6〕不過，許總的看法有待商榷。因
爲，據梁昭明《文選》的分類，鮑照的〈蕪城賦〉屬於「遊覽」，並
不屬於「京都」或「宮殿」類。「遊覽」可以說是在「紀行」題材基
礎上的進一步分流和獨立的。〔註7〕紀行遊覽一類，劉勰稱之爲「述
行」，並將它與「京殿苑獵」相提並論，指出它們同爲漢賦的重要題
材。〔註8〕但紀行遊覽賦與漢代京殿苑獵相比較，其寫作旨趣有所不
同：京殿苑獵類以潤色鴻業爲旨歸；紀行遊覽則以覽古抒情爲旨歸。
京殿苑獵一類大賦的鋪敍，是從客觀物象上，從空間上予以展示的，

　　　提倡的「憂道不憂貧」高不可攀，而想與長沮、桀溺、荷蓧等隱士
　　　一樣躬耕南畝，在勞動中尋找生活樂趣。此詩並未涉及歷史遺跡，
　　　主要描述詩人的生活體驗和美好的田園風光，不符合本文的「懷古
　　　詩」認定標準，筆者認爲李百藥〈郢城懷古〉才是名副其實的第一
　　　首懷古詩。

〔註4〕　廖蔚卿認爲，鮑照〈蕪城賦〉是最早完美地表現懷古主題的作品。
　　　見廖蔚卿：〈論中國古典文學中的兩大主題——從登樓賦與蕪城賦探
　　　討『遠望當歸』與『登臨懷古』〉，《幼獅學誌》第17卷第3期（1983
　　　年5月），頁88～121。

〔註5〕　Stephen Owen, The poetry of the early Tang（New Haven and
　　　London Yale University,1977）,p.38-39. 美國漢學家 Stephen Owen 已經
　　　把自己的中文名字改爲宇文所安。因此，本篇論文一律使用宇文所
　　　安這個名字，不用過去的斯蒂芬‧歐文。

〔註6〕　許總：《唐詩史》（南京：江蘇教育出版社，1995年3月），頁96～
　　　97。

〔註7〕　大陸學者于浴賢認爲紀行賦以征行之地的地理、人文掌故爲表現內
　　　容，而遊覽賦則以登覽古跡而引起對歷史及人物的思索，詠史以鑒
　　　今：紀行賦往往伴隨一路行程，在較大的活動空間中描繪出豐富的
　　　事件，遊覽賦則活動空間較固定，因此描寫的對象較集中，一事一
　　　詠，主題也鮮明突出。詳見于浴賢：《六朝賦述論》（保定：河北出
　　　版社，1999年10月）頁75～89；頁224～245。

〔註8〕　《文心雕龍‧詮賦》：「夫京殿苑獵，述行序志，並體國經野，義尚
　　　光大，既履端於倡序，亦歸餘於總亂。」見范文瀾：《文心雕龍注》
　　　（台北：台灣開明，1959年8月），卷2，頁47。

通過對都邑的規模、建築、宮觀的結構、氣勢，構成直觀的畫卷，形成宏大的氣勢，以頌聖頌美。紀行遊覽賦則是通過經歷之地的歷史事件及人物事跡的敘述鉤沈，反思歷史，從歷史變遷、朝代興衰中去感悟社會人生的本質。〈蕪城賦〉雖然以都邑為描寫對象，但其寫作旨趣、內涵情志完全不同於宮殿類大賦。可見，〈郢城懷古〉與〈蕪城賦〉之間的文學繼承關係不在「都城」題材，乃在「行遊」寫作背景。張淑香師曾經在〈旅人的幽情〉一文中詳細寫到懷古者的特殊心路歷程，值得我們參考：「當旅人逡巡的腳步，為一個歷史的記憶所吸引而駐足，在那瞬間，他彷彿獲得超越的靈視，躍入流動的多度時空，泅泳於記憶、想像與現實的交映迭疊中，他沈入以宇宙為逆旅的另一種恆古橫今的旅次，諦視、聆聽、凝想、掙扎。於是，在幻想與醒覺之間，別有幽愁暗恨生。此一幽愁暗恨，即為懷古詩歌所揭示的一種特殊的生命印記，它刻劃著旅人幽秘的內在心路的足跡。」〔註9〕「行游」無疑是懷古意識情態產生的必要條件。

然後，廖文所列舉的一些表現出由歷史古跡所觸發的懷古憂傷的作品都屬於《文選》之「行旅」類。譬如，顏延之的〈北使洛〉、〈還自梁城作〉、〈始安郡還都與張湘州登巴陵城樓作〉等。這與其是偶然或概念模糊所引起的結果，不如說是行旅詩內涵分化的體現。詩人行旅途中，偶然經過特定歷史意涵的地方或面臨歷史古跡，懷古感慨勝過行役羈旅之苦與觀賞自然之樂，思古之幽情便成為作品的抒情旨歸。以下，以顏延之兩首行旅詩為例，將要討論懷古情懷的擴展過程，即行旅詩的分化過程。試看：

> 江漢分楚望，衡巫奠南服。三湘淪洞庭，七澤藹荊牧。
>
> 經塗延舊軌，登閣訪川陸。水國周地險，河山信重複。
>
> 却倚雲夢林，前瞻京臺囿。清霧霽岳陽，曾暉薄瀾澳。

〔註9〕 張淑香師從「旅人」的特殊心路歷程來詮釋宋代懷古詞。雖然他主要討論的是幾首宋代懷古詞，無論時代或體類都與本篇論文相交集，但他那種嶄新的試圖給本論文很大的啟發。見《抒情傳統的省思與反省》（台北：大安出版社，1992年3月），頁163。

悽矣自遠風，傷哉千里目。萬古陳往還，百代勞起伏。

存沒竟何人，炯介在明淑。請從上世人，歸來薙桑竹。

（顏延之〈始安郡還都與張湘州登巴陵城樓作詩〉‧頁 1234）〔註10〕

改服飭徒旅，首路跼險艱。振楫發吳洲，秣馬陵楚山。

塗出梁宋郊，道由周鄭間。前登陽城路，日夕望三川。

在昔輟前運，經始闔聖賢。伊瀍絕津濟，臺館無尺椽。

宮陛多巢穴，城闕生雲煙。王猷升八表，嗟行方暮年。

陰風振涼野，飛雲瞀窮天。臨塗未及引，置酒慘無言。

隱憫徒御悲，威遲良馬煩。遊役去芳時，歸來屢徂僣。

蓬心既已矣，飛薄殊亦然。（顏延之〈北使洛詩〉‧頁 1233）

元嘉三年（426），文帝徵顏延之（384～456）為中書侍郎，在返京途
中，與湘州刺史張劭共登岳陽樓而寫了這首詩。前十二句注重描寫登
樓時所見，由遙遠的故楚之地至岳陽樓附近的景色，且從中寄託了行
旅過程中遊玩自然景物的欣喜愉悅——「清雰霽岳陽，曾暉薄瀾澳」。
忽然從「悽矣自遠風，傷哉千里目」句開始，基調一變，淒涼悲感籠
罩住作品的後半部。悲從何來？就從「萬古陳往還，百代勞起伏」的
體會來的。詩人的心思從「見」的景物聯想到「不見」的歷史，自然
不由得悲慨萬端。〔註11〕可惜，詩人既未敘寫懷古遐想的具體內容，
又未描述歷史遺跡的目前景象。相比之下，〈北使洛詩〉將旅途艱辛
之情和途中由見聞所生的感慨這兩種情緒滲透在景象之中：從開頭至
「日夕望三川」主要是敘行；「在昔」至「城闕生雲煙」六句，主要
寫伊洛荒涼之狀，抒寫追昔之感，選用意象也多含悲情。此詩不僅局
面闊大，山川古今與旅行融為一片，打破了行旅詩的基本格局。

　　西方美學家桑塔耶那指出過：「旅行的益處和一切可見的古跡的
非凡魅力，都在於獲得集中了許多散漫知識於其間的種種形象，否則

〔註10〕凡本文所引的南北朝詩皆以逯欽立輯校的《先秦漢魏晉南北朝詩》
　　　　（北京：中華書局，1998 年 5 月）為據，並加標頁碼。

〔註11〕所謂「見」、「不見」的觀念得自柯慶明師〈從「亭」、「臺」、「樓」、
　　　　「閣」說起——論一種另類的游觀美學與生命觀察〉一文。見柯慶
　　　　明：《中國文學的美感》（臺北：麥田出版，2000 年），頁 275～350。

就不會一起聯想到。這種形象是許多潛伏的經驗之具體象徵，聯想的深根使得它們能夠吸引我們的注意，正如一個僥幸獲得的形式或一種富麗堂皇的材料肯定會吸引我們的注意一樣。」〔註12〕詩人為何喜歡矚目旅途上的人文景物？因為，現實場景與記憶中的材料撞擊才能最大程度上激起了詩興。試看梁朝何遜（472？～519？）的作品：

> 昔在零陵厭，神器若無依。逐兔爭先捷，掎鹿兢因機。
> 呼噏開伯道，叱咤掩江畿。豹變分奇略，虎視肅戎威。
> 長蛇衄巴漢，驥馬絕淮淝。交戰無內禦，重門豈外扉。
> 成功舉已棄，凶德愎而違。水龍忽東騖，青蓋乃西歸。
> 揭來已永久，年代曖微微。苔石疑文字，荊墳失是非。
> 山鶯空曙響，隴月自秋暉。銀海終無浪，金鳧會不飛。
> 闃寂今如此，望望沾人衣。（何遜〈行經孫氏陵〉・頁 1700）

就作品結構而言，此詩與顏詩相比，省略了有關紀行敘遊的部分，直接以歷史事實的追述開篇，描寫了歷史遺跡與眼前自然，最後以涕淚作結，與顧彬所提出的唐代懷古詩結構大致相同。詩人以眼前的憑弔物作媒介，穿過時間的隧道，跳越到歷史時空，具體陳述孫權創業的情形與吳國的盛衰興亡。緊接著，詩人開始描寫今日孫權墳陵的荒涼寂寥，以及在撫今追昔的對比所引發的無限感慨。可見，此詩雖然是行旅詩，但其所抒發的並不是行旅的牢騷或離鄉的悲苦，而是古跡引發的生命感慨，可以說是完美地表現出由歷史遺跡觸發的懷古遐想、歷史遺跡的現況以及由其盛衰對比引發的無常感。再看北朝詩人盧思道（535～586）的作品：

> 少小期黃石，晚年遊赤松。應成羽人去，何忽掩高封。
> 疏蕪枕絕野，邐迤帶斜峰。墳荒隧草沒，碑碎石苔濃。
> 狙秦懷猛氣，師漢挺柔容。盛烈芳千祀，深泉閟九重。
> 夕風吟宰樹，遲光落下春。遂令懷古客，揮淚獨無蹤。

（盧思道〈春夕經行留侯墓〉・頁 2635）

〔註12〕桑塔耶那著、繆靈珠譯：《美感》（北京：中國社會科學出版社，1982年），頁 143。

本詩發端思致突兀，以發問的方式扣題，強調荒涼留侯墓給詩人的衝擊之巨大。人們對留侯的足智多謀與出世態度的崇拜與尊敬，面對其人墳墓而疑怪其不該有墓的地步。然而畢竟「墳荒隧草沒，碑碎石苔濃」的墳墓在眼前，且它似乎告訴詩人，無人能超越死亡的命運，我們都只不過是終歸殞滅的存在。生命無常本然面目的目睹使得詩人的關懷從飄泊異鄉的個人身世轉移到生命本身。從現實跳到歷史，從歷史又回到現實的時空變化。雖然沒有採取六朝行旅詩常用的普遍結構，但讓人強烈感覺到「懷古客」的存在。作品的抒情主體不僅是移動空間的旅客，更是可以穿越時間的「懷古客」。

藉由以上幾首南北朝行旅詩的比較分析，證明了懷古詩是從行旅詩分化、逐漸加強懷古情懷成分而形成的。「行旅」確實爲作者提供一個極佳的懷思往昔、沈思人生的機會。尤其何遜、盧思道的作品雖然題爲行旅，但懷古情懷的表現已經成爲作品的主旋律。

最後附加說明的是，從行旅詩到懷古詩題材分化的痕跡明顯地反映在懷古詩的內容結構上，請看：

客心悲暮序，登壙瞰平陸。(李百藥〈郢城懷古〉‧卷四三)〔註13〕

萋萋春草綠，悲歌牧征馬。(劉希夷〈洛川懷古〉‧卷八二)

日落滄江晚，停橈問土風。陳子昂〈白帝城懷古〉‧卷五五)

注重抒發懷古情懷的南北朝行旅詩大都用詩題表明寫作背景「紀行敘遊」的成分，但後來懷古詩正式成立以後的作品，有的繼承傳統抒寫方式，有的以懷古爲題的作品都將「紀行敘遊」成分直接引入作品內，以「紀行敘遊」（或「登高」）開頭。

二、感物對象的轉移：從山水景物到人文景物

上文從題材分化討論懷古詩與行旅詩之間的演變關係。以下，擬從感物對象的角度切入懷古詩的形成，即深入探討行旅詩分化的根本

〔註13〕凡本文所引唐詩以《全唐詩》（北京：中華書局，1992 年 10 月）爲據，並加標卷數。

原因。

　　所謂「感物」是六朝文學思想的新觀念，同時是六朝「巧構形似」詩風的理論根據。感物說的提出以六朝人對「情」的新認知作為前提，〔註14〕引發出對山川自然等外在景物的高度關懷。之前「中國古詩大半是情趣富於意象」，〔註15〕在《詩經》中外在景物只是一種引子或一種陪襯，並非詩人注重描寫的對象。〔註16〕然而，漢魏古詩則常在篇中或篇末插入意象來烘托情趣，且從大小謝山水詩起，自然景物的描繪從陪襯地位抬到主要地位。〔註17〕六朝最重要的三種文學批評文獻都有論及詩歌抒情方式的變化：

　　　　遵四時以歎逝，瞻萬物而思紛；悲落葉於勁秋，喜柔條於
　　　　芳春。心懍懍以懷霜，志眇眇而臨雲。(陸機〈文賦〉)〔註18〕

〔註14〕先秦兩漢的詩論家雖然注意到情與詩的關係：「情動於中，而形於言」（〈詩大序〉），卻不從「感物」上探察「情動」。對他們來說，詩是「緣事」而發的觀念，在現實人生的事象之外不著眼於自然之「物」，不曾認知「感物」是詩歌產生的基本因由。陸機首先提出「詩緣情」，於是劉勰論詩賦的起源都從「人稟七情」上肯定「感物興情」。六朝詩論家先肯定「情」為人天賦的質性，由詩的起源上瞭解「情」是人的生命質性，也是詩的生命特質。在這種情形下，「情」成為人之所以存在的依據。在經過這樣的反省之後，「情」變成是作為主體的人的本質，這跟兩漢儒家之以有關政教的「志」來界定人的主體性，是完全不同的。關於六朝感物論的概念，參考廖蔚卿：〈從文學現象與文學思想的關係──談六朝巧構形似之言的詩〉，《中國古典文學論叢──詩歌之部冊一》（台北：中外文學月刊社，1976年），頁39～70。蔡英俊：《比興物色與情境交融》（台北：大安出版社，1986年5月）；呂正惠：〈物色論與緣情說──中國抒情美學在六朝的開展〉，《抒情傳統與政治現實》（台北：大安書局，1989年9月），頁8～83。

〔註15〕朱光潛：《詩論》（台北：正中書局，1962年9月），頁75。

〔註16〕兩漢學者已經注意到《詩經》裡的景物──「興」，而這些景物所引起的作用，與六朝的「感物」不可同日而語。

〔註17〕朱光潛指出「轉變的關鍵是賦。賦偏重鋪陳景物，把詩人的注意力漸從內心變化引到自然界變化方面去。從賦的興起，中國纔有大規模的描寫詩。」同註15，頁76。

〔註18〕郭紹虞主編：《中國歷代文論選》（上海：上海古籍出版社，1979年），頁170。

　　春秋代序，陰陽慘舒；物色之動，心亦搖焉。蓋陽氣萌而
玄駒步，陰律凝而丹鳥羞；微蟲猶或入感，四時之動物深
矣。若夫珪璋挺其惠心，英華秀其清氣，物色相召，人誰
獲安！是以獻歲發春，悅豫之情暢；滔滔孟夏，鬱陶之心
凝；天高氣清，陰沈之志遠；霰雪無垠，矜肅之慮深。歲
有其物，物有其容；情以物遷，辭以情發。一葉且或迎意，
蟲聲有足引心。況清風與明月同夜，白日與春林共朝哉！（劉
勰《文心雕龍‧物色》）〔註19〕

　　氣之動物，物之感人，故搖蕩性情，形諸舞詠。……若乃
春風春鳥，秋月秋蟬，夏雲暑雨，冬月祁寒，斯四候之感
諸詩者也。（鍾嶸《詩品‧序》）〔註20〕

仔細觀察此三人的論點，可以歸納出「感物說」的核心內容：四時的
流轉造成萬物的變化，萬物的變化則觸動人的情懷。「氣」、「物」、「人」
三個不同範疇之間的有機關係，尤其在陸機〈文賦〉中表現得更為突
出，若引用呂正惠的詮釋就如下：「『感』物，所『感』為何，就是時
間的流『逝』，歎『逝』，所『嘆』為何，因見物之變化而察覺時間之
推移，因此而『歎』。」〔註21〕感物說原本緣於漢、魏、晉人對時間
的推移與生命無常的自覺，詩人才發現了這樣的感物方式，但後來逐
漸成為文學作品中的感情表達的結構性的要素了。在行旅詩或遊覽詩
中，南朝詩人普遍體現了感物的創作原理：

　　時竟夕澄霽，雲歸日西馳。密林含餘清，遠峰隱半規。
　　久痗昏墊苦，旅館眺郊歧。澤蘭漸被徑，芙蓉始發池。

〔註19〕同註8，卷10，頁1。
〔註20〕王叔岷師：《鍾嶸詩品箋證稿》（台北：中研院中國文哲研究所，1992
　　　　年），頁47；頁76。
〔註21〕呂正惠認為，「感物」，就其原始意義來說，是特指四時之變化與時
　　　　間之流逝。我們從陸機〈文賦〉的言論中可以掌握「物色」論的精
　　　　義，在此「感物」並不是「一般性」的，他基本上以「歎逝」為核
　　　　心的。當劉勰和鍾嶸從理論架構上去把它一般化，而說成「人稟七
　　　　情，應物斯感」，或「氣之動人，物之感人」時，「感物說」就開始
　　　　擴大而變形了。同註14，頁22。

> 未厭青春好，已觀朱明移。感感感物歎，星星白髮垂。
> 藥餌情所止，衰疾忽在斯。逝將候秋水，息景偃舊崖。
> 我志誰與亮，賞心惟良知。（謝靈運〈遊南亭詩〉‧頁1161）
> 風急訊灣浦，裝高偃檣舳。夕聽江上波，遠極千里目。
> 寒律驚窮蹊，爽氣起喬木。隱隱日沒岫，瑟瑟風發谷。
> 鳥還暮林諠，潮上水結洑。夜分霜下淒，悲端出遙陸。
> 愁來攢人懷，羈心苦獨宿。（鮑照〈還都道中三首〉之二‧頁1291）
> 綠水纈清波，青山繡芳質。落景皎晚陰，殘花綺餘日。
> 白沙澹無際，青山眇如一。傷此物運移，惆悵望還律。
> 白水田外明，孤嶺松上出。即趣佳可淹，淹留非下秩。
>
> （謝朓〈還塗臨渚〉‧頁1455）

由於詩人的關懷從內在心靈逐漸轉向外在景物，每每將客觀自然作為觀察生命的一面鏡子，從自然生命的律動中推物及己而知自我生命狀態。在大自然日出月落，春生秋殘的時節轉換以及物色紛呈的萬千氣象中，一年將盡的清秋季節，一日將盡的黃魂時分，即時暮意象最能引發中國詩人的時間意識，最能喚起中國詩人的生命悲感。夕陽落暮的自然景色是行旅詩中最為常見的。外在自然景物激發詩人進入生命的自覺與反省，於是遊子因「感物」而抒發逝流之嘆、離鄉之悲、羈旅之愁。

然而，「感物」的對象並不限於山川風雲的自然景物。其實，現實生活中還有富有人文意涵的景物圍繞著我們，如古代人物所涉古跡廢址、有特殊意義的地理位置以及別具意味的自然風物。尤其，隨著時間推移或因朝代輪替被破壞的人文景物，卻是觸發詩人而投入懷古遐想的主要媒介。因此，許多南朝詩篇涉及各種人文景物的描寫，如下：

> 宮陛留前制，歌思溢今衢。餘祥見雲物，遺像存陶漁。（鮑照〈從過舊宮詩〉‧頁1290）
> 舞館識餘基，歌梁想遺囀。故林衰木平，荒池秋草徧。（謝朓〈和伏武昌登孫權故城詩〉‧頁1441）

伊穀絕津濟，臺館無尺椽。宮陛多巢穴，城闕生雲煙。（顏
延之〈北使洛詩〉・頁 1233）

感物對象的轉移使得作品的內容與情志得以變化。若說自然景物激發
了遊子之離鄉背井的愁思，人文景物則卻激發了遊子之懷古傷今的惆
悵。前者刺激詩人的空間感受，後者刺激詩人的時間感受。由於懷古
意識情態基於歷史認知，故富有人文意涵的景物是引發懷古遐想的必
要條件。

　　那麼，富有人文意涵的景物對懷古詩人來說究竟有何意義？懷
古詩人想要表現的內容究竟什麼？松浦友久曾經說：「懷古，即懷念
古昔的感情……對過去的愛惜，就是對時間的愛惜，對時間的愛惜
就是對生命的愛惜。」〔註22〕他用「愛惜」這種易懂的詞彙去解釋
懷古詩人的關注點——時間。〔註23〕其實，對時間的愛惜，是中國
人的永久且共同關懷。懷古主題在詩歌中尚未普遍表現之前，中國
詩人透過「悲秋」或「傷春」的抒情傳統，充分表現中國人之時間
意識與時流感。松浦友久又在《中國詩歌原理》一文中指出「春與
秋作為季節是象徵著人的變化推移的感覺（時間意識）的」，而構成
詩歌情感的來源，就存在於「對時不再來的自覺為核心的時間意識
中。」〔註24〕人們正是在年復一年循環往復的春與秋的自然景物之

〔註22〕松浦友久：《李白——詩歌及其內在心象》（西安：陝西人民出版社，
1983 年 4 月），頁 88。

〔註23〕陳清俊在《盛唐詩時空意識研究》論文裡，從季節推移的感懷、登
臨懷古的詠歎、生死流轉的關懷等三個方面探究盛唐詩中時間感懷
的主要內涵。他以松浦友久、劉若愚、廖蔚卿等前人研究結果為基
礎而指出「時間意識既是懷古吟詠的主題，時間意識之有無，正可
以作為詠史與懷古詩的判準。」見陳清俊：《盛唐詩時空意識研究》
（台北：國立台灣師範大學國文研究所博士論文，羅宗濤指導，1996
年），頁 45～132。

〔註24〕松浦友久在《中國詩歌原理》第一篇〈詩與時間〉文中，全面考察
了中國古典詩歌中的時間書寫，他發現中國古典詩歌側重表現「春」
與「秋」的現象，這說明了物象變化的強烈與詩興產生之間的相關
性。參閱松浦友久著、孫昌武譯：《中國詩歌原理》（台北：洪葉文
化，1993 年 5 月），頁 3～41。引文見頁 13。

中，眞切地看到了時光的流逝。但在這種場合下，四季的交替過程是反覆循環的，人生卻是一去不復返的。因此，作品中充滿著人生一去不返的悲感。感物對象較爲集中於自然景物之六朝時期，詩人已經普遍表達時間遷逝之悲感，以及對「死」的恐懼和悲痛。在此，必須指出的是，中國詩人的敏銳時間意識不僅歌唱自然的春秋，還要歌唱「歷史的春秋」。〔註25〕以歷史古跡爲感物對象的懷古之作，由於從人文景物的變化去感悟久遠時間的遷流，其時間視野較爲開闊，不限於現在或個人的範圍，可以延伸到歷史與宇宙。詩人的關懷並不停留於個人，亦可及於整個人類，即我與我們之短暫且必然朝向殞滅的生命困境。富有人文意涵的景物最集中地體現人類無法超越生命困境，時間的巨流終究徹底毀滅了人類不朽的努力。試看：

> 眇默軌路長，憔悴征戍勤。昔邁先祖師，今來後歸軍。
> 振策睠東路，傾側不及群。息徒顧將夕，極望梁陳分。
> 故國多喬木，空城凝寒雲。丘壟填郭郭，銘志滅無文。
> 木石扃幽閟，黍苗延高墳。惟彼雍門子，吁嗟孟嘗君。
> 愚賤同堙滅，尊貴誰獨聞。曷爲久游客，憂念坐自殷。

（顏延之〈還至梁城作〉・頁 1234）

前六句寫及行旅之苦與狀：詩人感嘆自己此次奉使洛陽，來回途中都不能跟大軍同行，因而有「不及群」之嘆。第七句到十四句所寫的是詩人在梁陳所見的景象：詩人遠望梁陳故國的景物，故懷古情懷油然產生。徒侶相攜，行至梁陳之間時已近日暮，呈現眼前的梁城又是那樣荒涼寥落。接下來，回想起當年雍門周與孟嘗君所說的那番話，榮極而衰的讖言果眞應驗了，於是不禁聯想到自我生命處境的反省與關切。透過眼前景象的描寫，要抒發的不僅是辛勞奔波的痛苦或破國亡邑之悲傷，更是一種深刻的生命無常之感慨：「愚賤同堙滅，尊貴誰獨聞」。此詩的內容大致分爲「紀行敘游──景物描寫（包括人文與

〔註25〕松浦友久指出，時間意識在作爲詩的抒情源泉的同時，又是歷史感覺的源泉。同前註，頁 16～18。

自然在內）──興悟感懷」三個主要構成因素，大致上為懷古詩所沿
襲。當然，作為獨立詩體的懷古詩，對於景物描寫和懷想過去方面加
以發揮，使得抒情起因與抒情指向兩者完美的結合。

　　那麼，懷古之作只有人文景物的描寫嗎？當然不是。感物的對象
雖然是人文景物，但還是利用自然景物來襯托人文景物的荒廢蕭條，
或利用自然景物渲染詩人的懷古感慨。再看：

> 公子獨優生，丘壟擅餘名。采樵枯樹盡，犂田荒隧平。
> 寧追宴平樂，詎想謁承明。旦余來錫命，兼言事結成。
> 飄搖河朔遠，颭颭颺風鳴。雁與雲俱陣，沙將蓬共驚。
> 枯桑落古社，寒鳥歸孤城。隴水哀笳曲，漁陽慘鼓聲。
> 離家來遠客，安得不傷情。（庾信〈經陳思王墓〉・頁 2365）〔註26〕

本詩是庾信（513～581）北使途中經曹植墓感懷之作，觸發詩興的
因素無疑是已成荒蕪的陳思王墓。前四句將陳思王生前的憂患與死
後的蕭條扼要點出，字裡行間記流露出時間的無情。「枯樹」、「荒
隧」、「古社」、「孤城」等詞形容陳思王的現時景象，代表著人事的
寥落與時光流逝等意涵。詩中又以「枯桑」、「寒鳥」等自然景物映
襯自己的傷懷。

　　總之，富有人文意涵的景物使得詩人進入對時間與生命的思考。
感物對象的轉移意味著抒情內涵的變化，詩人抒發的不再是羈旅之苦
或衰老之嘆，乃是生命殞滅之慨。從自然景物到人文景物之感物對象
的轉移對於懷古詩的形成，確實意義重大：首先，這使得懷古詩從行
旅詩分化出來，注重抒發由歷史古跡觸發的懷古憂傷。然後，這將作
者的時間意識從個人的、現在的擴展到歷史的、宇宙的，故其關懷點
提升到人類共同命運等生命本質。

〔註26〕關於作者問題，本文參考逯欽立的解釋：「梁書及南史，肩吾終生未
　　　嘗奉使河朔，自無由經陳思王墓而題詩。據北史庾信傳，信曾聘東
　　　魏，文章辭令為鄴下所稱，則此當為子山之什。庾氏父子詩每互歧，
　　　如庾肩吾尋周處士弘護詩，見藝文類聚，而文苑應華則作庾信。與
　　　子山集亦載之，是其例。此篇則文苑應華為誤。」見同註10，頁 2365。

三、歷史興亡的反思：從黍離之悲到懷古之嘆

如前所論，懷古情懷的產生不能沒有富有人文意涵的景物的存在。因為，在染上時間色彩的人文景物之刺激之下，詩人才能深入思考人類共同的生命困境。那麼，懷古的抒情內涵與既有的黍離抒情傳統有何差別？

關於「黍離」篇的主旨，歷來眾說紛紜。由於古代治《詩經》者都沿襲〈小序〉的觀點，歷代文人慨嘆歷史盛衰興廢，又多引用此詩成句或化用本詩詩意。「黍離」一詞已成為感慨亡國觸景生情之詞。「黍離之悲」也成為表達故國哀思的一句成語。清代詩論家方玉潤指出過晚唐懷古詩與〈黍離〉之間的相關性：「唐人劉滄、許渾懷古諸詩往往襲其音調。」〔註27〕不過，他的觀點，有待商榷。晚唐懷古詩與〈黍離〉的確以「悲」為基調，但「悲」的情感素質有所不同，不應該混為一談。試看〈黍離〉篇與《詩小序》的解釋，如：

> 彼黍離離，彼稷之苗；行邁靡靡，中心搖搖。知我者謂我心憂，不知我者謂我何求。悠悠蒼天，此何人哉。
> 彼黍離離，彼稷之穗；行邁靡靡，中心如醉。知我者謂我心憂，不知我者謂我何求。悠悠蒼天，此何人哉。
> 彼黍離離，彼稷之實；行邁靡靡，中心如噎。知我者謂我心憂，不知我者謂我何求。悠悠蒼天，此何人哉。(《詩經‧王風‧黍離》)〔註28〕

> 閔宗周也。周大夫行役至於宗周，過故宗廟宮室，盡為禾黍，閔宗周之顛覆，徬徨不忍去，而作是詩也。(〈小序〉)

按照《小序》的解釋，作者是東周王朝的一位大夫，詩的主題是悲西周的滅亡。其藝術表現上的最大特點就是取象簡明，以描摹人物心理神情見長，全詩是一種非常典型的重章疊詠方式，但還可以感受到作

〔註27〕清‧方玉潤：《詩經原始》(上海：上海古籍，1995年，續修四庫全書‧經部‧詩類73)，卷5，頁85。

〔註28〕清‧阮元：《重刊宋本十三經注疏》(台北：藝文，1981年)，卷4之1，頁147～148。

者無限悲傷，誠如「三章只換六字而一往深情，低回無限，此專以描摹風神擅長，憑弔詩中絕唱也。」〔註29〕並且，作者把鏡頭對準人物的意態神情，突出人物的心理感受。「知我」與「不知我」的對照及呼號問天的形象中，我們深感詩人的悲愴之懷。對這位周大夫來說，舊王朝的恩澤，他在舊王朝中的地位，舊時的整個生活經驗都深印在心裡。讓人悲哀的不只是故國敗亡，更是自我不為人解的鬱悶，對天道的懷疑。中國文人向來重視人際關係中對方對自己的理解程度。強烈的失落感迷惘也許才是「黍離之悲」的核心內容。

接下來，藉以兩首隋代作品補充說明「黍離之悲」與「懷古之嘆」之間的拉鋸：

> 大夫愍周廟，王子泣殷墟。自然心斷絕，何關繫慘舒。
> 僕本漳濱士，舊國亦淪胥。紫陌風塵起，青壇冠蓋疏。
> 臺留子建賦，宮落仲將書。譙周自題柱，商容誰表閭。
> 聞君懷古曲，同病亦漣如。方知周處歎，前後信非虛。
>
> （孫萬壽〈和周記室游舊京詩〉‧頁 2641）

> 玉馬芝蘭北，金鳳鼓山東。舊國千門廢，荒壘四郊通。
> 深潭直有菊，涸井半生桐。粉落粧樓毀，塵飛歌殿空。
> 雖臨玄武觀，不識紫微宮。年代俄成昔，唯餘風月同。
>
> （段君彥〈過故鄴詩〉‧頁 2732）〔註30〕

兩首都描寫舊國的殘破景色，但其抒情內涵有所不同。孫萬壽把國之淪喪與己之志不獲展緊密地聯繫起來，忠實地繼承「黍離」抒情傳統。孫萬壽仕齊為奉朝請，亦曾參加齊後主和文林館諸學士的詩文酒會，入隋後倍受壓制而貶逐。所以，當他行經舊國，百感交集之下，自然融入了強烈地個人身世之悲感。〔註31〕突出的抒情自我侷限了內心情

〔註29〕同註27。

〔註30〕段君彥是隋朝詩人。據說「段氏於北齊為外戚，而周隋間尉遲迴起兵鄴城，韋孝寬平之，遂毀鄴城。此詩寫鄴城荒廢之狀，疑作於尉遲迴起兵後。」引自曹道衡、沈玉成：《中國文學家大辭典——先秦漢魏晉南北朝卷》（北京：中華書局，1996 年 8 月），頁 309。

〔註31〕有關孫萬壽的生平事跡，見唐‧魏徵：《新校本隋書》（台北：鼎文

感的開拓，故其關懷點不大容易擺脫個人或現在的範疇。段詩則不同，從第一觀察者的視點描寫故鄉的荒廢景象。象徵昔日繁華的「千門」、「粧樓」、「歌殿」都進入歷史世界了，詩人用「廢」、「毀」、「空」等字眼來描寫目前景象，以點染濃厚的滄桑感。並且，詩人的形象不在其中，故避免個人悲感的牽絆與融入。兩首詩的觀照的對象都是故都的荒涼景象，但其關懷點有所偏重：「黍離之悲」，即側重表達失落或迷惘等屬於個人的種種感懷；「懷古之嘆」，即因時間意識而產生的人類共同命運的感慨。

那麼，詩人的關懷點與悲感如何從個人提升到人類這個幅度呢？這也許有賴於作者的歷史意識。眾所周知，南北朝是史學特別發達的時期。很有趣的是，對懷古詩的形成有一定貢獻的詩人，如沈約、盧思道、李百藥等人，都具有深厚的歷史意識，留下備受矚目的著作。〔註32〕身為史學家，為了鼓吹民族意識，積極議論種種行為的是非成敗，認真探究興亡盛衰的因由：作為詩人，感傷於歷史古跡所呈現的人類共同命運，沖淡個人的失落感或挫折感，將悲感的幅度從個人到社會的廣度與歷史的深度加以擴展，抒發出對整個人類歷史的同情。試看沈約（441～513）的作品：

> 六代舊山川，興亡幾百年。繁華今寂寞，朝市昔喧闐。
>
> 夜月琉璃水，春風柳色天。傷時為懷古，垂淚國門前。

（沈約〈登北固樓詩〉‧頁1640）

就內涵情志而言，此詩已經超越個人關懷的黍離傳統抒情範圍，流露出朝代興亡的感慨與社稷存亡的關注。詩人眼前展現的是寂寞的京口

出版社，1980年），卷76，頁1735～1736。

〔註32〕沈約是歷仕三朝的詩人，對歷史的興亡與人事的多變，自有體認，撰寫一百十一卷的《晉書》。歷仕三朝、飽經滄桑的盧思道在〈北齊興亡論〉、〈後周興亡論〉、〈勞生論〉中充分展現，其對人生與歷史有深刻的認識與透徹的思考。李百藥在隋末作為失意文士，但入唐後受到重用的史家，撰寫《北齊書》。此三人的簡單生平事迹見：《中國文學家大辭典──先秦漢魏晉南北朝卷》，頁220～221：頁75～76：《中國文學家大辭典──隋唐卷》，頁272～273。

城。在京口城古今盛衰變化的陪襯之下，自然景物顯得更爲永恆、美
麗。京口城的人文意涵足以將詩人的情緒反應局限於「黍離之悲」。
但由於詩人的視線從人文景物轉到自然景物，作品的內涵情志也可以
從「黍離之悲」提升到「懷古之嘆」。就表現方式而言，此詩與其他
懷古詩有所不同，從中間兩聯可以看出常變對比的雛形。〔註33〕可
惜，在首聯、尾聯裡直接敘寫詩人對歷史興亡的深沈感慨，不能與後
來的近體懷古詩相提並論。

　　此外，詩人所目睹的人文景物若與自己相隔很久，自然更容易不
受個人感情的牽絆，充分展現出生命無常的共同悲感：

　　　襄君前建國，項氏昔稜成。鮀飛傷楚戰，雞鳴悲漢圍。
　　　年代殊氓俗，風雲更盛衰。水流浮磬動，山喧雙翟飛。
　　　夏餘花欲盡，秋近鶯將稀。槐庭垂綠穗，蓮浦落紅衣。
　　　徒知日云暮，不見舞雩歸。（庾信〈入彭城館詩〉・頁2359）

此時庾信被朝廷派去東魏，經過彭城之際。彭城是宋襄公的建國地，
項羽曾稱霸於此，號稱西楚霸王。但宋襄王爲楚所敗，項羽被漢兵包
圍在垓下。他們的興亡盛衰的歷史都烙印在此地。大抵「懷古詩」都
是以歷史上的人物或事件作爲追懷對象，而在論及這些人物和事件的
象徵的人間的行爲時，往往被說成他們究竟不過是時光流逝的長河中
的一個瞬間的夢幻而已。反過來，也正因爲他確實曾經作爲一個瞬間
而存在過，也就更能打動詩人的心，引起種種追懷、思慕的心情。庾
信所關懷的不是特定歷史人事，乃是其歷史結局所呈現的生命與歷史
的本然風貌。「水流浮磬動，山喧雙翟飛」句抒發出非常強烈的時流
感，刺激我們視覺與聽覺感受。

〔註33〕所謂常變對比方式常見於近體懷古詩，通常透過人事與自然意象的
　　　　對立，襯托出作品的主旨。其實，此詩每一聯表示一個意念或情感，
　　　　稍微缺乏整體感。永明詩人所提倡的永明新體經由後代詩人的努
　　　　力，逐漸演變爲注重整體的粘和與調協的近體格律。因此，故常變
　　　　對的完美運用只能拖延到近體格律的定型以後。近體格律的定型過
　　　　程，請見郭紹虞〈永明聲病說〉，《照隅室古典文學論集》（上海：上
　　　　海古籍出版社，1983年9月），頁229。

　　總之，就寫作緣起而言，「黍離之悲」與「懷古之嘆」都是即景抒情，即受到人文景物的刺激而進入創作構思。然而，歷史興亡盛衰的反思，使得詩人的關懷從個人提升到社會與歷史，因此「懷古之嘆」體現出作者對生命無常的關注，已經超越了以失落感與迷惘為抒情核心的「黍離之悲」。

四、懷古詩正式成立的標誌——李百藥〈郢城懷古〉

　　有賴於以上三個因素，即詩體的分化、感物對象的轉移、歷史興亡感的介入，懷古情懷逐漸成為作品的主導性情感指向，終於出現以懷古為詩題的作品——李百藥的〈郢城懷古〉，試看：

> 客心悲暮序，登墉瞰平陸。林澤窅芊綿，山川鬱重複。
> 王公資設險，名都拒江隩。方城次北門，溟海窮南服。
> 長策挫吳豕，雄圖競周逐。萬乘重沮漳，九鼎輕伊穀。
> 大蒐雲夢掩，壯觀章華築。人世更盛衰，吉凶良倚伏。
> 遽見鄰交斷，仍睹賢臣逐。南風忽不競，西師日侵蹙。
> 運圮屬馳驅，時屯恣敲朴。莫救夷陵火，無復秦庭哭。
> 鄢郢遂丘墟，風塵俄慘黷。狐兔時遊踐，霜露日霑沐。
> 釣渚故池平，神臺層宇覆。陣雲埋夏首，窮陰慘荒谷。
> 恨矣舟壑遷，悲哉年祀倏。雖異三春望，終傷千里目。

（李百藥〈郢城懷古〉・卷四三）

筆者認為此詩標誌著懷古詩的正式成立。有何根據？若只說，這是第一首以懷古為詩題的作品的話，缺乏說服力。因為，「懷古」詩題的出現不能等同於懷古詩的成立，故非得提出更有說服力的證據不可：

　　其一，此詩確立了懷古詩的內容結構。德國漢學家顧彬總結唐代懷古詩基本上由六個部分組成：「1、登高；2、望遠並追想過去；3、江山依舊而人生易老；4、歷史人物及過去時代的遺跡；5、眼前的真實自然；6、涕淚。」〔註34〕非常準確地掌握懷古詩的內容結構，但

〔註34〕德國・顧彬著、馬樹德譯：《中國文人的自然觀》（上海：上海人民出版社，1990年），頁176。

難免有繁瑣之嫌。我個人覺得，四項結構因素可以概括懷古詩的核心內容：紀行敘遊——歷史追述——景物描寫——興悟感懷。前四句為「紀行敘遊」，就是顧彬所謂的「登高」。懷古詩的創作緣起是「履踐的」、「現在空間的」，故常常「從行旅中的旅人之意識以及他駐足的動作開始寫起」，〔註35〕這透露出其與行旅詩之間的姻緣。由於富有人文意涵的景物的存在就是懷古詩與行旅詩的區別標準，「歷史追述」是懷古詩的主要構成因素。值得一提的是，本詩中「歷史追述」所佔的篇幅較為龐大，這也許與李百藥的個人身世有關。李百藥不僅身處於隋唐政權交替之際，飽經憂患，更是後來撰《北齊書》的正統史家，特別關心不可避免的歷史的興亡盛衰，故概括性地陳述楚國從興盛到衰亡的過程。第二十五句開始寫及目前所見的郢城，充分表露懷古詩人的時間滄桑感。這就是「景物描寫」的寫作目的。最後四句屬於「興物感懷」。李百藥一再抒發自己的感懷而不流淚，但許多唐代懷古詩人往往「涕淚」作結，透露出懷古詩人深沈的生命感慨。

　　另一，作者明確地意識到除了表徵季節代序的自然景物以外，還有歷史古跡等人文景物能引發濃厚的時間意識。「雖異三春望，終傷千里目」句，就成為這樣的一個重要的標誌。前面已說，在中國詩歌的抒情傳統中，「時間意識」是觸動詩人內在情思，引發詩人創作意念的根源。不過，在唐前主要在歎老詩或季節感懷詩（「悲秋」、「傷春」）中表現濃厚的時間意識。從此以後，詩人的注意力開始轉向蘊含著特定歷史意涵的人文景物，表現出獨特的時間感懷。懷古詩亦成為一種最能表現自己獨特敏感時間意識的抒情模式。

　　李百藥還有一首〈謁漢高廟〉詩。雖然不以「懷古」為題，又省略了「紀行敘遊」而以「歷史追述」開頭，但詩題已經顯示出其「履踐的」、「現在時間的」創作特點：

〔註35〕同註9，頁164。

纂堯靈命啓，滅楚餘閏終。飛名膺帝籙，沈跡韞神功。
瑞氣朝浮碭，祥符夜告豐。抑揚駕人傑，叱咤掩時雄。
締構三靈改，經綸五緯同。干戈革宇內，聲教盡寰中。
運謝年逾遠，魂歸道未窮。樹碑留故邑，抗殿表祠宮。
沐蘭祈泗上，謁帝動深衷。英威肅如在，文物杳成空。
竹皮聚寒徑，粉社落霜叢。蕭索陰雲晚，長川起大風。

（李百藥〈謁漢高廟〉・卷四三）

這首詩身臨漢高祖廟的懷古之作，詩中不僅追述漢高祖平定天下的武功文治，而且具體描寫如今高組廟的蕭條景象。在撫今追昔之際，詩人不禁流露出「英威肅如在，文物杳成空」的懷古感慨。

此外，王績的〈過漢故城〉（卷三七）也值得注意。就內容結構與表現形式而言，這首詩確實是一首懷古詩：由於以點出寫作背景的詩題代替「紀行敘遊」部分，開頭直接陳述過去大漢逐鹿中原的情景；透過漢故城昔盛今衰的對比，發出對歷史興亡盛衰的體認與感慨：「井田唯有草，海水變爲桑。在昔高門內，於今岐路傍。」李百藥〈謁漢高廟〉與此詩都以「漢」爲追憶對象，但李詩藉由歷史英雄的生死對比，傳達生命無常的本質；王詩透過都城的今昔對比，表示歷史興亡的本質。

遺憾的是，除了這麼幾首詩篇以外，從現存的初唐前期作品中幾乎找不到符合標準的作品。〔註36〕可能的原因就是貞觀詩壇繼承南朝詩風，所作詩篇也不外乎於宮廷生活的世界，如應詔奉和與君臣聚會宴集。其實，李百藥是隋朝大臣李德林之子，但入仕後，隋文帝時曾遭讒免官，隋煬帝時又被奪爵位，甚至遠謫桂陽，奔波於宮廷之外，留下具有個性特徵的作品，如〈途中述懷〉、〈秋晚登古城〉等。可是，一旦受召入宮，成爲太宗身邊的宮廷詩人，經常參

〔註36〕李百藥還有一首〈秋晚登古城〉詩。此詩不僅一般化地處理古跡，並未言及具體歷史人事的追憶，故古跡在詩裡僅作爲秋天憂愁景象的一個要素而已，季節感懷的因素較強，恐怕很難稱之爲「懷古詩」。全詩如下：「日落征途遠，悵然臨古城。頹墉寒雀集，荒堞晚烏驚。蕭森灌木上，迢遞孤烟生。霞景煥餘照，露氣澄晚清。秋風轉搖落，此志安可平。」（卷四三）

與遊宴奉和，以賦詩爲優雅的消閒娛樂，逐步入初唐詩歌發展的「正途」，其早年詩中體現的創作個性亦漸趨泯滅。還有，王績之所以能夠寫出〈過漢故城〉詩，與其創作環境有密切相關。即他是以一個在野詩人的身分抒發情懷，不必像宮廷詩人那樣受官方應籌場合的束縛，可以自由抒情述懷。後來，時入初唐後期，詩人才開始注重表現個人的內心感受。詩壇創作傾向的轉變，使得懷古詩創作逐漸增加，又懷古詩的內容意涵更加得以擴展，終於完成了南朝後期以來慢長的懷古詩形成歷程。

第二節　懷古詩形成的第二階段：初唐後期

一、走出宮廷的詩風變革與懷古詩的復現

　　唐朝社會經過貞觀治世的穩定期，在生長、發展的同時，貧富分化也日趨明顯，新興階層的大批庶族士人湧現出來，他們對豪門貴族高自標置、壟斷政權深爲不滿，表現出參與政權的強烈欲望。武則天正是敏銳地抓住了這一時機，爲鞏固自己的統治地位而打擊士族顯貴，採取了迎合新興庶族階層需要的措施。〔註37〕譬如，重修姓氏錄打破士庶界限，提高出身寒微官員的地位，又大開制科，爲庶族階層開通便捷的升進之路。〔註38〕士庶界限的打破，不僅改變了政權結構，而且進而產生了廣泛的社會效應。這足以激起了廣大寒門士人的功業慾望。這種建功立業的意氣與向上進取的精神不斷擴展，與大唐帝國強盛國力相契合，則形成了一種典型的時代精神。唐代的社會結構逐漸在改變，寒門士人在政治上發展的可能性也大幅增加了，但畢竟難以容納數量眾多的所有寒門士人，因而大部分人則遭遇著「有時

〔註37〕陳寅恪：《唐代政治史述論稿》（台北：里仁，1994年），頁170～174。
〔註38〕許總：《唐詩史》（淮陰：江蘇教育出版社，1995年），頁145～151；
　　　　吳宗國：《唐代科舉制度》（瀋陽：遼寧大學出版社，1997年），頁
　　　　69～70。

無命」的經歷。因此，他們普遍具有一種昂揚向上的追求精神與充足強烈的人生氣概。從而，初唐後期詩壇開始有所變化。即從此以後，詩人就脫離宮廷的狹小範圍，走入市井與江山塞漠等複雜、廣闊的天地，開始著手「宮體詩的自贖」作業。〔註39〕並且，生活環境的改變與創作視野的開拓，使得作品的內涵精神與審美趣味也呈現出根本性的變化，同時促使幾乎銷聲匿跡的懷古詩復現詩壇。

　　初唐後期詩風變革的具體內容，大致以宮廷詩的改造與超越概括之。他們基於建功立業的人生意氣，或運用豔情、都城、詠物等傳統宮廷題材，或運用行旅、貶謫題材，表現出個人的情感世界，為唐詩提示新的發展方向。其中，都城詩與行旅詩的創作對懷古詩復現所作的影響，值得我們注意。

　　首先要看的是都城詩。所謂都城詩是指由七世紀中葉以後出現在詩壇，以都城為寫作對象、以七言歌行為體式的作品，如盧照鄰〈長安古意〉、駱賓王〈帝京篇〉、王勃〈臨高臺〉、李嶠〈汾陰行〉等。〔註40〕這類作品不同於唐初以頌美為寫作旨趣的同一題材宮廷詩，卻透過對都城生活由盛而衰的描寫，充分表現那一特定時期士人精神世界的時代性特徵。〔註41〕都城詩的創作並不只是為了諷刺權貴、影射現實，而是透過對活在都城內的各種身分人物的課畫，突現出人事的盛衰浮沈，又表現出詩人對生命價值的重新認識與深刻體悟。由於人們與帝國都城都經歷從繁盛、成熟到衰亡的過程，因此都城詩常常引進了「短暫無常」的主題。其中，李嶠〈汾陰行〉雖然採取七言歌行，但其內容集中於王朝盛衰的描寫，顯現出朝代興亡與生命無常的深沈

〔註39〕 聞一多將初唐四杰、劉希夷、張若虛等所作詩篇內蘊精神與審美趣味的變化稱為「宮體詩的自贖」。聞一多：《聞一多全集》（武漢：湖北人民出版社，1994年），頁18～28。

〔註40〕 有關都城詩（"The Capital Poem"）的論點，是由美國著名漢學家宇文所安提出的。見同註5，頁103～122。

〔註41〕 例如，虞世南〈賦得吳都〉、楊師道〈闕題〉，分別藉東吳與東漢故都以作唐都之喻，意指不外頌美。

感嘆，可以歸類於懷古詩。之後，初盛唐之際詩壇領袖張說的懷古傑作〈鄴都引〉深受此詩的影響。張說繼承氣骨充盈、婉轉流暢的七言歌行形式，在生動的意象構造與盛衰對比中流露出深沈的懷古感慨。可見，都城詩的創作不僅反映出當時詩人對政治與人生的體認與警醒，同時引導出宮廷詩的消退與懷古詩的復現。

其次是行旅詩。在武后時代，新的政治力量的全面興起，固然促使唐帝國出現蓬勃向上的時代精神風貌，但各種政治力量的鬥爭較量卻一直未能平息。從武后打擊貴族宗室，到中宗復位時清除武后黨羽，許多卷入政治權利圈的傑出詩人也都隨之升沈浮降，幾乎都曾有過被貶逐遠方的經歷——盧照鄰、駱賓王、王勃、杜審言、宋之問、沈佺期等。這對以建功立業為懷抱的詩人固然是嚴重的挫折和殘酷的打擊，然而也正因此使得詩歌徹底超越宮廷，走向廣闊的天地。走出狹窄的宮廷與官場，展現在詩人面前的是無盡的征途與廣闊的世界，詩歌表現內容與方式也就徹底擺脫了宮廷詩的拘限，既豐富多樣又真實動人，如盧照鄰〈早度分水嶺〉、王勃〈易陽早發〉、駱賓王〈晚泊江鎮〉等。此外，甚至一些平庸的宮廷詩人在漫長旅途中，有時卻能寫出出色的詩篇：

> 驅車越陝郊，北顧臨大河。隔河望鄉邑，秋風水增波。
> 西登咸陽途，日暮憂思多。傅巖既紆鬱，首山亦嵯峨。
> 操築無昔老，採薇有遺歌。客遊節回換，人生知幾何。
>
> （薛稷〈秋日還京陝西十里作〉・卷九三）

薛稷（649～713）是修文館直學士，現存詩僅有十四首，大多為宮廷應制、游宴詩，是一個典型的宮廷詩人。然而，這首行旅詩以樸素的語言與貞剛的風調寫出蒼茫秋色的同時，引發出對自己政治前途的憂思和對人生問題的嘆喟，與其他作品截然不同。可以說，走出宮廷範圍的詩人們以個人的情感表現力代替宮廷詩的應酬程式，使得作品的內涵得到充實。此外再看文章四友杜審言（648～708）的行旅詩：

> 旅客三秋至，層城四望開。楚山橫地出，漢水接天回。
>
> 冠蓋非新理，章華即舊臺。習池風景異，歸路滿塵埃。
>
> （杜審言〈登襄陽城〉‧卷六二）

此詩為詩人正處流放峰州途中，登襄陽城而作，不僅展現出廣闊的時空視界，同時表現出濃鬱的抒情特色。襄陽的地理環境和特定歷史內涵與作者的羈旅愁思相結合，在雄厚渾闊、滄莽激蕩的詩風中透出一股寥廓淒清的悲壯之感。唐汝詢曰：「此因登眺而起物是人非之感，意謂山川邑里，無異曩時，習池風景都非疇昔。塵埃污人，良足悲也。」〔註42〕

總之，以創作環境的移位與內心感受的表白為契機，詩歌表現範圍日漸闊大，為懷古詩的創作提供良好環境。因而，作為這種特殊閱歷的紀錄的行旅詩中，詩人往往流露出濃厚的懷古感慨，如駱賓王〈夕次舊吳〉、〈過故宋〉、盧照鄰〈相如琴臺〉、杜審言〈登襄陽城〉、陳子昂〈登幽州臺歌〉等。初唐後期的詩風變革不僅宣告貞觀宮廷詩的消退，而且使得銷聲匿跡的懷古詩再次出現在詩壇，從齊梁開始進行的漫長的形成歷程終於告結了。

二、初唐後期懷古詩的繼承與創新

前文已說，與第一階段相較，初唐後期的政治環境、社會心理、審美趣味就有明顯的差別。詩人將這些差別如何體現在自己的創作中？以下，由內涵情境與表現方式兩個方面探討初唐後期懷古詩的繼承與創新，希望藉此能夠正確瞭解第二階段在懷古詩形成過程中所佔的地位與意義。

（一）內涵情境：宦游感慨的滲透

就內涵情志而言，基本上初唐後期懷古詩延續著第一階段而抒發生命無常的歷史幻滅感。不過，受到那種追求功業、昂揚樂觀的時代

〔註42〕見許文雨集注：《唐詩集解》（台北：正中書局，1954 年 9 月），中冊，頁 134。

心理的影響，情懷內容並不能完全擺脫宦游者的感慨成分，即詩人感嘆人事消亡的虛幻之際，往往表露懷才不遇之悲或建功立業之志。接下來，藉由代表作品的分析，說明初唐後期懷古詩的內容特質。

　　首先要看的是，初唐四傑盧照鄰（637～684）的作品：

> 聞有雍容地，千年無四鄰。園院風烟古，池臺松檜春。
> 雲疑作賦客，月似聽琴人。寂寂啼鶯處，空傷游子神。

（盧照鄰〈相如琴臺〉・卷四二）

此詩寫於詩人居蜀貶謫時期。漢代著名辭賦家司馬相如與卓文君之間的愛情故事，非常聞名。盧照鄰訪問了與這一對情侶相關的琴臺。〔註43〕詩題表示著這首詩歌確實是名實相符的。詩題上並沒有寫行旅詩常見的「經」、「次」、「登」等的動詞，僅有身爲懷古者的詩人目睹的歷史遺跡。「園院」、「池臺」的風景都一如往昔，甚至在大自然中似乎感覺到當時兩人恩愛的情景，而傳來的聲音卻是小鶯的啼聲，相如的琴聲早已沈寂了。透過古跡的寂寥氣氛的描寫與過去一對情侶的美麗故事相對比，充分傳達出詩人眞實的深沈感慨。最後詩人以「游子」概括作品的抒情主體。這表示懷古詩與行旅詩之間的姻緣關系，懷古詩很難擺脫「游子」的陰影。但這並不是懷古詩的弱點，反而可以說是懷古詩先天的優點，因爲「游子」這種特別的處境將抒情主體更容易沈浸在懷古遐想，充滿感傷的失意情懷很快就變成充滿幻滅的無常感。再看另一首懷古詩：

> 維舟背楚服，振策下吳畿。盛德弘三讓，雄圖枕九圍。
> 黃池通霸跡，赤壁暢戎威。文物俄遷謝，英靈有盛衰。
> 行歎鷗夷沒，遽惜湛盧飛。地古煙塵暗，年深館宇稀。
> 山川四望是，人事一朝非。懸劍空留信，亡珠尚識機。
> 鄭風遙可記，關月眇難依。西北雲逾滯，東南氣轉微。
> 徒懷伯通隱，多謝買臣歸。唯有荒臺露，薄暮溼征衣。

〔註43〕王褒《益州記》：「司馬相如臺在州西笮橋北，百許步。李膺云：『市橋西二百步，得相如舊宅，今梅安寺南有琴臺故墟。』」見唐・徐堅等撰：《初學記》（北京：中華書局，2005 年 1 月），卷24，頁 575。

（駱賓王〈夕次舊吳〉‧卷七九）

這是駱賓王受（640～684）臨海之命之後所做的。乍看之下，這似乎是單純的行旅詩，但並非如此。本詩已經具備了懷古詩該有的四項結構內容，只是「興悟感懷」部分特長，佔全篇的一半。除了「山川四望是，人事一朝非」的懷古感慨以外，詩人還引進了大篇幅的「宦遊人」的感慨。剛好與盧照鄰的作品相反，抒情主題的情懷從懷古感傷變成宦游感慨了。詩人站在已褪色的歷史舞台上，強烈地感受到物是人非的感傷，又想起種種的古人古事，自然而然將焦點落在自己身上，眞是舉目茫茫，不知如何是好。關於初唐詩人的這種情懷特點，呂正惠說得相當透徹：「在許許多多的場合裡，無論是送別、贈答、宴會或山居，他都會隨時發抒宦游人的感慨。」〔註44〕當然懷古場合亦不例外。

劉希夷（651～？）雖以「特善閨帷之作」見稱，〔註45〕仍留下四首懷古詩。〔註46〕這些作品都充分展現作者對生命本質的體認過程與感慨。其中，以奇妙構思與夢幻氣氛見長的〈巫山懷古〉爲例，說明初唐後期懷古詩的內涵特點：

> 巫山幽陰地，神女豔陽年。襄王何容色，落日望悠然。
> 歸來高唐夜，金釘焰青烟。頹想臥瑤席，夢魂何翩翩。
> 搖落殊未已，榮華倏徂遷。愁思瀟湘浦，悲涼雲夢田。
> 猿啼秋風夜，雁飛明月天。巴歌不可聽，聽此溢潺湲。

（劉希夷〈巫山懷古〉‧卷八二）

〔註44〕呂正惠在〈初唐詩重探〉一文中指出，初唐詩人爲以後唐代詩人開闢了一種特殊的，不同於魏晉南北朝的政治感懷詩的新領域，這就是仕宦感慨的抒發。他認爲「仕宦」題材的普遍性讓我們容易忘了追問而忽視了這一題材在不同的時代所表現出來的不同樣貌。見呂正惠：《抒情傳統與政治現實》（台北：大安，1989年，9月），頁42～51。

〔註45〕李立朴譯注：《唐才子傳全譯》（貴陽：貴州人民出版社，1994年2月），卷1，頁53。

〔註46〕三首題爲懷古的詩篇（〈巫山懷古〉、〈洛川懷古〉、〈蜀城懷古〉）和〈謁謁漢世祖廟〉。

此詩可以分爲兩個部分：前八句寫的是過去楚襄王在巫山所作的經驗與感受；後八句則爲現在作者在巫山所作的體認與感慨。巫山「變化無窮」的自然氣侯及楚襄王與巫山神女的短暫邂逅讓詩人聯想到自己的人生經歷。〔註47〕根據記載，劉希夷年方二十五歲及中進士，但以後卻始終得不到一官半職。〔註48〕早年得志而長期淪落的詩人在巫山似乎得到抒解憤懣、自我安慰的機會與方法。詩人不採取單純詠懷的抒情方式，卻透過對襄王的經驗與感受的懷古，抒發懷才不遇之悲與身世飄零之苦，不僅豐富了懷古詩的內涵，同時提高了作品的感染力。詩人雖然沒有前兩首詩那樣直接指出宦游人的身分，但運用了「仕宦」題材中常見的「蹄猿」、「飛雁」意象，使得不可揮去的宦游感慨自然而然地滲透到懷古感傷裡。

陳子昂（661～702），他懷著經邦濟世、建功立業的志趣與豪邁情懷辭別故鄉入長安國子監學，爲參加科舉考試作準備。由蜀入楚，描寫沿途風景與古跡，抒發出路途迢遙的喟嘆與對功業前程的渴望，如〈白帝城懷古〉、〈度荊門望楚〉、〈峴山懷古〉等。試看：

　　秣馬臨荒甸，登高覽舊都。猶悲墮淚碣，尚想臥龍圖。
　　城邑遙分楚，山川半入吳。丘陵徒自出，賢聖幾凋枯。
　　野樹蒼煙斷，津樓晚氣孤。誰知萬里客，懷古正躊躇。

　　（陳子昂〈峴山懷古〉‧卷八四）

此詩題爲「懷古」，內容也包括「紀行敘遊──歷史追述──景物描寫──興悟感懷」等四項結構因素，可以說是正格的懷古詩。詩人身處於峴山，眺望舊都，對輔君賢臣事蹟的追想中，直接表達出自身內心抱負與人生理想之所在。雖然我們都是終將殞滅的存在，但

〔註47〕〈高唐賦〉云：「昔者楚襄王與宋玉遊於雲夢之臺，望高唐之觀。其上獨有雲氣，崒兮直上，忽兮改容，須臾之間，變化無窮。」；〈神女賦〉云：「楚襄王與宋玉遊於雲夢之浦，使玉賦高唐之事。其夜王寢，果夢與神女遇。」梁‧蕭統編，唐‧李善注：《文選》（台北：五南，1991年10月），頁471；頁477。

〔註48〕有關劉希夷的生平記載，參考《舊唐書‧卷一百九十》、《唐詩記事‧卷十三》、《唐才子傳‧卷一》。

若能建立諸葛亮般的功業，可以進入不朽的偉大歷史裡。就像張火慶所說的那樣「詩人向後懷古，爲的是印證自我的感情，鼓舞自我的志氣，以便踏著前人的足跡，繼續前進，把歷史充實，推向無窮的未來」，﹝註49﹞對人事代謝、賢聖凋枯的感慨，實即爲自身繼先賢功業的內心世界的表白。可見，初唐懷古詩裡滲透著的複雜情懷裡，除了宦游人的感傷以外，功業前程的渴望也有。這類懷古詩不但有效地展現初唐後期的社會心理，而且爲渴望建功立業的盛唐詩人提示了富有魅力的抒情典範。

（二）表現形式：近體格律的嘗試

就表現形式而言，初唐後期懷古詩展現出相當豐富的面貌，既有「承先」的一面，亦有「啓後」的一面。藉由代表作品的分析，希望能夠深入瞭解初唐後期懷古詩的表現特點。

首先要看的是，初唐懷古詩大家劉希夷的〈洛川懷古〉：

萋萋春草綠，悲歌牧征馬。行見白頭翁，坐泣青竹下。
感歎前問之，贈予辛苦詞。歲月移今古，山河更盛衰。
晉家都洛濱，朝廷多近臣。詞賦歸潘岳，繁華稱季倫。
梓澤春草菲，河陽亂華飛。綠珠不可奪，白首同所歸。
高樓倏冥滅，茂林久摧折。昔時歌舞臺，今成狐兔穴。
人事互消亡，世路多悲傷。北邙是吾宅，東嶽爲吾鄉。
君看北邙道，髑髏縈蔓草。芳□□□□，□□□□□□。
碑塋或半存，荊棘斂幽魂。揮淚棄之去，不忍聞此言。

（劉希夷〈洛川懷古〉‧卷八二）﹝註50﹞

作者採取相當特別的表現方式展開主題。懷古詩通常以歷史古跡等人文景物爲定點，追述相關歷史，而此詩則以白頭翁的口述代替詩人的追憶過程。白頭翁無情地點出生命無常的眞理、作者「揮淚器之去，

﹝註49﹞這段引文，是張火慶對對杜甫詩中的歷史世界的看法。見張火慶：〈中國文學中的歷史世界〉，《抒情的境界》（台北：聯經出版社，1996年6月），頁284。

﹝註50﹞第28‧29句雖然缺字，但這對全詩的主旨瞭解並無大礙。

不忍聞此言」的畫面演出，足以引起讀者的注意，且將作品主題顯得更爲鮮明而突出。〔註51〕這種表現方式，一般懷古詩中不常見的，但謝靈運曾經在〈撰征賦〉中運用類似的方式而展開主題，歷敘所經之地的歷史掌故，以古諷今，是傳統紀行賦普遍的抒寫方式。作者謝靈運行至淮、徐，面對先祖謝玄當年建立舉世功業之地，他「采訪故老，尋履往迹，而遠感深慨，痛心殞涕」，〔註52〕先祖烜赫業績如在眼前，不僅增強故事的眞實性，同時提高作品的感染力。可見，劉希夷〈洛川懷古〉與謝靈運〈撰征賦〉之間的類似性也許並不是一個巧合，乃是正在表明紀行賦與懷古詩之間的文學繼承關係。

　　其次，近體懷古詩的嘗試可以說是初唐後期懷古詩人的創新面貌。永明詩人所提倡的新體格律不斷地被後代詩人與詩論家簡化而改造，到初唐後期終於定型爲所謂的近體格律了。精妍新巧的近體格律的完備，自然影響到懷古詩的表現形式。爲了順應時代審美的變化，一些詩人開始探索以近體格律來表現懷古詩的內容情志的方法，如王勃〈滕王閣〉、陳子昂的〈峴山懷古〉、〈白帝城懷古〉、沈佺期〈咸陽覽古〉等。這些作品雖不是嚴格的律詩，與中晚唐的近體懷古詩實不可同日而語，但他們的嘗試足以預示了日後懷古詩表現形式的發展走向，即簡潔含蓄的近體懷古詩逐漸代替鋪排見長的長篇古體，如：

> 咸陽秦帝居，千載坐盈虛。版築林光盡，壇場雷聽疏。
> 野橋疑望日，山火類焚書。唯有驪峰在，空聞後葬餘。

（沈佺期〈咸陽覽古〉‧卷九六）

〔註51〕日本學者前野直彬亦注意到〈洛川懷古〉結構的特殊性。他認爲這首詩是幽魂與人之間的對話，並且試圖從漢大賦或六朝志怪小說中探索其表現原型，但並沒有發現直接的關連性。不過，筆者認爲白頭翁並不一定是幽魂，也許只是一個經歷世間滄桑而參透生命本質的當地老人。參閱前野直彬：〈劉希夷「洛川懷古」詩を讀んで〉，《吉川博士退休紀念中國文學論集》（東京：筑摩書房，1968 年），頁 337～352。
〔註52〕清‧嚴可均輯：《全宋文》（北京：商務印書館，1999 年），卷 30，頁 290。

因篇幅有限，詩人不能具體敘寫過去的盛況，但具有特定人文意涵的景物描寫——「版築林光盡，壇場霜聽疏」，充分傳達出時間流逝的滄桑感，足以代替了古體懷古詩的「歷史追述」。最後，以不變自然景物的描寫來再次強調生命短暫而無常的懷古詩人的深刻感懷。再看另一首：

> 滕王高閣臨江渚，珮玉鳴鸞罷歌舞。
> 畫棟朝飛南浦雲，珠簾暮卷西山雨。
> 閒雲潭影日悠悠，物換星移幾度秋。
> 閣中帝子今何在，檻外長江空自流。（王勃〈滕王閣〉·卷五五）

大多數懷古詩透過古今盛衰對比法，間接地傳達時間的流逝與無常變化的生命本質，但本詩所採取的方式很有創意，值得我們注意。即詩中既沒有對過去滕王閣熱鬧場景的追敘，更沒有對背負著時間滄桑的滕王閣的描寫，作者卻注重描寫「罷歌舞」後滕王閣的異常沈靜來襯托出過去的熱鬧盛況，又以長江的不斷流逝來再次強調生命的短暫無常：欄外長江亙古不變地流逝，但滕王閣的主人卻不復存在。

還有，詩中的「流水」意象，值得我們留意。孔子在川上曰「逝者如斯夫，不舍晝夜」（《論語·子罕》），看到的是時間的不斷流逝，感受到的是無奈、憂慮等等。然而，王勃詩中的流水卻蘊含著穩定、不變的意涵，這剛好與孔子的觀點相反。關於這一點，我們可以參考吳國盛的詮釋：

> 一個站在岸上的觀察者會發現河水奔流不息，恰似時間的流動，但時間的先後順序性，無法由奔流的河水本身規定，而必須由整個不動的河床來標誌。這樣一來，我們就有了兩個直觀圖象：河床和河流，一是動態，一是靜態。〔註53〕

整個不動的河床卻象徵「變」的人事——「閣中帝子今何在」，奔流不息的河流象徵著「不變」的自然——「檻外長江空自流」。河床與河流的對比中，「流水」凸顯出它的永恆性與不變性。然而，孔子則

〔註53〕吳國盛：〈時間學新貌〉，《誠品閱讀》第 18 期（1994 年 10 月），頁 63。

不著眼於流水的恆存性，反而強調「流水」的一去不復返的變動性。不管是永恆性的「流水」或變動性的「流水」，都充分表現出自然的無情，正與有情的人事對比。因此，「流水」意象成了懷古詩中出現頻繁的重要意象。〔註54〕

　　總之，經過從南朝到初唐前期，懷古意識情態逐漸成為主導性的抒情旨歸，出現獨立成體的懷古詩。並且，經由初唐後期詩人的努力創作，懷古詩的藝術風貌終於定型了。就內涵情志而言，初唐後期詩人不僅表達由人文景物引發的盛衰變易、滄海桑田之幽情，而且同時流露出人生緊迫感與身世感慨，使得懷古詩的內涵情境得以深化。還有，就表現方式而言，大多詩人延續著第一階段運用盛衰對比法，但往往不採取鋪排見長的古體，運用近體格律創造出景物描寫特強的懷古詩。儘管其數量不多而尚未形成統一的模式，但可以看出往後懷古詩表現形式的發展走向。

三、懷古與詠史的融合

　　懷古與詠史都以歷史作為共同題材，本來是產生於不同時期、各具不同特徵的詩歌類型。〔註55〕就起興媒介而言，六朝詠史詩大致因讀史而詠，並無涉及古跡或實地景物。隨著懷古詩逐漸受到詩壇的注意，有些詩人試圖將懷古與詠史加以融合而打破兩者的平行關係。其最具代表性的有宋之問〈夜渡吳松江懷古〉與陳子昂的〈薊丘覽古贈

〔註54〕侯迺慧對懷古詩中的兩種流水意涵結構分析得相當精采，一是流水作為古人古事上演的空間背景，卻不隨人事變易，置身事外恆古長存而無情；一是流水作為時間的象徵，無所分別地帶走一切人事，毫不留情而無情。見侯迺慧：〈唐代懷古詩研究〉，《中國古典文學研究》（台北：中國古典文學研究會，2000年6月），頁48～50。

〔註55〕就觸發媒介與內容情志而言，二者確是各具不同特色的詩類。但初唐以還不能以此為二者的區別標準，因為詠史詩人「已增加新經驗，作者寫作多是由實際景物觸發而作，不再限於據讀史印象，或在意念中直接上通往古。」詳細說明，見廖振富：《唐代詠史詩之發展與特質》（台北：國立臺灣師範大學國文研究所碩士論文，張夢機指導，1989年），頁7～9。

盧居士藏用〉七首。先看：

> 宿帆震澤口，曉渡松江濆。櫂發魚龍氣，舟衝鴻雁群。
> 寒潮頓覺滿，暗浦稍將分。氣出海生日，光清湖起雲。
> 水鄉盡天衛，嘆息爲吳君。謀士伏劍死，至今悲所聞。

（宋之問〈夜渡吳松江懷古〉‧卷五三）

前八句生動地描寫夜間渡江的情境，將洶湧江濤的氣勢及清晨江浦的日出壯觀，描寫得淋漓盡致，誠如明人鍾惺的評語：「境奇語奇，說夜渡尤精妙」（《唐詩歸》卷三）。宋之問貶謫到舊吳地，聯想到含冤而死的吳相伍子胥。就作品的內容與結構來講，這首詩是可以分爲「夜渡吳松江」與「（吳松江）懷古」兩個部分，即「行旅」與「懷古」。即詩人也意識到情懷本質的變化，並且這直接反映在詩題上。不過，必須指出的是，「懷古」部分的內容屬於託古詠懷，與本文規定的懷古詩有所不同。

此外，還要看陳子昂的〈薊丘覽古贈盧居士藏用〉七首。如果論唐前，題爲「覽古」的作品有東晉詩人盧諶的〈覽古〉。其內容專詠藺相如事跡、敘述頗詳，並無涉及「古跡」，應屬史傳型詠史詩。〔註56〕可見，詩題〈覽古〉之「古」字當指「古史」。然而，陳子昂在「覽古」前添加地名，顯然已變「古史」之義爲「古跡」了。陳子昂在〈薊丘覽古贈盧居士藏用〉的〈序〉文中詳細說明此組詩的寫作背景：

> 丁酉歲，吾北征，出自薊門，歷觀燕之舊都。其城池霸業，
> 跡已蕪沒矣，乃慨然仰歎。憶昔樂生、鄒子，群賢之遊盛
> 矣。因登薊丘，作七詩以志之，寄終南盧居士，亦有軒轅
> 之遺跡也。（卷八三）

詩題與序文顯示，這組詩確是登覽古跡而興懷之作。這種觸景生情的創作方式本來是懷古詩的特點。那麼，其七首作品的具體內容究竟如何？〈軒轅臺〉、〈燕昭王〉，因篇幅有限，並沒有充分描寫古跡的風

〔註56〕齊益壽師將六朝詠史詩分爲史傳型、詠懷型與史論型三類。見齊益
　　　　壽師：〈談六朝詠史詩的類型〉，《中華文化復興月刊》第10卷，第4
　　　　期（1977年4月），頁9～12。

物景色，但其內容確涉及古跡，且抒發對霸業雄圖、文治武功等前人偉大業績盡成虛幻的喟嘆，故應屬懷古詩；〈樂生〉、〈燕太子〉、〈田光〉、〈鄒子〉、〈郭隗〉則與古跡無涉，詩人或敘述歷史人物的事跡，或抒發個人感想，故純屬詠史詩。〔註57〕總之，本組詩是登覽古跡而興懷之作，參雜著詠史、懷古兩類詩篇。那麼，為何出現這種融合方式的作品？也許，陳子昂並不是有意要融合懷古詩與詠史詩。只是，詩人先在面臨古跡，觸動感情，將種種感慨與議論分別表現而成組詩。不過，這種抒情方式確實為登覽古跡、行遊特定地區的作者提供寫作上的方便，在盛唐詩壇也可以發現類似的作品，如高適的〈宋中十首〉、岑參在蜀地寫的〈先主武侯廟〉等十首。

　　最後，必須指出的是，這些作品對唐代懷古詩與詠史詩的發展所作的影響與意義。這可以說不但提示日後詠史詩的走向，而且預示貫穿於唐代詩壇的懷古詩與詠史詩的融合潮流。即從此以後，詠史詩吸收懷古詩觸景生情的創作特點，不再限於讀史而詠，常常身臨其地、覽跡興懷而作，且透過對古跡景色的描繪，襯托作者的寫作旨趣或加強作品的藝術魅力。隨後，具有嶄新內容與風貌的融合之作就陸續出

〔註57〕　〈薊丘覽古贈盧居士藏用七首〉如下：

　　　　北登薊丘望，求古軒轅臺。應龍已不見，牧馬空黃埃。
　　　　尚想廣成子，遺跡白雲隅。（〈軒轅臺〉）

　　　　南登碣石館，遙望黃金臺。丘陵盡喬木，昭王安在哉。
　　　　霸圖悵已矣，驅馬復歸來。（〈燕昭王〉）

　　　　王道已淪昧，戰國競貪并。樂生何感激，仗義下齊城。
　　　　雄圖竟中夭，遺嘆寄阿衡。（〈樂生〉）

　　　　秦王日無道，太子怨亦深。一聞田光義，七首贈千金。
　　　　其事雖不立，千載為傷心。（〈燕太子〉）

　　　　自古皆有死，徇義良獨希。奈何燕太子，尚使田生疑。
　　　　伏劍誠已矣，感我涕沾衣。（〈田光〉）

　　　　大運淪三代，天人罕有窺。鄒子何寥廓，謾說九瀛垂。
　　　　興亡已千載，今也則無推。（〈鄒子〉）

　　　　逢時獨為貴，歷代非無才。隗君亦何幸，遂起黃金臺。（〈郭隗〉）

現於詩壇，如李白〈登廣武古戰場懷古〉、〈經下邳圯橋懷張子房〉等作品，杜甫〈詠懷古跡〉等，以及劉禹錫、李商隱等中晚唐多數作家之詩篇。他們常常突破普遍的寫作模式，運用自己獨特的藝術技巧結合兩種詩類而創造出與眾不同、富有個人特色的融合之作。

小　結

懷古詩是經由南朝到初唐的眾多詩人的努力而逐步形成的詩歌體類。由於「懷古」是人人感興味的抒情方式，故魏晉以後眾多作者作了各種不同的表現。尤其，在宋齊行旅詩中，懷古情懷的表現在整篇作品中所佔的分量逐漸增加，足以構成作品的主題，具備獨立成體的條件。由行旅詩到懷古詩的體類分化，與六朝詩壇感物對象的轉移和詩人對歷史興亡的反思有密切相關。六朝文論家對感物吟志的新認識，使得詩人的注意力從內在意志轉向外在景物。隨著世局日趨動盪不安，具有人文意涵的外在景物進一步激發詩人的歷史認知，在歷史興亡盛衰的反思中，引發出對生命本質的體認與感慨。

隨著懷古情懷越來越普遍地表現在行旅詩，終於出現了以「懷古」為詩題的懷古詩──初唐李百藥的〈郢城懷古〉，宣告懷古詩正式登場。然而，由於初唐前期詩壇由宮廷詩人主導，懷古詩並未得到詩人的廣泛注意。到了初唐後期，詩風變革與創作環境的改變，為懷古詩創作提供了良好環境，使得懷古詩終於完成了其漫長而艱難的形成歷程。第二階段的懷古詩基本上延續著前一個階段而發展，但亦有創新之處。他們面臨歷史遺跡，在撫今追昔的對比中，往往抒發出充滿感傷的失意情懷與功業前程的渴望等宦游感慨。還有，有些詩人運用近體格律表現作者的懷古幽情，呈現出有別於古體懷古詩的風貌，預示日後懷古詩的走向。

最後，我們不能忽略這時期的懷古詩與詠史詩之間之融合現象。這是貫穿於整個唐代詩壇的普遍現象，但每個階段或每個詩人的融合方式並不一致，故如何融合及有何藝術效果才是研究者必須關注的對

象。陳子昂首次以古跡作爲起興媒介，創作了參雜者詠史詩與懷古詩的七首一組詩。無論有意或無意，陳子昂確是爲日後懷古詩與詠史詩的融合與演變預示了發展走向。

第三章　盛唐懷古詩——繼承期

　　經過漫長的形成過程，懷古詩在開放、上升的盛唐社會氛圍的直接間接地影響之下，普遍受到詩人的矚目，開始走上發展的道路。

　　懷古詩原本必須涉及古跡遺址、有特定歷史內涵的地理位置以及別具意味的自然風物等，懷古詩的發展與詩人的行游經歷有密切關係。眾所周知，唐玄宗開元天寶年間，是中國歷史上少見的經濟高度繁榮發展的時期，社會政治局面比較安定，思想文化領域相對來說比較自由解放，特別是初唐以來科舉取士制度，給廣大庶族出身士人帶來了仕進的希望，展現了美好的前景。時代造就了一代文人具有開闊的胸懷，遠大的理想，富有幻想和自信的人生態度。他們都以拯人救時為己任，把建功立業作為人生的目標，求仕之風達到空前熱潮。辭親別鄉，入京趕考，或應舉入幕，或交遊干謁，或落第還鄉乃至入仕後的遷調、升遷、流放、貶謫是他們共有的生活寫照，這或多或少增加了接觸自然山水與人文遺跡的機會。置身歷史陳跡之間，持有敏感的時間意識的盛唐詩人自然別有感慨，留下不少懷古詩篇。當然，盛唐懷古詩的創作與邊塞詩、山水詩、送別詩等其他體類相比，實有寥若晨星之感，但已超過初唐一百年的成績，為往後的進一步發展鋪路。

　　本章先從內涵情境與表現形式兩方面探討盛唐懷古詩的特點，再

深入討論盛唐兩位大詩人李白、杜甫懷古詩的特點及其在唐代懷古詩演變發展上的意義。

第一節　內涵情境：繁榮盛世的生命悲歌

　　盛唐詩人豐富的行遊經歷或多或少影響到盛唐懷古詩的創作。他們所憑弔的對象非常廣泛且多樣，並不限於舊都古城或帝王陵墓，亦可及於歷史英雄、古代隱士等個人遺址及古戰場。他們面對各種歷史陳跡，難免流露生命短暫的歎惋，但並不因此而沈淪於幻滅而將其關注點轉向現實生命的意義與價值，還對先賢德業表示無限的緬懷，創造出富有時代特點的生命悲歌。〔註1〕這無疑是盛唐人昂揚激動的生命意識的表現。西方學者在討論悲劇精神、理念時，注意到一種很弔詭的現象，即西方文學史上的兩次偉大的悲劇時期，卻「遠非黑暗或挫敗的時代，反而是對生命抱持高瞻遠矚、人心激越、繁盛無窮的時代……在生命蓬勃的最高潮，一個人若非滿溢悲劇的感受，就必感覺興奮，他不會意興闌珊。悲劇人生觀的反面不是喜劇人生觀，而是視人生為卑鄙、污穢，當人性被視為缺乏尊嚴和意義」。〔註2〕這一段話可作為出現在繁榮盛世的生命悲歌最好的註腳。

　　按照憑弔遺址的性質大略分為兩類，即舊都古城（包括陵墓）及先賢遺址。兩類作品的內涵情境固然有所重疊，一首作品往往同時蘊含著兩種內容情志，但還可以指出主要抒情旨向，故將盛唐懷古詩的內容情志分為生命短暫的歎惋與先賢德業的緬懷進行討論。

〔註1〕　青冥〈李白的懷古詩〉一文裡指出：「李白想到信陵君、梁孝王、謝東山等人便哭起來，這到底是為他們而哭，還是為自己的白髮而哭呢？這些詩篇與其說是弔古，不如說是傷今，與其說是吟詠古蹟，不如說是生命的悲歌。」筆者並不完全認同青冥先生的觀點，但「生命的悲歌」一詞可以概括盛唐懷古詩有別於中晚唐的獨特內涵情境。見夏敬觀等著：《李太白研究》（台北：里仁，1985年5月），頁547～552。

〔註2〕　Edith Hamilton〈悲劇的理念〉，收入曾珍珍、劉毓秀合譯：《希臘悲劇》（台北：書林，1984年），頁7～8。

一、生命短暫的歎惋

（一）秦漢古城與陵墓

　　眾所周知，秦、漢是中國歷史上兩個大一統的帝國，秦皇與漢武皆具雄才大略，建立巨大功業。秦始皇削平六國，首次達成統一天下的偉業，然後使「車同軌、書同文字」，修築長城防備胡人，並巡游全國，在會稽山等六地立碑刻石以頌秦之德。漢武帝即位，罷黜百家，獨尊儒術，北伐匈奴，造成了中國歷史上一個光輝燦爛的極盛時代，封禪泰山，其聲威震於天下。然而，他們雖然權傾一時，力足以宰制天下，卻不能主宰自己的生命，長生之夢終不可成，仍然不能超越死亡的共同命運，最後只能留下蕭條寂寥的陵墓而已。王維經過始皇墓，徹底看到生命的本然風貌，深入思考人類共同命運與自己的生命處境而作此詩，試看：

　　　　古墓成蒼嶺，幽宮象紫臺。星辰七曜隔，河漢九泉開。
　　　　有海人寧渡，無春雁不迴。更聞松韻切，疑是大夫哀。

　　　　（王維〈過始皇墓〉‧卷一二六）

古人認為生是短暫的，死是永恆的，歷代帝王比誰都清楚瞭解生命的有限。他們不得不顧慮死後的生活，為了永遠享受生前的富貴榮華，生前就開始營造豪壯雄大的自己墳墓。不過，他們的努力越突出強烈，其結果越悲涼。詩人從秦始皇墓的蒼涼景色寫起，想像秦皇營造的地下世界：秦代的那座古墓成了長滿野草的山嶺，可它那幽暗的地宮卻是豪華壯麗的宮殿，墓內也利用水銀與珍珠完全具現了現實世界的天文地理。〔註3〕然而，幽宮是一個沒有生機而封閉錮鎖的天地──「有海人寧渡，無春雁不回」。最後，詩人並不採取直抒感慨的方式，運用五大夫松的故事，似乎由松樹來憑弔始皇，更凸顯出生命的

〔註3〕《史記‧秦始皇本紀》：「宮觀百官奇器珍怪徙臧滿之。令匠作機弩矢，有所穿近者輒射之。以水銀為百川江河大海，機相灌輸，上具天文，下具地理，以人魚膏為燭，度不滅者久之。」見漢‧司馬遷、楊家駱主編：《新校本史記三家注》（台北：鼎文書局，1980年），卷6，頁265。

無常與短暫。再看一首以漢家陵爲起興媒介的作品：

> 北登漢家陵，南望長安道。下有枯樹根，上有鼪鼠窠。
> 高皇子孫盡，千載無人過。寶玉頻發掘，精靈其奈何？
> 人生須達命，有酒且長歌。（王昌齡〈長歌行〉・卷一四○）

本詩繼承漢樂府詩的傳統，極力描寫漢陵的荒涼蕭條之景，同時盡情抒發帝王霸業的虛幻。在生前費心安排的陵寢，在時間的流轉中已漸荒蕪，乃至被遺棄，爲野鼠盤據，盜賊來挖掘寶玉。最後，在帝王霸業成空的感慨中，詩人反思生命的哀傷；在歷史之悲中，內心的憤悶也得到撫慰與淨化。

　　王維的作品中雖然不能發現這種關懷的轉換，但懷古詩人注重關心的不只是過去帝王大業的虛幻，更是詩人自己的命運，誠如「詩人雖然像是置身其外地在感懷古人古事的消逝，卻也不期然地向我們呈現了他感懷中潛蘊的自我亦將消亡的感懷意識。這其實也是每個內心多多少少存在的形而上的焦慮的隱隱觸動。」〔註4〕這或許正是詩人寫懷古詩的終極目的所在。再看杜甫的作品：

> 東郡趨庭日，南樓縱目初。浮雲連海嶽，平野入青徐。
> 孤嶂秦碑在，荒城魯殿餘。從來多古意，臨眺獨躊躇。
>
> （杜甫〈登兗州城樓〉・卷二二四）

此詩爲在開元二十五年，杜甫下第後遊齊趙時所作。秦始皇東巡，曾在鄒嶧山刻石頌功德。靈光殿爲漢景帝子魯共王所建，都在兗州境內。〔註5〕詩中的懷古之意與前引兩首有所不同。「孤嶂秦碑在，荒城魯殿餘」正在點出歷史的滄桑（「孤」、「荒」），然而同時意味著前人偉大事功（嶧山刻石、魯靈光殿）的千古長存。從此可以感受到作者昂揚的精神風貌與豪邁的情感基調，相似於陳子昂的「荒服仍周甸，

〔註4〕 侯迺慧認爲懷古詩對於古人古事等歷史，所感懷的重點往往不在人物或事件現象的本身。因此，詩人在此感懷的不再只是古人古事，實則是人類共同命運的關懷，更是詩人自我命運的關懷。詳見侯迺慧：〈唐代懷古詩研究〉，《中國古典文學研究》第三期（2000 年 6 月），頁 40。

〔註5〕 詳見清・楊倫：《杜詩鏡詮》（台北：華正，1986 年），卷 1，頁 2。

深山尙禹功」(〈白帝城懷古〉)。這樣的風格與情感指向在盛唐懷古詩中並不少見的。

（二）梁　園

梁園，是指漢諸侯梁孝王所建的著名園林，世稱梁孝王竹園，又稱兔園。據史書記載，梁孝王建有大量的宮觀樓閣，連延數十里，並且種滿了奇花異果，養了各種珍禽怪獸，每日與賓客悠遊其中，遊說之士鄒陽、辭賦大家枚乘、司馬相如皆是梁王苑中嘉賓。〔註6〕高適曾經多年寓居於宋城，留下吟詠宋中古跡的〈宋中〉十首。其中有兩首是憑弔梁王宮殿的懷古詩，試看：

> 梁王昔全盛，賓客復多才。悠悠一千年，陳跡唯高臺。
> 寂寞向秋草，悲風千里來。
> 梁苑白日暮，梁山秋草時。君王不可見，修竹令人悲。
> 九月桑葉盡，寒風鳴樹枝。
>
> （（高適〈宋中十首〉之一、之四·卷二一二）

昔日梁園全盛之時，宮室苑囿美輪美奐，賓客甚多，每日觀賞雁池、鶴洲的美麗景致。然而如今天地也是一片淒涼，登臨古跡更有難言的悽愴。高適的梁園懷古詩，讓人想起陳子昂吟詠燕昭王的詩：「南登碣石館，遙望黃金臺。丘陵盡喬木，昭王安在哉？霸國恨已矣，驅馬復歸來」(〈薊丘覽古〉之一) 雖然高詩中沒有任何一句刻意模仿的痕跡，兩首詩的情緒、風格卻是相當類似。只是，高適梁園懷古詩中納入了季節的感懷，在深秋景色的渲染之下，梁園古跡不僅顯得更爲淒涼寂寞，物是人非之感益發深切。再看另一首：

> 河水日夜流，客心多殷憂。維梢歷宋國，結纜登商丘。

[註6]　《史記·梁孝王世家》：正義括地志云：「兔園在宋州宋城縣東南十里。葛洪西京雜記云『梁孝王苑中有落猨巖、栖龍岫、鴈池、鶴洲、鳧島。諸宮觀相連，奇果佳樹，瑰禽異獸，靡不畢備』。俗人言梁孝王竹園也。」卷58，頁2083。；《漢書·司馬相如傳》：「會景帝不好辭賦，是時梁孝王來朝，從游說之士齊人鄒陽、淮陰枚乘、吳嚴忌夫子之徒，相如見而說之，因病免，客游梁，得與諸侯游士居，數歲，乃著子虛之賦。」卷57上，頁2529。

漢皇封子弟，周室命諸侯。搖搖世祀遠，傷古復兼秋。
鳴鴻念極浦，征旅慕前儔。太息梁王苑，時非牧馬遊。

（儲光羲〈登商丘〉‧卷一三七）

這是詩人在遙遠的征途中登高而觸景抒懷之作，具有征旅、懷古、抒
情的多重意蘊與特性，詩中也分別表現了征途之遠、臨古之意、不遇
之悲。值得注意的是，「傷古復兼秋」點出懷古情懷與悲秋性質上雷
同的地方。秋天是氣候風物激烈變化、外在物象急速推移的季節，又
讓人深刻地體認到時光流逝、年歲將盡的一種危機感。因此，「悲秋」
不只是逢秋而興起的悲傷情懷，更是失意文人的「搖落無成」之嘆息。
〔註7〕兩者都以感物起興及時間意識為主要特徵，故兩種詩情容易互
相交融，亦有相輔相成的效果。將懷古與悲秋相結合的抒情方式，又
在高適〈古大梁行〉中看到：

古城蒼茫饒荊榛，驅馬荒城愁殺人。魏王宮殿盡禾黍，
信陵賓客隨灰塵。憶昨雄都舊朝市，軒車照耀歌鐘起。
軍容帶甲三十萬，國步連營一千里。全盛須臾那可論，
高臺曲池無復存。遺墟但見狐狸跡，古地空餘草木根。
暮天搖落傷懷抱，倚劍悲歌對秋草。俠客猶傳朱亥名，
行人尚識夷門道。白璧黃金萬戶侯，寶刀駿馬填山丘。
年代淒涼不可問，往來唯有水東流。

（高適〈古大梁行〉‧卷二一三）

〔註7〕宋玉〈九辯〉是形成文學史所謂「悲秋」抒情傳統的源泉：「悲哉秋
之為氣也，蕭瑟兮草木搖落而變衰。憭慄兮若在遠行，登山臨水兮
送將歸，泬寥兮天高而氣清，寂寥兮收潦而水清，憯悽增欷兮薄寒
之中人，愴怳懭悢兮去故而就新，坎廩兮貧士失職而志不平，廓落
兮羈旅而無友生。惆悵兮而私自憐。燕翩翩其辭歸兮，蟬寂漠而無
聲。鴈廱廱而南遊兮，鶤雞啁哳而悲鳴。獨申旦而不寐兮，哀蟋蟀
之宵征。時亹亹而過中兮，蹇淹留而無成。」關於「悲秋」的抒情
傳統，參閱松浦友久：〈詩與時間〉，《中國詩歌原理》（瀋陽：遼寧
教育出版社，1990年7月）頁3～41；王立：《中國古代文學十大主
題》（瀋陽：遼寧教育出版社，1990年8月），129～150；何寄澎師：
〈悲秋——中國文學傳統中時空意識的一種典型〉，《台大中文學
報》，第七期（1995年4月），頁77～92。

雖然採取歌行的形式，此詩爲以登臨起興而懷古意味較濃的典型懷古詩。詩一開始，藉由大梁今昔盛衰的描寫，表示人間滄桑的感慨。昔日的宮觀池臺，今日只見荒草叢生，狐狸出沒，秋風蕭瑟。筆鋒一轉，詩人直抒胸臆，發洩內心的鬱勃之氣，由俠客朱亥、夷門監侯生的俠義事蹟至今仍爲人稱道，而想起思賢若渴的信陵君，又想起自己以身許國卻不得機會的遭遇，怎不悲傷沈痛。最後再次強調榮華無常、時間流逝的空虛，誠如明人唐汝詢云：「此覽古而興慨也。見古城之荒涼，而追想曩時之壯麗，因言全盛難保，故物無一存者。安得不傷懷悲歌哉？雖俠客猶傳其名，隱士尙識其處，然而萬戶侯安在耶？寶刀駿馬，亦皆塡滅丘山，惟河水東流，依然如舊耳。」〔註8〕高適在憑弔古跡之際，常常與悲秋的抒情傳統相結合，以不僅表現生命短暫、繁華無常的感慨，同時流露出個人落拓無偶的自憐自傷，使懷古詩的內涵得以豐富。

　　仕宦的感慨，已在少數初唐懷古詩中往往見過，時到盛唐更是普遍表現在懷古詩篇裡。唐玄宗在位的半個世紀，是唐朝政治和經濟的鼎盛期。對盛唐詩人而言，他們的社會環境較其它時代的詩人或許優越一些，可是盛唐詩人的政治行爲無法擺脫對政權的依賴，同時又無法眞正學會適應政權需要的多種本領，所以宦途上的不得意與理想的失落是不可避免的。自我意識極強的李白更爲直接地表現這種感慨，有助於瞭解梁園懷古的深刻內涵：

> 梁園歌我浮黃雲去京關，挂席欲進波連山。天長水闊厭遠涉，訪古始及平臺間。平臺爲客憂思多，對酒遂作梁園歌。
> 卻憶蓬池阮公詠……昔人豪貴信陵君，今人耕種信陵墳。
> 荒城虛照碧山月，古木盡入蒼梧雲。梁王宮闕今安在，枚馬先歸不相待。舞影歌聲散綠池，空餘汴水東流海。沈吟此事淚滿衣，黃金買醉未能歸。連呼五白行六博，分曹賭

酒酣馳輝。歌且謠，意方遠。東山高臥時起來，欲濟蒼生
未應晚。（李白〈梁園吟〉・卷一六六）

本詩則李白親臨梁園遺跡而對酒懷古抒情之作。在醉酒作歌之際，忽
然想起阮籍〈詠懷〉詩中「徘徊蓬池上，還顧望大梁」。大梁與梁園原
本是指兩個不同國家，但因國名相同，又距離不遠相鄰，還具有類似
的歷史意涵，李白連類而及，混為一談。〔註9〕李白透過對兩個梁國君
王遺址的憑弔，想要傳達的是生命的短暫與無常。原來貴為天子王侯
也不能超越死亡的命運，人間的富貴、容華、權勢都隨著消逝無蹤。
豪貴一時的魏國信陵君，今日已經丘墓不保，一代名王梁孝王，宮室
已成陳跡，昔日上賓枚乘、司馬相如也早已作古人，不見蹤影。李白
身臨梁園遺址，過去的繁華盛況早已消失無蹤，故一時興起及時行樂
的想法而暫時沈醉於眼前的歡樂，但兼濟天下的理想仍未真正消退。
李白的感情旋律並沒有就此終結，卻繼續旋轉升騰，導出樂觀積極的
結論：「東山高臥時起來，欲濟蒼生未應晚。」張伯指出過，李白的時
間意識與其建功立業的不朽意識有密切相關：「在李白，這種歷史的虛
無感並沒有導致他走向道家教導的『安時而處順』以『超生死』『外生
死』乃至『順應生死』來達到『不喜亦不懼』的境界，而是要在有限
的生命中建功立業，以儒家的『三不朽』來擺脫時間對生命的威脅。」
〔註10〕可見，帝王霸業的虛幻並未消弭盛唐詩人建功立業、拯濟蒼生
的人生目標，卻要在有限的生命中建功立業來擺脫湮滅無聞的命運。

〔註9〕　安旗曾經對李白〈梁園吟〉做過一番考辨。他引用歷史記載和文學
作品，詳細說明歷史中的兩個梁國，即歷史上確實有兩個梁國，但
一在戰國，一在西漢：一都大梁（唐為開封），一都睢陽（唐為宋城）。
李白卻籠統地把兩個梁國混為一談。見安旗：《李白研究》（西安：
新華書店，1987年9月），頁129～133。

〔註10〕青冥曾經指出「由懷古而想到生命的短促，由生命的短促而想到求
仙，由求仙不成而想到及時行樂，這是李白詩的一個特色。」見同
註1，頁549。但張伯偉在〈李白的時間意識與遊仙詩〉一文中認為，
讀者不應該以「及時行樂」等片面的觀點暸解「梁園歌」的主旨或
李白的時間意識。見張伯偉：《中國詩學研究》（瀋陽：遼海出版社，
2000年6月），頁113～122。

這無疑是盛唐懷古詩有別於其他時代作品的內涵特點。

（三）鄴 城

　　鄴城曾經是戰國時期魏國的屬地，到了東漢末獻帝建安十八年（213），曹操封為魏王，始建魏社稷宗廟在此。〔註11〕鄴城與三國時期的魏國之間的因緣很短暫。曹操之子曹丕稱帝之後，將首都遷到洛陽。但身為亂世英雄、詩壇領袖的曹操留下豐富的歷史故事與古跡，讓後人不斷地憑弔、吟詠，如：

> 君不見漢家失統三靈變，魏武爭雄六龍戰。盪海吞江制中
> 國，迴天運斗應南面。隱隱都城紫陌開，迢迢分野黃星見。
> 流年不駐漳河水，明月俄終鄴國宴。文章猶入管弦新，帷
> 座空銷狐兔塵。可惜望陵歌舞處，松風四面暮愁人。（張鼎
> 〈鄴都城〉·卷二○二）

據《鄴都故事》：「魏武臨終時，遺命諸子，時登銅雀臺，望其西陵墓田」。〔註12〕正因為如此，曾經享樂歌舞的三臺，便成為充滿悲傷的望陵臺。帝王生前的權勢太過顯赫，彷彿可以主宰一切，操縱生死，因此城闕的寥落、三臺的寂寞，便格外引人沈思，感到哀愁。詩人藉由望陵臺現實實景的描寫，強調生命的有限與自然的無常，以襯托出帝王霸業的虛幻。再看另一首：

> 朝發淇水南，將尋北燕路。魏家舊城闕，寥落無人住。
> 伊昔天地屯，曹公獨中據。群臣將北面，白日忽西暮。
> 三臺竟寂寞，萬事良難固。雄圖安在哉，衰草霑霜露。
> 崔嵬長河北，尚見應劉墓。古樹藏龍蛇，荒茅伏狐兔。
> 永懷故池館，數子連章句。逸興驅山河，雄詞變雲霧。

〔註11〕《三國志·魏書》：「（建安十八年）秋七月，始建魏社稷宗廟。天子聘公三女為貴人，少者待年于國。九月作金虎臺，鑿渠引漳水入白溝以通河。冬十月，分魏郡為東西部，置都尉。十一月，初置尚書、侍中、六卿。」見晉·陳壽撰、宋·裴松之注、楊家駱主編：《新校本三國志》（台北：鼎文書局，1974 年 11 月），卷 1，頁 42。

〔註12〕宋·郭茂倩：《樂府詩集·相和歌辭六》（台北：里仁出版社，1981 年 3 月），卷 31，頁 454。

> 我行睹遺跡，精爽如可遇。斗酒將酹君，悲風白楊樹。
>
> （孟雲卿〈鄴都懷古〉‧卷一五七）

此詩並不採取盛衰對比結構，對於曹公事業並無具體言及，注重描寫寥落寂寞的故城景象。就歷史進化而言，今日要勝於昨日，但在懷古者的眼裡，過去永遠是輝煌燦爛的，今日則不免蕭條、殘破。古跡雖然是往昔光輝歷史的產物，卻又承載著時間的滄桑，因此詩人對古跡的描寫多著眼於此。並且，寥落寂寞的鄴城自然不免引起一種歷史幻滅感，但詩人並不因而垂頭喪氣，卻發現應瑒與劉楨的墳墓——「尚見應劉墓」。文學的生命在人性的交感共鳴中，雖然歷久而彌新。詩人肯定鄴城文人的文學成就，亦即肯定自己的生命價值。張鼎與孟雲卿的肯定觀照，印證了〈典論‧論文〉所說：「年壽有時而盡，榮樂止乎其身，二者必至之常期，未若文章之無窮的感嘆與信念。可見，鄴城懷古詩充分流露出盛唐詩人的情懷特點。他們面對歷史陳跡，難免有生命有限而無常的虛無感，卻於人間仍有所肯定，「詩人所肯定的是完成自己在內的理想，實踐自我的生命價值。」〔註13〕

（四）金　陵

　　金陵是中國歷史上有名的古都。西元前三三三年，楚威王滅亡越國，佔領了此地，認為當地風水好，有王氣，怕以後會產生王侯，威脅他的子孫，於是在龍灣埋下黃金以鎮壓，修築一座城，取名為金陵邑。當漢獻帝建安十七年（西元 212 年），孫權從京口（原名丹徒、唐人別稱丹陽）遷往秣陵（秦漢時稱）時，認為自己的機緣正好是秦始皇所預言的「五百年後」，於是就把秣陵改為「建業」。及西晉東遷之後，又根據於秦始皇預言定都於此地，稱為「建康」。自孫權定都於此，三百二十多年當中先後出現了東吳、東晉、宋、齊、梁、陳等

〔註13〕陳清俊：《盛唐詩時空意識研究》（台北：國立台灣師範大學國文研究所博士論文，羅宗濤先生指導，1996 年），頁 98。

六個朝代。〔註14〕後來，金陵成爲朝代更替興亡，世事變幻的象徵。
有趣的是，初唐時期感懷金陵之作並不多見，偶有之作也與後世的風
格迥然相異。譬如，宮廷詩人虞世南的〈賦得吳都〉：「畫野通淮泗，
星躔應斗牛。玉牒宏圖表，黃旗美氣浮。三分開霸業，萬里宅神州。
高臺臨茂苑，飛閣跨澄流。江濤如素蓋，海氣似朱樓。吳趨自有樂，
還似鏡中遊。」（卷三六）這首詩所賦的對象正是金陵。但作者所選
取的角度並不是改朝換代的亡國之都，而是開一代基業，奠三國鼎立
之勢的吳王孫權所建的雄都。作者對吳都雄偉地勢的描述，對吳主雄
才大略的稱讚，讓人想起當時君主唐太宗的赫赫偉業，唐都長安的闊
大偉岸。

　　然而，唐經過將近一百年的發展，經貞觀之治、開元盛世，達到
了繁榮發展的頂峰。但在繁榮興盛的背後，卻積蘊了一些不易察覺的
弊病。作爲社會中較敏感的知識分子感到隱藏的危機，於是開始爲國
家前途命運擔憂。這種憂患心理在儲光羲表現得很清楚，儲光羲〈臨
江亭五詠〉的「序」云：

> 建業爲都舊矣，晉主來此，而禮物盡備，雖云在德，亦云
> 在險。京口其地也，嗚呼，有邦國者，有興亡焉。晉及陳，
> 五世而滅，以今懷古，五爲詠。臨江亭得其勝概，寄以興
> 言，雖未及乎辯士，亦其志也。

他所看到的舊都不再虞世南眼中的吳之雄都，而是將視角切換到南
朝。詩人以「江亭」作爲空間定點，反思曾經定都於此地的五個王朝
的興亡盛衰。從而徹底領會王朝興亡盛衰的法則，即每一個王朝如同
人的生命一樣，有興則必有衰，這是無可更移的規律。因此，儲光羲
將王朝的興亡歷史、現實的景色、自己的感慨加以融合，分別表現在
五首中。且看第一首：

> 晉家南作帝，京鎮北爲關。江水中分地，城樓下帶山。

〔註14〕唐・李吉甫：《元和郡縣圖志》（北京，中華書局，1995 年 1 月），頁
594。

> 金陵事已往，青蓋理無還。落日空亭上，愁看龍尾灣。
>
> （儲光羲〈臨江亭五詠〉之一‧卷一三九）

詩人想象晉主來此定都的情形，金陵曾經是帝王都邑，但如今人事已往，過去的繁華早已消失無蹤，物是人非之感在日暮時分，益發深切，只能極度哀愁的心情看望金陵古跡。

其實，對金陵古跡特感興趣的金陵懷古詩主將應推李白。李白有生之年，曾經幾次造訪江南地區，留下不少作品。尤其在天寶六、七載，李白正在金陵等一帶漫遊，眾多歷史陳跡的刺激之下，留下「寫景詠物，具著蒼涼之色」的懷古詩篇，[註15] 如〈金陵三首〉、〈金陵白楊十字巷〉、〈月夜金陵懷古〉、〈登金陵鳳凰臺〉、〈越中覽古〉、〈蘇臺覽古〉等。[註16] 其中，反覆被後人稱道的金陵懷古詩無疑是〈月夜金陵懷古〉與〈登金陵鳳凰臺〉。因為，李白的金陵感嘆與別人有所不同，初次賦予了金陵懷古詩以諷諭現實的意義。李白曾身為近臣，不僅親身體驗過大唐王朝的全盛威勢，同時目睹宮廷生活的腐敗和朝廷政治的黑暗。盛唐詩人在國家的強盛感到驕傲自豪的同時，也察覺到在強大的繁華表現下潛伏著的社會危機，有意無意地反映在作品，殷殷的憂患往往流露在一些懷古詩篇中。試看：

> 蒼蒼金陵月，空懸帝王州。天文列宿在，霸業大江流。
>
> 綠水絕馳道，青松摧古丘。臺傾鵁鶄觀，宮沒鳳凰樓。
>
> 別殿悲清暑，芳園罷樂遊。一聞歌玉樹，蕭瑟後庭秋。
>
> （李白〈月夜金陵懷古〉‧卷一八五）

詩人詳細描寫月亮普照下的金陵殘景，象徵帝王霸業的人文景物都失去了原來的功能與莊嚴的外觀，如馳道、古丘、鵁鶄觀、鳳凰樓、別

〔註15〕安旗主編：《李白全集編年注釋》（成都：巴蜀書社，1992 年 4 月），頁 79。

〔註16〕關於李白金陵懷古詩的內涵特點，可以參考楊曉靄〈唐代懷古詩之文化解讀〉《西北師大學報》，第 29 卷第 6 期（2002 年 11 月），頁 28～31。

殿、芳園等。「絕」、「摧」等動詞強調時間的破壞性；「傾」、「沒」強調生命的脆弱與無助。最後，在藉由不知何處傳來的「玉樹後庭花」歌曲，渲染出金陵古都的荒涼氣氛。〔註17〕再看另一首別有意涵的金陵懷古詩：

> 鳳凰臺上鳳凰遊，鳳去臺空江自流。吳宮花草埋幽徑，晉代衣冠成古丘。三山半落青天外，二水中分白鷺洲。總爲浮雲能蔽日，長安不見使人愁。（李白〈登金陵鳳凰臺〉・卷一八〇）

鳳凰臺在金陵城西鳳凰山上，相傳南朝劉宋元嘉年間有三鳥翔集山頂，文彩五色，時人謂爲鳳凰，遂起台於山，山與臺因此得名。在封建時代，鳳凰是一種祥瑞。當年鳳凰來遊象徵著王朝的興盛。正如鳳凰飛去臺成空，盛極一時的金粉六朝亦已一一成爲陳跡，與「空自流」的長江形成明顯的對比，使得頓生今昔盛衰之感。在前半部，詩人藉由鳳凰臺的典故與景物，表現歷史興亡的幻滅感，感慨萬分地說吳國昔日繁華的宮廷已經荒蕪，東晉的一代風流人物也早已進入墳墓，到此尚未發揮李白的奇才和個性。詩人沒有讓自己的感情沈浸在對歷史興衰的普遍真理中，其關懷由歷史轉向現實，感懷實質也由「不見古人之慨」轉移到「不見長安之憂」，正是此詩超過一般懷古之作的地方。〔註18〕總之，和登臨秦漢遺跡，梁園，乃至鄴城的懷古詩相比，金陵懷古詩的現實意味較重，其情調較爲悽愴。

〔註17〕〈玉樹後庭花〉陳後主創造的吳聲歌曲之一。據《樂府詩集》的記載，「禎明初，後主作新歌，辭甚哀怨，令後宮每人習而歌之。其辭曰：『玉樹後庭花，花開不復久。』時人以歌讖，此其不久兆也。」，見宋・郭茂倩：《樂府詩集・相和歌辭六》（台北：里仁出版社，1981年3月），頁680。

〔註18〕朱金城曾經指出「『愁』字包括了憂國傷時和懷才不遇兩方面。正由於這寄意深長的兩句詩，使詩人又回到現實中來，超脫終究無法超脫，在有限的人生仍要積極追求，正是這樣對現實人生的執著，使我們從這手詩中看到了一個真正偉大詩人的形象，也是此詩超過一般懷古之作的地方。」，見朱金城、朱易安：《李白的價值重估》（台北：文史哲，1995年10月），頁220。

（五）峴　山

　　峴山在襄州襄陽縣東南。此地之所以成爲勝跡，並不只是因其美麗的自然環境，更是其特定的歷史內涵，即羊祜的墮淚碑。《晉書·羊祜傳》云：

> 祜樂山水，每風景，必造峴山，置酒言詠，終日不倦。嘗慨然歎息，顧謂從事中郎鄒湛等曰：「自有宇宙，便有此山。由來賢達勝士，登此遠望，如我與卿者多矣！皆湮滅無聞，使人悲傷。如百歲後有知，魂魄猶應登也。」湛曰：「公德冠四海，道嗣前哲，令聞令望，必與此山俱傳。至若湛輩，乃當如公言耳。」……祜所著文章及爲《老子傳》並行於世。襄陽百姓於峴山祜平生游憩所建碑立廟，歲時饗祭焉。望其碑者莫不流涕，杜預因名爲墮淚碑。荊州人爲祜諱名，屋室皆以門爲稱，改戶曹爲辭曹焉。〔註19〕

羊祜登峴山爲了無名的先人而感慨，後人則因羊祜的碑而流淚。表面上，引起感慨的媒介有所不同，但實際上是一樣的。他們在此徹底領會到人類的共同命運，即過去登臨峴山的無數「賢達勝士」，後來又登臨此地看到羊祜碑的無數人乃至因他的德政而留碑的羊祜，都只不過是終究也無法迴避「湮滅無聞」的存在罷了。因此，原本爲了紀念羊祜的德政而建立的碑石，後來竟然成爲「墮淚碑」了。除了羊祜或杜預以外，盛唐也有一個峴山懷古者——孟浩然，他將無數峴山懷古者的深沈感慨精緻地表現在四十個字的詩篇裡，便成功地把自己的名字刻到峴山懷古的獨特人文傳統上，被後人永遠記住：

> 人事有代謝，往來成古今。江山留勝跡，我輩復登臨。
> 水落魚梁淺，天寒夢澤深。羊公碑尚在，讀罷淚沾襟。
> （孟浩然〈與諸人登峴首〉·卷一六〇）

本詩表現的是孟浩然登峴山的個人經驗與感受，但也可以當作所有登峴山懷古者的經驗與感受：「使我們恍然如置身於一場追溯既往的典

〔註19〕唐·房玄齡等撰：《晉書》（北京：中華書局，1974 年 11 月），卷 34，頁 1020；頁 1022。

禮中，所有在我們之前讀到墮淚碑的人都哭過了，現在，輪到我們來讀，輪到我們哭了。」〔註20〕「人事有代謝，往來成古今」，不僅是一個平凡道理的陳述，更是一個峴山懷古者真實體會的的衷心告白。站在峴山，舉目遠望，水落石出，草木凋零，一片蕭條景象。作者抓住了當時當地所特有的景物，既能表現出時序為嚴冬，又烘托了作者心情的傷感。最後，孟浩然也與之前的無數登臨者一樣流淚，完成這個登峴山而懷古的儀式。不過，「羊公碑尚在」，一個「尚」字，似乎蘊含著豐富的內涵，即羊公碑還在而羊公不復在之生命短暫的感慨及自身功名未遂之悲感。四百多年前的羊祜，因「德冠四海，道嗣前哲」而以名垂千古，與「此山俱傳」，想到自己至今無所作為，死後難免淹沒無聞，這和「尚在」的羊公碑，兩相對比，不由得興起無限悲傷。因此，羊祜碑是最為體現生命短暫的標誌，同時是渴望不朽者的榜樣，對一個嚮往建功立業的盛唐人來說，真是意義非凡的。

　　可見，孟浩然確實是一個非常傑出的峴山懷古者，不僅遵循固定的行事方式——登臨峴山、讀羊祜碑、流淚，並留下不朽的作品。除了孟浩然以外，張九齡亦將峴山羊公碑往往與鄰近的諸葛亮遺跡相結合，寄託出壯志難酬的憤懣心情：

> 昔年亟攀踐，征馬復來過。信若山川舊，誰如歲月何。
> 蜀相吟安在，羊公碣已磨。今圖猶寂寞，嘉會亦蹉跎。
> 宛宛樊城岸，悠悠漢水波。逶迤春日遠，感寄客情多。
> 地本原林秀，朝來煙景和。同心不同賞，留歡此巖阿。

（張九齡〈登襄陽峴山〉‧卷四九）

昔年諸葛亮曾在此處作梁父吟，如今吟聲不知道哪裡去了，紀念羊祜的碑碣也已漫漶難辨，輔弼劉備爭天下的諸葛亮的「雄圖」與「置酒言詠，終日不倦」的羊祜的「嘉會」都已成過去，只有春光普照下的

〔註20〕美國漢學者宇安所安認為登臨峴山帶著作為一種典禮儀式的特點，並從典禮儀式的角度試圖詮釋孟浩然的作品創作旨趣。見宇文所安著、鄭學勤譯：《追憶——中國古典文學中的往事再現》（北京：三聯書店，2004 年 12 月），頁 30。

山川景色千年依舊。此詩在人事變化與自然永恆的對比中，不僅流露出人事代謝的感慨，還表達自身繼先賢功業的抱負。在無限的時間長河裡，人生僅是極其微小的波浪而已，只能在有限的生命中建功立業來擺託時間對生命的威脅。這種情懷內容早在陳子昂〈峴山懷古〉中看過的，但在盛唐懷古詩人的手中表現得更爲突出明顯。

然而，李白卻扭曲和否定了這一慣例，以十分獨特的方式吟詠峴山（或羊祜碑）：

> 訪古登峴首，憑高眺襄中。天清遠峰出，水落寒沙空。
> 弄珠見遊女，醉酒懷山公。感歎發秋興，長松鳴夜風。
>
> （李白〈峴山懷古〉·卷一八一）
>
> 且醉習家池，莫看墮淚碑。山公欲上馬，笑殺襄陽兒。
>
> （李白〈襄陽曲〉之三·卷一六四）
>
> 君不見晉朝羊公一片石，龜龍剝落生莓苔。
>
> 淚亦不能爲之墮，心亦不能爲之哀。（李白〈襄陽歌〉·卷一六六）

李白或不去吟詠羊祜碑而緬懷「好酒」的山簡，〔註21〕或有意否定墮淚碑的傳統意義，從而將自己與其他峴山懷古者區別開來。〔註22〕李白的峴山懷古似乎充滿著及時行樂的人生觀與生命短暫的虛無感，與傳統儒家的普遍價值取向相左。但這很可能是詩人敏感時間意識與強烈地功名意識的反射。李白一直渴望著「功成身退」，而從未得到「功成」的機會，也就始終爲能「身退」。理想與現實的極度不和諧使他越來越敏感於時間的無情流逝，故在作品中反覆表現對時間的哀嘆。

〔註21〕《晉書·山濤傳》：「簡字季倫……永嘉三年，出爲征南將軍、都督荊湘交廣四川諸軍事、假節，鎮襄陽。于時四方寇亂，天下分崩，王威不振，朝野危懼。簡優游卒歲，唯酒是耽。諸習氏，荊土豪族，有佳園池，簡每出嬉遊，多之池上，置酒輒醉，名之曰高陽池。」卷四三，頁1229。

〔註22〕宇文所安指出李白吟詠襄陽的詩篇有別於同時代的詩人，富有個人色彩。例如，李白提到諸如「白銅鞮」的地方歌曲，以及襄陽歷史上最大的酒鬼山簡。筆者的觀點深受宇文所安的啓發。見宇文所安著、賈晉華譯：《盛唐詩》（北京：三聯書店，2004年12月），頁152～153。

因此，「莫看墮淚碑」未必符合李白的本意。他夜郎流放遇赦後聞李光弼率兵出征時，還決心從軍，從而我們依然能夠感受到李白渴望建業立功的壯士心。〔註23〕

總之，盛唐詩人的關懷似乎集中於生命的短暫無常此一問題。他們不去憑弔秦漢故城，而去憑弔秦始皇與漢武帝的陵廟，關懷焦點不在於帝王霸業的虛幻上，而在於不能逃避死亡的脆弱生命上；憑弔梁園與鄴城的懷古作品，不但抒發出生命短暫的歡惋，而且蘊含著理想社會不復存在的缺憾。峴山羊祜碑是體醒我們生命有限的標誌，同時是渴望不朽功業者的榜樣，可以說是最能體現出盛唐懷古詩人的複雜情懷的憑弔對象。藉由歷史王朝的興亡盛衰來觸及生命本質的作品，只有金陵懷古詩而已。當盛唐詩人置身在古跡時，他們清楚地領會到生命的短暫與死亡的不可避免。但「這樣的感懷不單單是對過去人事的歡惋，更是自我生命處境的關切。」〔註24〕過去的人事早已消逝，我們亦終將消逝，但並未因此沮喪而放棄對遠大理想和崇高功名的追求，還能保持著盛唐人特有的深厚高朗的情感基調與闊遠壯大的氣度力量。

二、先賢德業的緬懷

歷史上有過無數動人的故事和曾經風流一時的人物，在他們曾經流連的地方，或在他們埋骨黃泉之處，或某些相關的景物往往引發詩人的敏感情緒。詩人透過對特定歷史人事的緬懷，往往藉以抒寫自己的身世感慨，抒發的是屬於個人的感懷。本文按照憑弔的對象，從賢臣良相、隱士、文人、古戰場等四方面討論另一類盛唐懷古詩的內涵特點。

〔註23〕李白壯心不已的面貌，在寫於寶應元年的題爲「聞李太尉大舉秦兵百萬出征東南懦夫請纓冀申一割之用半道病還留別金陵崔侍御十九韻」的詩篇裡。
〔註24〕見同註4，頁39。

（一）賢臣良相遺跡

盛唐人都以濟世安民為自己的人生責任，渴望有機會實踐自己的政治理想。因此，藉由許多歷史英雄的吟詠，抒發出自己的理想。其中，諸葛亮無疑是反覆吟詠的代表人物。這與其說是因其顯赫的功績，不如說是諸葛亮與劉備的君臣遇合。先主不惜三顧以請，還說「孤之有孔明，猶魚之有水也」的比喻，顯現出他對諸葛亮的賞識，也正是這分知遇之恩，使得諸葛亮終其一生，皆願意為蜀國鞠躬盡瘁，效死盡忠。這樣的歷史故事，對於渴望建功立業，實現個人理想的盛唐人而言，自然具有強烈的吸引力。盛唐人身臨二人遇合有關的遺址，不免思緒紛紛、感慨萬千，抒發濃厚的緬懷之情。試看：

> 先主與武侯，相逢雲雷際。感通君臣分，義激魚水契。
>
> 遺廟空蕭然，英靈貫千歲。（岑參〈先主武侯廟〉·卷一九八）

先主、武侯二人的祠廟相鄰，顯示出生前二人的事跡有關。在前四句，詩人詠歌先主與武侯魚水相得的情誼。然而，在撫今追昔之際難免產生古人不再的感傷，故詩人筆下的二人祠廟背負著時間滄桑，但基本上認為二人的情誼不因時間的流逝而消失，卻永遠活在後代無數渴望知遇的士人心中。因此，作品的情感傾向卻是慷慨激昂的，不流於低迴悲傷。

其實，盛唐詩人中，最多吟詠武侯的應推杜甫。這當然與環境之便有關，但更重要的原因恐怕在於「諸葛亮代表著一種典型，而那正是杜甫內心所追尋的嚮往的。」〔註25〕諸葛亮與劉備之間的君臣遇合就是杜甫詠諸葛亮的詩中特別強調的重點之一，甚至題詠先主的作品中亦多涉及諸葛亮，且常用「君臣」一辭。〔註26〕試看：

〔註25〕蔡英俊：《興亡千古事》（台北：故鄉出版社，1980 年 10 月），頁 71。

〔註26〕方瑜師指出，「杜甫詩中特別強調的重點之一則為：諸葛武侯以躬耕南陽，獨吟梁父之隱者，能得先主三顧，終能一展經世籌策。寄望有才之士，均能見用，以期濟世、安民、息亂，杜甫對此大願，始終不忘……孔明得遇知己之君，此乃杜甫因孔明而推愛於劉備之重要原因。詩中每言先主，必及武侯，『君臣』二人往往並舉，而對劉

> 野曠呂蒙營，江深劉備城。寒天催日短，風浪與雲平。
> 灑落君臣契，飛騰戰伐名。維舟倚前浦，長嘯一含情。

（杜甫〈公安縣懷古〉‧卷二三二）

本詩是望古抒情之作，以劉備、呂蒙二人的事蹟爲歌詠的對象，可以分爲寫景與詠懷兩個部分，首兩句以點地開頭，再描述登臨公安縣時的天氣情況，它的作用是在於烘托出古戰場的衰殺氣氛。從寫景轉到詠懷，「灑落君臣契，飛騰戰伐名」，就是創作旨趣所在。他對歷史上的非常際遇及由此得來的不朽功名，始終念念不忘。最後一句，我們清楚看到平生不遇知己而淪落的杜甫，眞是凄涼無極。

　　政治的開明、社會的安寧、經濟的富裕讓盛唐人享受盛世的各種惠風，但盛世並不能保證所有社會成員個人理想的實現。儘管盛唐時代已經確立了科舉制度，成爲庶族士人的登龍門，但進士及第並不代表得到建功立業的機會。尤其，在封建中央集權制下要完全破除人臣依附關係是不可能的，若沒上層爲政者的賞識與提拔很難進身到能夠發揮政治理想的地位。這樣的政治環境之下，胸懷大志的詩人們在追求其人生理想的過程中，自然飽嘗了失落之苦。因此，對歷史上的非常際遇特別敏感，每每經過相關歷史意涵的地方，不僅抒發一種心嚮往之的情感，同時流露知音難遇的幽憤，以彌補現實中的缺憾。梁園古地也是其中之一。梁園懷古詩在前文已看過，帝王霸業的虛幻是梁園懷古詩的抒情重點。但梁園一再吸引著盛唐詩人在此低徊，不斷被吟詠的另一個因素是梁孝王對文人辭客的禮遇故事。試看：

> 梁園秋竹古時煙，城外風悲欲暮天。
> 萬乘旌旗何處在，平臺賓客有誰憐。（王昌齡〈梁苑〉‧卷一四三）

在李白與高適的懷古詩中，梁王與枚、馬間君臣相得的事蹟，都曾被提及過，但只用來點綴梁王權勢、富貴的虛幻。詩人的關懷焦點應在於「賓客」。表面上在憑弔梁園平臺遺址，實質上流露身處於盛世卻

備其他事蹟，並未多論。」見方瑜師：《杜甫夔州詩析論》（台北：幼獅文化，1985 年 5 月），頁 207～208。

懷才不遇的憤懣與悲傷。

此外，高適往往藉以對宓子賤的吟詠，以寄託自己的政治思想，如：

> 宓子昔爲政，鳴琴登此臺。琴和人亦閑，千載稱其才。
> 臨眺忽悽愴，人琴安在哉。悠悠此天壤，唯有頌聲來。
>
> （高適〈宓公琴臺詩三首〉之一・卷二一二）
>
> 常愛宓子賤，鳴琴能自親。邑中靜無事，豈不由其身。
>
> 何意千年後，寂寞無此人。（高適〈宋中十首〉之九・卷二一二）

宓子賤相傳是春秋時魯國人，宰單父，弦歌而治，很有政績。高適極力推崇單父的寬簡政策，深惋今世不能再得，強烈地懷古思賢之意充斥於兩首懷古詩的字裡行間。總之，盛唐人以與賢臣良相有關的人文景物與地理環境爲媒介，抒發渴望功業的積極心理與壯志未酬的慷慨悲憤。

（二）隱士遺跡

盛唐時期乃是政治開明、社會富庶的繁榮時期，有志之士大展雄心抱負的好時機，然而就在仕進者勢如潮湧的此時卻存在著一股崇尚隱逸的風氣。聞一多指出，幾千年來一直讓儒道維持著均勢，於是讀書人便永遠在一種心靈的僵局中折磨自己，巢由與伊皋，江湖與魏闕，永遠矛盾著、衝突著。〔註27〕再加上，這種矛盾人格的普遍出現與李唐王朝對隱士高人的禮遇密切相關。〔註28〕玄宗朝廷繼承高祖以來求賢搜隱的傳統，對隱逸之士仍然不斷予以表揚、徵召，以顯示政治清平、君恩偏澤。於是，有心用事者，也可以利用這種情勢，企圖

〔註27〕聞一多認爲「行爲的矛盾」與「行爲與感情間的矛盾」之雙重矛盾的夾纏中打轉，是開天文人作品中普遍表現的現象。見聞一多：〈孟浩然〉，《聞一多全集》（武漢：湖北人民出版社，1994年），頁51～53。

〔註28〕關於唐朝獎勵隱逸的政策與終南捷徑的政治目的，詳見陳貽焮：〈唐代某些知識分子隱逸求仙的政治目的〉，《唐詩論叢》（湖南：人民，1980年），頁163～171；侯迺慧：《詩情與幽境：唐代文人的園林生活》（台北：東大出版，1991年6月），頁37～44。

走「終南捷徑」來直登廟堂。詩人以跟道士、隱者或幽人等交往爲榮，故拜訪深山幽人的情景以及對古代隱士、名士的緬懷仰慕是盛唐詩篇中常見的內容。但這只是觀念上、精神上的追求，或一種暫時性的身心解脫方式，似乎沒有人眞正願意當盛世中的隱者，〔註29〕如「聖代無隱者，英靈盡來歸。遂令東山客，不得顧采薇。」（王維〈送綦母潛落第還鄉〉），「何必桃源裏，深居作隱淪」（祖詠〈清明宴司馬勳劉郎中別業〉）。請看崔曙的詩篇：

> 靈溪氛霧歇，皎鏡清心顏。空色不映水，秋聲多在山。
> 世人久疏曠，萬物皆自閒。白鷺寒更浴，孤雲晴未還。
> 昔時讓王者，此地閉玄關。無以躡高步，淒涼岑壑間。
>
> （崔曙〈潁陽東溪懷古〉·卷一五五）

潁陽東溪是讓王歸隱的許由隱身處。前八句，各種秋天的自然景物與此地的特定歷史內涵相契合，成功地營造出清靜悠閒的境界氣氛。最後四句，詩人不忘抒發造訪遺跡的心得，以感慨之詞作結。「無以躡高步，淒涼岑壑間」句顯示盛唐人對隱士的精神風貌與高尙道德確實表示著衷心的讚賞和仰慕，但似乎沒有人甘心遵循高步而遁入隱逸之門。隱逸的高趣可以仰慕，但隱逸的行爲已經是過期的遺產罷了。再看另一首詩：

> 古人已不見，喬木竟誰過。寂寞首陽山，白雲空復多。

〔註29〕經過春秋、戰國數百年的理論探索與人生實踐，中國士人已經凝定爲一個眾所認可的處世模式，即「窮則獨善其身，達則兼善天下」（《孟子·盡心上》）這一理論和模式長期以來，大致爲許多是大大夫所接受，以至成爲他們保持人格獨立、維持心理平衡的良方。然而，後人往往改「兼善」爲「兼濟」，又把這兩句之先後顚倒過來，使之進一步突出志在兼濟的人生理想。身處於政治昌明的盛世，盛唐士人儘管以出與處爲基本命題，但以兼濟爲最高理想，禁不住發出躍躍欲試的呼聲，盛唐士人都具有更重視基本上繼承傳統觀念，當然不願默默無聲的完成一己人格的獨立。關於傳統士人的出處模式及盛唐士人的政治態度，見霍松林、傅紹良：《盛唐文學的文化透視》（西安：陝西師大出版社，2000年2月），頁189～214；張仲謀：《兼濟與獨善──古代士大夫處世心理剖析》（北京：東方出版社，1998年2月），頁44～64。

　　蒼苔歸地骨，皓首采薇歌。畢命無怨色，成仁其若何。

　　我來入遺廟，時候微清和。落日弔山鬼，回風吹女蘿。

　　石崖向西豁，引領望黃河。千里一飛鳥，孤光東逝波。

　　驅車層城路，惆悵此巖阿。（李頎〈登首陽山謁夷齊廟〉‧卷一三七）

本詩爲登山吊古之作，以懷古之慨開啓，以宦遊之感作結，蘊含著豐富的情懷內容。一開始突兀地說出憑弔古跡的感慨（「古人已不見，喬木竟誰過」），然後才點出創作背景（寂寞首陽山）。第三到第八句，透過眼前的自然景物巧妙地點出伯夷、叔齊的生前事跡，超越古今時空的構思也引人矚目。從第九句到十二句，詩人寫到遺廟的目前景象，但並不強調遺跡的寂寞蕭條，卻凸顯出已成爲永恆自然的一部分的寧靜氣氛。這不僅與寫作的季節背景有關——「時候微清和」，更是反映出作者對古人高尚人格的敬仰之情。從「石門」開始，詩人思緒從古人轉移到自己身上，進入了對自己人生處境的關懷與省思，誠如唐汝詢云：「此因弔古而起客遊之感也……經石門，望黃河而感客身如鳥，光景隨流，既驅車遠邁，猶對此巖阿而惆悵也。其慕夷齊不淺矣。」〔註30〕有志之士在仕途屢遭挫折時，對隱的嚮往則逐步升溫，自然而然藉以隱逸的嚮往得到心理上的安慰與舒散。因此，憑弔隱士遺跡的懷古詩中蘊含著濃厚的宦游感慨，可以說是非常自然的情懷現象，同時是繼承初唐的懷古詩內容特點之一。

　　與以上所看的兩位詩人的作品相比，孟浩然的懷古詩有所不同。在大多文人身上，隱居主要是一種理想化的模式，最多只是失意的補償或精神的調劑，但在孟浩然卻是一個完整的事實。他之能夠走完盛世的隱士這一艱難而孤獨的人生道路，與襄陽的地理、人文背景密切相關。中唐詩人張祜曾經有過「襄陽屬浩然」（〈題浩然宅〉）之句，顯示出孟浩然大半歲月在襄陽度過，大多詩篇也寫於襄陽。聞一多指出，「歷史上的龐德公給了他啓示，地理的鹿門山給了他方便，這兩

_____

〔註30〕見許文雨集注《唐詩集解》，中冊，頁 119。

項重要條件具備了，隱居的事實便容易完成了。」〔註31〕試看孟浩然的懷古詩：

> 清曉因興來，乘流越江峴。沙禽近方識，浦樹遙莫辨。
> 漸至鹿門山，山明翠微淺。巖潭多屈曲，舟楫屢回轉。
> 昔聞龐德公，采藥遂不返。金澗餌芝朮，石床臥苔蘚。
> 紛吾感耆舊，結攬事攀踐。隱跡今尚存，高風邈已遠。
> 白雲何時去，丹桂空偃蹇。探討意未窮，回艇夕陽晚。

（孟浩然〈登鹿門山〉‧卷一五九）〔註32〕

本詩可分爲兩個部分，即「登鹿門山」與「鹿門山懷古」。詩人坐船順水而下所看到的鹿門山風景與行遊進程一一寫在詩中，讓讀者想象鹿門山的幽寂縹緲景色而容易投入這次鹿門山出遊旅程。然而，自然閒景的欣賞到此結束，詩人的思緒由客觀環境轉向歷史世界去，作品旨趣著重點的轉移實在是極爲明晰的。詩人開始敘述龐德公的生平事跡，緊接著抒寫緬懷龐德公的懷古情懷。與崔署與李頎相比，孟浩然的懷古情懷顯得純粹，僅有古人不在的遺憾，並無滲透了宦游人的種種感慨。還有，詩人雖然沒有言及「意未窮」的具體內容，但「回艇夕陽晚」的背影中似乎可以感受到懷古者的煩惱與空虛感。孟浩然與開天時期廣大文人一樣，早年深受儒家入世思想的影響，往往表現功名慾望：「欲濟無舟楫，端居恥聖明。坐觀垂釣者，徒有羨魚情。」（〈望洞庭湖呈張丞相〉），但最後不能背棄龐德公的遺訓，爲自身的內在理想排斥外在的功名誘惑。表面上平靜的趨隱意味實際上已經包含了長期的人生經歷與複雜的思想活動。若沒有類似這次隱士遺跡的探訪與對隱逸趣尚的思考，孟浩然恐怕難以做到盛世的隱者。

（三）文人遺址

除了壯士、隱士以外，盛唐懷古詩人對歷史上著名文人的詩文與

〔註31〕同註29，頁232。
〔註32〕按照版本詩題卻不同，或作〈題鹿門山〉，或作〈登鹿門山懷古〉，見佟培基箋注《孟浩然詩集箋注》，頁53《全唐詩》，第五冊，頁1625。

人格表現出仰慕與懷想。其中，李白對謝朓的獨厚感情，已經是大家熟知的。在李白集中，對於謝朓的生平故跡，每多題詠之作。例如：

> 江城如畫裏，山曉望晴空。兩水夾明鏡，雙橋落彩虹。
> 人煙寒橘柚，秋色老梧桐。誰念北樓上，臨風懷謝公。
>
> （李白〈秋登宣城謝朓北樓〉·卷一八○）

謝朓北樓是南齊詩人謝朓任宣城太守時所建。一個晴朗的秋天傍晚，詩人獨自登上了謝朓樓。憑高俯瞰，江城如畫般展開眼前。秋天晴空，兩水更加澄清，如同明鏡般平靜地流著，鳳凰、濟川二橋如彩虹般橫架其上，鮮豔奪目。同時，深碧橘柚林中冒出的一縷縷炊煙與早凋的梧桐，呈現出一片蒼寒景色，流露出詩人時間推移的淡淡悲哀：「此寫秋意……今秋色乃已老，太白當此感時也。秋意深，而懷古情遠矣。」〔註33〕最後兩句再回到「懷古」，不僅表示對謝朓的思慕之情，同時反映出李白內心深處的孤獨感。這樣的情懷與思理亦常出現在李白在其他緬懷謝朓的詩中，例如：

> 獨酌板橋浦，古人誰可征。玄暉難再得，灑酒氣填膺。（〈秋
> 夜板橋浦泛月獨酌懷謝朓〉·卷一八一）
>
> 我家敬亭下，輒繼謝公作。相去數百年，風期宛如昨。（〈遊
> 敬亭寄崔侍御〉·卷一七三）
>
> 月下沈吟久不歸，古來相接眼中稀。解道澄江淨如練，令
> 人常憶謝玄暉。（〈金陵城西樓月下吟〉·卷一七三）

松甫友久指出，李白對謝朓表現如此深厚的情感，「並非僅僅由於仕途不遇的李白對死於非命的謝朓的同病相憐，最根本的是詩人的資質秉性相同所致。」〔註34〕李白擁有天賦的獨特感受，〔註35〕而他在謝朓作品中發現與自己同質的嗜好和情感。雖然時隔千載，但能夠在精

〔註33〕清·王堯衢：《古唐詩合解》（台北：文化圖書，1990 年 5 月），頁 144。

〔註34〕松甫友久：〈李白詩歌抒情藝術研究〉（上海：上海古籍，1996 年 12 月），頁 40。

〔註35〕松甫友久透過對李白與杜甫於「秋」感受的比較，凸顯出李白的獨特感受。同前註，頁 29～36。

神上可以交感共鳴。因此，詩人那麼期待謝朓，又因謝朓的不在而感到孤獨悲哀。

　　杜甫憑弔陳子昂、郭振及薛稷三人遺跡的詩篇也值得注意。杜甫爲何憑弔此三人？除了環境之便以外，他們三人都是唐代文人，雖然與杜甫相差一百年而已，但剛好這一點更能引發對不朽意義的省思，請看：

> 拾遺平昔居，大屋尚修椽。悠揚荒山日，慘澹故園煙。
> 位下曷足傷，所貴者聖賢。有才繼騷雅，哲匠不比肩。
> 公生揚馬後，名與日月懸。同遊英俊人，多棟輔佐權。
> 彥昭超玉價，郭振起通泉。到今素壁滑，灑翰銀鉤連。
> 盛事會一時，此堂豈千年。終古立忠義，感遇有遺編。
>
> （杜甫〈陳拾遺故宅〉・卷二二〇）

> 豪俊初未遇，其跡或脫略。代公尉通泉，放意何自若。
> 及夫登袞冕，直氣森噴薄。磊落見異人，豈伊常情度。
> 定策神龍後，宮中翕清廓。俄頃辨尊親，指揮存顧託。
> 群公有慚色，王室無削弱。迴出名臣上，丹青照臺閣。
> 我行得遺跡，池館皆疏鑿。壯公臨事斷，顧步涕橫落。
> 精魄凜如在，所歷終蕭索。高詠寶劍篇，神交付冥漠。
>
> （杜甫〈過郭代公故宅〉・卷二二〇）

> 少保有古風，得之陝郊篇。惜哉功名忤，但見書畫傳。
> 我游梓州東，遺跡涪江邊。畫藏青蓮界，書入金榜懸。
> 仰看垂露姿，不崩亦不騫。鬱鬱三大字，蛟龍岌相纏。
> 又揮西方變，發地扶屋椽。慘澹壁飛動，到今色未填。
> 此行疊壯觀，郭薛俱才賢。不知百載後，誰復來通泉。
>
> （杜甫〈觀薛稷少保書畫壁〉・卷二二〇）

在這些作品裡，杜甫特別強調三人的「才賢」面貌，且不忘提及其不朽的藝術成就，如陳子昂〈感遇〉、郭振〈寶劍篇〉、薛稷〈俠郊篇〉及其書畫壁。三人的生平事跡大有不同，但他們都留下了能夠表現出生前風貌的文藝作品，使得後人追憶自身的存在，進而與自身能夠作

到精神上的溝通與交流。「不知百載後，誰復來通全」之句已經透露出杜甫對人類事功的懷疑態度，〔註36〕但杜甫從不放棄自己的文藝活動，以其敏銳的詩人感性與醇厚的藝術素養努力地展示盛衰巨變的時代具相，杜甫詩在唐代就被人稱爲「詩史」。

（四）古戰場

由於唐代國力強大，邊事不斷，盛唐是一個呼喚英雄的時代。雖爲文人，絕不甘心以文人的身分來體現經歷人生。這是盛唐文人一個很普遍、很鮮明的心理特點。客觀現實的刺激與文人心態的感染下，蕭條蕭殺的古戰場時時牽動著他們建功立業、從戎報國的夢想，所以往往成爲懷古詩的寫作背景，如李白〈登廣武古戰場懷古〉、杜甫〈公安縣懷古〉、儲光羲〈登戲馬臺作〉、陶翰〈出蕭關懷古〉、楊俊〈廣武懷古〉等。一直渴望建功立業而不得機會的失落者面對古戰場，究竟有何感受？尤其，潼關是東漢末年設置以來，成爲關中地區的咽喉。無論出關或入關，對旅行者來說，都是他旅途中所經過的最重要的地方之一。走這條路來往的，總不免有著許多感觸，引發了他們的詩興。岑參也不例外。詩云：

> 暮春別鄉樹，晚景低津樓。伯夷在首陽，欲往無輕舟。
> 遂登關城望，下見洪河流。自從巨靈開，流血千萬秋。
> 行行潘生賦，赫赫曹公謀。川上多往事，淒涼滿空洲。

（岑參〈東歸晚次潼關懷古〉·卷一九八）

首二句寫記遊，接著以三、四句點出地點與目前心情。面對仕途的坎坷和人生的困頓，傳統儒家就曾提出過一種善處人生的理論和模式，即「達則兼濟天下，窮則獨善其身」這一理論和模式，長期以來，爲許多士大夫所認可和選擇，以致成爲他們維持心理平衡的良方。一事無成的岑參也想要訪問此地而獲得安慰，但「欲往無輕舟」。雙重不如意感就是潼關懷古的情感基調。於是詩人登上潼關城樓眺望，只見

〔註36〕杜甫暮年到了夔州以後，對名的不朽的看法有所變化，懷古詩的情感傾向與憑弔對象也跟著變化，詳細內容請看本章第三節。

黃河的洪水在關下流過。詩人隨著黃河逆流時間，回顧曾經活動在這裡的歷史人物和發生在這裡的著名事件。自從河神巨靈推開了華山和中條山，黃河已在期間流過千萬年了。在這黃河兩岸曾經有過多少英雄豪傑的成敗與歷史王朝的興衰呢！時光流逝，人事遷變而潼關依舊，淒涼之感不禁湧上心頭。此詩在情調上流於悲涼，對歷史與人事似乎採取近乎否定的態度，與其他盛唐懷古詩有所不同。

政治開明、經濟繁榮、社會穩定、文化興盛的盛唐使得當時士人的個性得到了充分發展，在那開放強盛的時代裡，人們既追求多種人生意義與價值，又要享受各種各樣的人生境界。因此，懷古詩人不僅抒發生命短暫的歎息，還要流露對先賢德業的緬懷之情。並且，緬懷的對象，不限於王宮貴族或歷史英雄，亦及於特殊際遇的的賢臣良相、高尚人格的隱士、留下不朽作品的文士等各種歷史人物。在其緬懷的過程中，抒發出建功立業、辭官歸隱、懷才不遇、知音難逢等非常個人的、隱私的而富有時代特性的心聲。

第二節　表現形式

就唐代懷古詩的演變發展而言，盛唐懷古詩處於承先啓後的關鍵時期。在昂揚進取的時代精神與格律詩的普遍流行之下，懷古詩的表現形式也有所變化。本文以前人研究結果爲基礎，且以盛唐實際創作爲例，將要探討盛唐懷古詩的表現形式特點，以及其對往後懷古詩的發展所作的影響。

一、肯定結構與否定結構

一般而言，自然山水和歷史陳跡的並置是懷古詩的主要特點。蕭馳進而指出懷古詩的並置方式可以分爲兩種，即否定結構與肯定結構。〔註37〕他引用羊祜登峴山的文獻記載，說明兩種結構的特點，如下：

────────────

〔註37〕蕭馳：《中國詩歌美學》（北京：北京大學出版社，1986 年 11 月），
頁 131～139。

肯定結構即「公德冠四海……令聞令望，必與此山俱傳」，
它是讓歷史人物走進永恆的山水自然，同自然山水一同呼
吸，獲得永恆的生命；同時，自然也就成爲歷史人物的化
身與象徵……在懷古詩中出現的更多的是否定結構或矛盾
結構，即羊祜說：「自有宇宙，便有此山。由來賢達勝事」，
登此遠望，如我與卿者多矣！皆湮沒無聞，使人悲傷」，它
是把人世的滄桑和山水的永恆加以對比，讓山水自然嘲諷
人生。〔註38〕

所謂的肯定，乃是對歷史與人類的事功的肯定。儘管歷史反覆著興亡
盛衰，人們無法超越死亡的鐵律，但並不與之沈淪幻滅，卻於人間仍
有所肯定。於是古事今情，突破了時空的阻隔，在此遭遇，互相慰解
傾訴。〔註39〕相對來說，至於世俗的榮華、王朝偉業則視爲虛幻，終
不免在歷史的流轉中灰飛煙滅。而永恆不變的江山和生生不息的自然
生命讓人感到不可抗拒的壓迫感。即所謂否定，就是人類渴望不朽努
力的否定。

接下來以實際作品爲例，進而討論兩種結構的具體表現形式及其
藝術效果：

> 遺廟宿陰陰，孤峰映綠林。步隨仙路遠，意入道門深。
> 澗水流年月，山雲變古今。只聞風竹裏，猶有鳳笙音。
>
> （崔曙〈緱山廟〉·卷一五五）
>
> 綿州州府何磊落，顯慶年中越王作。孤城西北起高樓，
> 碧瓦朱甍照城郭。樓下長江百丈清，山頭落日半輪明。

〔註38〕同前註，頁 131～132。

〔註39〕張火慶在〈中國文學中的歷史世界〉一文中，從九個方面分別論析
歷史題材作品中所反映的精神表現，他認爲詩人往往「以特定的地
理或事物爲象徵，寄託對歷史上永恆悲劇的感懷，而古今之人共抱
萬古之恨，與山水景物同其無窮。……由於這些象徵物本身蘊含著
過往的事蹟，具有特殊的影射意義，詩人面對此，不能自已的萬事
都到眼前來，逼出一股同情的悲歎。」筆者認爲這可以作爲肯定結
構表現形式特點的最好註腳。見蔡英俊編：《抒情的境界》（台北：
聯經出版社，1982 年），頁 284～285。

　　　　君王舊跡今人賞，轉見千秋萬古情。

　　（杜甫〈越王樓歌〉・卷二二○）

前詩固然明顯點出時間的無情流逝，但從自然的風竹聲裡還可以感受
到王子喬的吹聲。可見，雖然古今之間確有漫長的時間阻隔，但詩人
在緬懷遐想中，依稀想見了古人的風貌，溝通了古今的界限，乃至精
神上產生了共鳴，屬於典型的肯定結構。相比之下，後詩則透過自然
與人事的並置，凸顯出懷古者的「萬古情」。越王樓周圍的「長江」、
「落日」依然不變，但君王只留下高樓而不見，怎能感慨不已。若論
其表現技巧，此詩稍遜於王勃〈滕王閣〉，但屬於典型的否定結構。
由於盛唐懷古詩處於格律化的啓動階段，故尚未形成「人事」與「自
然」意象的強烈、鮮明的「對比」而停留在單純「並列」的階段。當
然，有些作品還可以發現對比的情形，但否定結構的模式化恐怕有待
於中唐懷古詩人的努力創作。

　　再看兩首以不同結構方式來憑弔商山四皓遺跡的作品：

　　　園綺值秦末，嘉遁此山阿。陳跡向千古，荒途始一過。
　　　碩人久淪謝，喬木自森羅。故事昔嘗覽，遺風今豈訛。
　　　泌泉空活活，樵叟獨蟠蟠。是處清暉滿，從中幽興多。
　　　長懷赤松意，復憶紫芝歌。避世辭軒冕，逢時解薜蘿。
　　　盛明今在運，吾道竟如何。（張九齡〈商洛山行懷古〉・卷四九）

　　　我行至商洛，幽獨訪神仙。園綺復安在，雲蘿尚宛然。
　　　荒涼千古跡，蕪沒四墳連。伊昔鍊金鼎，何年閟玉泉。
　　　隴寒惟有月，松古漸無煙。木魅風號去，山精雨嘯旋。
　　　紫芝高詠罷，青史舊名傳。今日併如此，哀哉信可憐。

　　（李白〈過四皓墓〉・卷一八一）

兩首都憑弔四皓遺跡，但作品的內涵情境大有不同。張九齡一開始以
「嘉遁」一詞概括商洛四皓的事蹟，且「故事昔嘗覽，遺風今豈訛」
的感嘆，可以看出這次造訪古跡之旅很可能充滿期待的。接著，詩人
描寫展現在眼前的遺跡景象：隨著時間的遷移，四皓早已進入歷史世
界，但此地還是「清暉滿」，也可以感覺到四皓的遺風，足以讓人尋

求情志的感格與精神的輝映——「長懷赤松意，復憶紫芝歌」。相比之下，李白的心情與張九齡明顯不同——「幽獨」。緊接著，詩人開門見山地道出人事短暫與自然永恆的感慨：「園綺復安在，雲蘿尚宛然」。然後，「荒涼」、「蕪沒」等形容詞清楚描寫四皓死後的蕭條，且以「木魅」、「山精」來更加渲染出遺跡的凄涼、陰森氣氛，字裡行間裡我們可以感受到一種否定的、負面的視線。最後，對四皓的事蹟與名的不朽提出懷疑，無奈的心情結束篇章，餘韻深長。

　　如上兩組有趣的對比顯示，懷古情懷的表現方式確實有兩種，即所謂的肯定與否定。基本上，這兩種表現方式都蘊含著時間流逝的滄桑感，但肯定結構則為無論古與今的時間相隔多遠，一來有懷古者有強烈地緬懷之情，二來有蘊含著特定歷史意涵的地理或風物，於是其時空阻隔可以被踰越、消弭，古今人物在精神上可以交感共鳴。因此，這種表現方式自然常見於「先賢德業的緬懷」類的作品中，不可能運用於「生命短暫的歎惋」類的作品裡。至於否定結構則為懷古詩人普遍使用的表現方式，作品內的自然景物或多或少蘊含著無限力量的江山和自然生命對創作主體的一種敵意與壓迫感。〔註40〕

二、格律化的啓動

　　懷古詩就是將昔時的繁盛與今日的荒涼作了鮮明的對比，以傳達人事變化、盛衰無常的感慨，故便於敘寫的古體成為形成期懷古詩的主要表現載體。然而，正值「聲律風骨具備」的時代，盛唐詩人想要以近體格律表現懷古感慨。因此，懷古詩人一方面沿襲既往的盛衰對比方式而寫出五、七言長篇古詩，另一方面又創造出篇幅簡短的懷古

〔註40〕蕭馳引用叔本華的描述而說明否定結構，即「"我們直觀的一些對象之所以引起壯美（應讀作崇高 Sublimity）印象既是由於其空間的廣大，又是由於其年代的久遠，也就是時間的悠久；而我們在這種廣大悠久之前雖感到自己的渺小近於零，然而我們仍然飽嚐這種景物的愉快；屬於這類對象的是崇山峻嶺，是埃及的金字塔，是遠古的巨型廢墟。"懷古詩否定結構中作為無限力量的江山和自然生命卻對主體具有敵意和壓迫感。」見同註37，頁133～134。

詩，與長篇古體分庭抗禮。篇幅的簡短並不等同於懷古詩的格律化，但可以將它視爲邁向格律化的重要步驟。因爲，寫近體懷古詩最難的課題就是將古體懷古詩的豐富內容如何納入在篇幅有限、格律嚴密的近體詩中。值得稱道的是，盛唐詩人在其摸索過程中，成功地處理時間的跨度與空間的遞變，逐漸領會近體懷古詩的表現方式，預示著懷古詩的往後發展走向。就唐代懷古詩的演變及影響而言，盛唐懷古詩所佔的地位與價值，不能忽略。

（一）歷史追述的省略

　　與形成期的作品相比，盛唐懷古詩最引人矚目的特點，就是小篇幅懷古詩的增加。他們不再陳述古跡的過去歷史，呈現出不同於古體懷古詩的表現特色。試看：

> 君不見魏武草創爭天祿，群雄眈眈相馳逐。晝攜壯士破堅陣，夜接詞人賦華屋。都邑繚繞西山陽，桑榆汗漫漳河曲。城郭爲虛人代改，但有西園明月在。鄴傍高冢多貴臣，娥眉曼睩共灰塵。試上銅臺歌舞處，唯有秋風愁殺人。（張說〈鄴都引〉·卷八六）

> 下馬登鄴城，城空復何見。東風吹野火，暮入飛雲殿。城隅南對望陵臺，漳水東流不復回。武帝宮中人去盡，年年春色爲誰來。（岑參〈登古鄴城〉·卷一九九）

此二首都是在對魏武古跡的感懷中，引生今昔盛衰的強烈對比，發出歷史變遷與人生短促的深沈感嘆。但是，在藝術表現上，張說詩採用婉轉流暢、氣骨充盈的七言歌行形式，在生動的境象構造與對比中構成濃種的懷古情調。相比之下，岑參詩完全省略鄴城過去歷史的追述，只就目前所見來抒發深沈的懷古感慨：登臨鄴城，銅雀臺雖然尚在人間，唯武帝與宮女彷如隨著漳水一去不回，年年春色依舊，但卻無人欣賞。岑參採用的是五七言長短句，將繁華趨於寂寞，人事無常的感懷，表現得極有餘味，並沒有失去懷古詩的當行本色。

　　再看以春秋吳越遺址爲起興媒介的兩首作品：

吳王初鼎峙，羽獵騁雄才。輦道閶門出，軍容茂苑來。
山從列嶂轉，江自繞林迴。劍騎緣汀入，旌門隔嶼開。
合離紛若電，馳逐溢成雷。勝地虞人守，歸舟漢女陪。
可憐夷漫處，猶在洞庭隈。山靜吟猿父，城空應雉媒。
戎行委喬木，馬跡盡黃埃。攬涕問遺老，繁華安在哉。

（孫逖〈長洲苑〉‧卷一一八）

越王勾踐破吳歸，戰士還家盡錦衣。宮女如花滿春殿，
只今惟有鷓鴣飛。（李白〈越中覽古〉‧卷一一八）

本詩採取「歷史追述——景物描寫——詠懷抒情」的布局，是長篇古
體懷古詩的典型結構。孫逖以長洲苑作為定點，先回到歷史時空，生
動地再現過去吳王狩獵的大排場，再回到現實時空，具體描寫長洲苑
古跡的荒涼景色，最後逼出繁華無常的感慨。作者通過兩個鮮明對比
的古今時空的營造，成功地傳達時間的遽變，同時使讀者感受特別深
切。李白〈越中覽古〉與孫逖詩一樣，將昔日的繁盛與今日的淒涼作
了鮮明的對比，傳達人事變化、盛衰無常的感慨。但絕句不同於長篇
古詩，所以詩人選取富有概括性的一個片段來代替歷史的追述。他選
取的是在吳敗越勝，越王班師回國以後的開宴慶祝的那一場景：越王
和其戰士消滅了敵人，得意歸來，他們相信此時的勝利與歡樂肯定是
子孫萬世之業，而最後一句卻如實地指出了這種希望的破滅。二人都
運用盛衰對比，但李白並不採取大篇幅的敘寫方式，卻藉以兩個極為
強烈對立的片段，成功地展現懷古詩的主題思想。可以看出懷古詩表
現形式的變化。

　　由此可見，有些懷古詩不採取古體懷古詩的盛衰對比模式，省略
了過去歷史的追述，不僅使得懷古詩的篇幅大幅縮小，同時改變懷古
詩的時空設計方式。任何詩歌的境界都以時空形式存在，而懷古詩的
時空要素格外突出。懷古詩以歷史遺跡做為時空定點，將過去與現
實，加以連結或重合。創造巨大的時空幅度與極強的時空張力的審美
時空。不受篇幅限制的古體懷古詩可以營造出兩個時空，現實是一種

時空，過去是一種時空，通過兩個時空的並列對比，呈現出古跡的今昔盛衰變化。從時空設計來看，歷史追述的省略意味著一個過去時空的消失，只剩下一個現實時空。那麼，篇幅簡短的懷古詩中，詩人如何傳達古跡的時間跨度與空間遞變？

（二）永恆自然的凸顯

歷史追述的省略以後，懷古詩人的關注點自然集中於現實時空。在簡短的篇幅裡，究竟如何有效地納入繁富的歷史內容與現實場景。答案是永恆自然的凸顯。懷古者眼前的現實時空原本是過去、現在兩個時空的重疊，所以由歷史遺跡與自然景物兩個因素構成的。篇幅有限而無法直接描寫眼前的現實場景時，懷古者若把視野稍微移開就赫然發現「永恆自然」的存在。永恆自然的存在與短遺跡的荒涼景色形成對照，更加凸顯出懷古詩人對人事無常、生命短暫的體認與感慨。試看：

> 青山日將暝，寂寞謝公宅。竹里無人聲，池中虛月白。
> 荒庭衰草遍，廢井蒼苔積。惟有清風閒，時時起泉石。
>
> （李白〈謝公宅〉·卷一八一）

這首詩主要在描寫謝公宅遺址的荒涼寂寞：庭已荒、井亦廢，池宅寂寞無人，所有屬於人事隨著時間的流逝，都已蕭條寥落，同時暗含著往昔的熱鬧、繁華早已消歇。衰草與蒼苔蔓生，彷彿是謝公舊宅的新主，自然間的生命闖進了被遺忘的空間裡，填補著人事的蕭條與空虛。前代詩人的足跡與餘響杳然難追，不變的只是清風與明月，仍時時相過訪。

懷古詩人反覆強調的自然屬性，可以穩固不移與反覆恆常來概括。其中，盛唐懷古詩中最常見的自然屬性無疑是以月亮與山川（江山）為代表的恆古長在，如：

> 信若山川舊，誰如歲月何。蜀相吟安在，羊公碣已磨。（張
> 九齡〈登襄陽恨峴山〉）
>
> 娟娟西江月，猶照草玄處。（岑參〈楊雄草玄臺〉）
>
> 空餘後湖月，波上對江州。（李白〈金陵三首〉之二）

> 山際空爲險，江流長自深。平生何以恨，天地本無心。(儲
> 光羲〈臨江亭五詠〉之三)

明月與江山自古存留至今，依然是上演人事的空間背景，同時象徵著時間的永恆，故能反襯出歷史與人事的有限性。又因爲它曾經歷古今，看遍人間的興亡盛衰，然而，它是冷靜旁觀的，並不隨人事的起落變化、朝代的興亡盛衰而與人同悲喜。因此，詩人一面感嘆自然的穩固不移、恆古長在，一面進一步用「空」、「猶」、「曾」等字對自然的無情流露一點憎恨。

其次，自然的反覆恆常性往往引起盛唐懷古詩人的注意，如：

> 舊苑荒台楊柳新，菱歌清唱不勝春。(李白〈蘇臺覽古〉)

> 吳帝宮中人去盡，年年春色爲誰來。(岑參〈登古鄴城〉)

懷古詩人常常以楊柳的新綠、草的萋萋等充滿生命力的形象來對比古跡的荒涼蕭條，反襯人事的一去不返。植根於地上的植物，似乎是與我們一樣脆弱的存在，有榮有枯，但等到春天又恢復其充沛的生命力，遍滿在人事已去的空間裡。

無論是江、山、月、楊柳原都屬於空間的存在，然而在懷古詩中卻常用來象徵時間的永恆，強調其永恆不變的屬性。呂興昌曾說「相對於時間的空間意識，通常都被用來代表與流逝相反的靜定。雖然從嚴格的意義看空間形象，它也無法避免成住壞空的宿命，可是與人生之短暫有限相較，它畢竟更具恆常性，因此在中國文學裡便經常以空間形象來襯顯時間之變化無常。」〔註41〕這一段話可作爲懷古詩中自然意象的最好註腳。

可見，懷古詩人將深邃的懷古幽情投注入現實時空中的自然景物，在景物與感情相結合，歷史感與現實感相融會中，展示出不同於一般山水詩的新境界。對山水詩人而言，自然是審美對象，其對山水景物的觀照態度或處理方式，與懷古詩人截然不同，試看：

〔註41〕呂興昌：〈人與自然〉，《抒情的境界》（台北：聯經出版社，1996 年
　　　6 月），頁 132。

> 井邑傳巖上，客亭雲霧間。高城眺落日，極浦映蒼山。
> 岸火孤舟宿，漁家夕鳥還。寂寞天地暮，心與廣川閑。
> （王維〈登河北城樓作〉‧卷一二六）

王師國瓔對此詩的解釋，值得我們注意：「一般登樓覽景詩，除了讓讀者對詩人所覽之景窺一大概之外，往往附之以懷古、嘆今、發願或悲己之情，可是王維這首詩，卻讓我們隨著他悠閒的視鏡，回旋流覽於一片安祥和美的景象間，感受到他與廣川一樣的閑靜的心情。」〔註 42〕詩中的山水未曾經過詩人知性介入或情緒干擾的，爲詩人在美感經驗中所觀照的，故能以其本來面目自然顯現。因此，詩人對自然的觀照態度或處理方式大致是和諧、親近的，寫流水則強調流水的流動性，彷彿有意跟著暮禽回家，如「流水如有意，暮禽相與還」（〈歸崇山〉）；寫明月則強調澄淨可親的屬性，似乎願意陪伴獨坐深林的詩人。歷史古跡的荒涼景色也許不是王維喜歡的審美對象。即使他有機會看望蘊含豐富歷史內涵的地方，他的目光從「千里」的現實空間馬上進入「千秋」的歷史空間，很少抒發歷史遺跡觸發的時間滄桑感，例如「步出城東門，試騁千里目。青山橫蒼林，赤日團平陸。渭北走邯鄲，關東出函谷。秦地萬方會，來朝九州牧。雞鳴咸陽中，冠蓋相追逐。丞相過列侯，群公餞光祿。相如方老病，獨歸茂陵宿。」（〈冬日遊覽〉）。懷古情懷則基於詩人的歷史認知。懷古詩人的歷史認知及由此引發的感傷情緒或多或少干擾詩人的審美觀照，使得千古風流融入山水自然，賦予自然山水以時間的意義。因此，懷古詩人對自然的觀照態度始終是否定的。因此王維登臨遊覽的機會甚多，卻抒發懷古情懷的作品甚少。

　　如上所論，盛唐懷古詩人確實「明月形象的恆古長存、山川形象的穩固不移，用以對比人事的短暫幻滅；或是花草形象的繁盛青春，用以對比人事的衰敗脆弱」，〔註 43〕但只停留在意味上的對比，

〔註42〕王師國瓔：《中國山水詩研究》（台北：聯經，1986 年），頁 263
〔註43〕同註41，頁

尚未發展成結構上的對比。〔註44〕這與懷古詩的格律化進程有密切關係。就表現形式而言，盛唐懷古詩正處於格律化的啓動階段，只能呈現出過渡期的特性。爲了順應近體格律，懷古詩人開始摸索新的表現方式。歷史追述的省略與永恆自然的凸顯，使得盛唐詩人成功地克服篇幅的限制，逐漸領會可以代替盛衰對比模式的新的表現形式。但「常──變」對比結構的完成，言之過早，只能交給中唐詩人來作吧。

第三節　李白、杜甫對懷古詩發展的影響

懷古詩定型以後，詩人開始借用懷古詩觸景抒情的創作特點而詠懷，使得傳統抒情方式有所變化，譬如陳子昂〈薊丘覽古〉與宋之問〈夜渡吳松江懷古〉。此二人作品，表面上似乎沒有共同點，但都反映出懷古與詠史融合的新趨勢上的意義，則並無二致。陳子昂的組詩雖然題爲「覽古」，或憑弔古跡，或吟詠古跡有關的人事來展示自己的情懷，參雜著懷古、詠史兩種體類；宋之問的作品，先敘夜渡吳松江的情景，後寫對伍子胥冤死的惋惜，以寄託出自己的怨恨。這種抒情方式爲盛唐詩人所繼承，創造出富有時代特色的懷古詩篇，無論內涵情境或表現形式，都與前後時代有所差別，充分發揮盛唐詩人獨特的時代精神與藝術構思能力。這不僅拓展懷古詩的內涵情境，同時豐富了懷古詩的表現形式，爲往後懷古詩的發展注入了新生命。尤其，盛唐兩位偉大詩人李白與杜甫，更積極地突破懷古詩、詠史詩的界限，創造出富有個人色彩的詩篇，值得我們探討。

〔註44〕當然，李白運用近體格律，將人事意象與自然意象加以並置，形成了常變對比結構（否定），例如「天文列宿在，霸業大江流。」（李白〈月夜金陵懷古〉）；「天地有反覆，宮城盡傾倒。」（李白〈金陵白楊十字巷〉）。

一、懷古詩與詠史詩之融合

（一）李　白

　　李白留下眾多懷古作品，可以說是盛唐懷古詩的主將。在眾多金陵懷古詩中，李白基本上將景物描寫與詠懷抒情巧妙地結合，並未超越懷古詩的定義界線，圖謀懷古詩的內涵拓展和形式轉變，為同時代及往後懷古詩人提供一個優秀的抒情典範。不過，天才詩人李白似乎不能滿足於範圍內的開拓，想要徹底突破懷古詩與詠史詩的平行關係，創作出與眾不同的作品，其內涵和寫法卻與一般懷古詩或李白其他懷古詩有所不同，值得我們留意。以下先就此類作品，進一步析論之，然後再總結說明其意義與貢獻。先看〈經下邳圯橋懷張子房〉：

> 子房未虎嘯，破產不為家。滄海得壯士，椎秦博浪沙。
> 報韓雖不成，天地皆振動。潛匿遊下邳，豈曰非智勇。
> 我來圯橋上，懷古欽英風。惟見碧流水，曾無黃石公。
> 歎息此人去，蕭條徐泗空。(李白〈經下邳圯橋懷張子房〉‧卷一
> 八一)

本詩則李白經過下邳圯橋時而作。此地蘊含著特定的歷史意涵，即張良曾經追擊秦始皇失敗後，乃潛匿下邳圯而由黃石公傳授太公兵法，成為「為王者師」的人才了。此詩表面上緬懷張良，且對張良的智勇豪俠的英風表示衷心的仰慕，實質上卻在抒發自己大志不得伸展的鬱悶，與〈夜泊牛渚懷古〉相當類似。不同的是，此詩不但敘寫此地的現在景物及由此引發的感觸，而且具體敘詠張良潛匿下邳圯之史事。前面已說，追敘歷史事跡是古體懷古詩的重要構成內容，他們透過過去歷史的追敘，襯托出今日的衰敗，以強調時間的流逝與生命的短暫與無常。但詩人緬懷的對象若是特定人物的話，這當然不能產生王朝遺址懷古詩中的盛衰對比效果。並且，在最後四句中的景物描寫相當類似於懷古詩，但其中寄託的情懷，與一般弔古之情也有所不同。詩人想要表現的並不是時間流逝的滄桑感哀傷，乃是有所渴望而不可得的失落感。此外，在〈望鸚鵡洲懷禰衡〉詩裡，李白利用更多篇幅寫

彌衡的超人才華與悲慘遭遇，涉及景物的卻只有二句而已。李白透過對特定歷史人事的緬懷，常常在引發對現實的不協調感的同時，又將自己引向一種更高的人生境界。〔註45〕再看：

> 秦鹿奔野草，逐之若飛蓬。項王氣蓋世，紫電明雙瞳。
> 呼吸八千人，橫行起江東。赤精斬白帝，叱吒入關中。
> 兩龍不並躍，五緯與天同。楚滅無英圖，漢興有成功。
> 按劍清八極，歸酣歌大風。伊昔臨廣武，連兵決雌雄。
> 分我一杯羹，太皇乃汝翁。戰爭有古跡，壁壘頹層穹。
> 猛虎嘯洞壑，飢鷹鳴秋空。翔雲列曉陣，殺氣赫長虹。
> 撥亂屬豪聖，俗儒安可通。沈湎呼豎子，狂言非至公。
> 撫掌黃河曲，嗤嗤阮嗣宗。(李白〈登廣武古戰場懷古〉‧卷一八○)

本詩即是李白登臨此地、緬懷項羽、劉邦兩龍相鬥的一段歷史而作。其構思、布局仍與前一首一致，先述史事，再點出地點，最後以抒情作結：自篇首到「太皇乃汝翁」共十八句是追述秦漢之際亂世歷史，其中前十四句是自秦始皇死後二人先後崛起，至劉邦終敗項羽一統天下的概述，後四句則透過廣武對峙以點題，並由此自然轉入全詩的後半部，描寫古戰場一帶的目前景象。詩人眼前所見的古跡雖然頹敗殘破，但清楚地感受到二人對峙時的緊張氣氛，足以激起「撥亂屬豪聖」的壯志。一般而言，懷古詩人常用的動植物與天文地理等自然意象用來反襯人事無常及生命的短暫、脆弱。但在這首詩中的「猛虎」、「飢鷹」、「翔雲」、「殺氣」等字眼不僅表示其對英雄事跡的推崇和仰慕，同時藉以渲染出古戰場的肅殺氣氛。最後，通過對阮籍對劉邦的輕蔑態度的批評，再次強調詩人對豪聖的無限敬仰之意。全詩讀來澎湃浩蕩、英姿俊爽之氣噴薄欲出，與其他古戰場懷古詩低徊傷感截然不同。最後看〈登金陵冶城西北〉詩：

> 晉室昔橫潰，永嘉遂南奔。沙塵何茫茫，龍虎鬥朝昏。
> 胡馬風漢草，天驕蹙中原。哲匠感頹運，雲鵬忽飛翻。

〔註45〕傅紹良：〈論李白的懷古情結與心理調適〉，《陝西師大學報》第 24 卷 4 期（1995 年 12 月）頁 92～97。

組練照楚國，旌旗連海門。西秦百萬眾，戈甲如雲屯。

投鞭可填江，一掃不足論。皇運有返正，醜虜無遺魂。

談笑過橫流，蒼生望斯存。冶城訪古跡，猶有謝安墩。

憑覽周地險，高標絕人喧。想像東山姿，緬懷右軍言。

梧桐識嘉樹，蕙草留芳根。白鷺映春洲，青龍見朝暾。

地古雲物在，臺傾禾黍繁。我來酌清波，於此樹名園。

功成拂衣去，歸入武陵源。（李白〈登金陵冶城西北〉‧卷一八○）

詩題下太白自注云：「此墩即晉太傅謝安與右軍王羲之同登，超然有高世之志，余將營園其上，故作是詩。」〔註46〕謝安是李白政治理想和生活理想的榜樣，在許多作品中，每每以謝安自許，常常表現濃厚的仰慕之情。此時，李白居留金陵，登臨冶城故地，「生懷古景賢之情」〔註47〕而寫此詩。此詩也採取「述史——寫景——興懷」的佈局。前面十八句追敘謝安的歷史事跡。〔註48〕在淝水一戰中，謝安臨危不懼、從容大度、優游不迫的風度，就是李白極力推崇的、想要學習的精神面貌。故李白將謝安指揮三軍、談笑安邦的從容風度表現得津津有味，給作品增添了高氣蓋世、英風奪人的氣魄。從「冶城」一句，詩人的思緒從歷史時空轉到現實時空，開始描寫眼前景物。因時間的流逝，此地景物難免背負著時間的滄桑——「臺傾禾黍繁」，但此地的景物中還可以感受到謝安的高世之志與王羲之的高風亮節，一定給了李白巨大的精神鼓舞。因此，李白把古人的意趣和風範作為自己生命的一部分，確立了行為原則或人生理想——「功成拂衣去，歸入武陵源」。可見，詩人注重表現的並不是人事滄桑的關懷或生命本質的探索，乃是自我人格的表現及身世感慨的透露。

　　總之，李白重視歷史人事的追敘，故喜用不受篇幅限制的長篇古

〔註46〕安旗：《李白全集編年註釋》（成都：巴蜀書社，1992 年 4 月），頁795～796。

〔註47〕同前註，頁 799。

〔註48〕本詩的分析，參考萬景春先生〈英雄‧狂士‧高人〉一文。詳見萬景春：《李白與中國傳統文化》（台北：群玉堂，1991 年 9 月），頁267～292。

體，盡情地將詠史詩與懷古詩的特性結合在一起，建立了富有個人特色的抒情模式。﹝註49﹞這些詩歌都以特定歷史遺跡爲創作起點，並不是讀史而詠之作，但作品的創作旨趣卻在於特定的古人事跡，注重表現的是個人對特定歷史事跡的種種感懷，幾乎沒有蘊含著金陵懷古詩中表現的那種人事無常的深沈感慨。李白將述史、弔古、議論融爲一爐，實際上泯除了詠史詩與懷古詩的界限，不但影響了往後詠史詩的演變發展，同時刺激了懷古詩剛定型不久就存在的詠史、懷古之間的融合趨勢。

（二）杜　甫

　　杜甫吟詠歷史人事的作品大致都有古跡等空間要素存在。最具代表性而備受矚目的，當屬〈蜀相〉、〈詠懷古跡〉五首、〈八陣圖〉等。這些作品都兼取了詠史詩的詠懷精神與懷古詩的觸景抒情的特點，形成了有別於李白的個人一己獨特之創作風格。本文擬取〈蜀相〉與〈詠懷古跡五首〉等七律詩爲討論對象，探討杜甫的秉性與藝術構思能力究竟如何發揮在懷古與詠史的交融上。

　　首先，〈蜀相〉一首，是杜甫居於成都草堂時期，遊成都武侯祠廟所作，如：

> 丞相祠堂何處尋，錦官城外柏森森。映階碧草自春色，隔葉黃鸝空好音。三顧頻繁天下計，兩朝開濟老臣心。出師未捷身先死，長使英雄淚滿襟。（杜甫〈蜀相〉‧卷二二六）

此詩題似詠史，內容則兼攝弔古與詠史爲一。前四句弔古寫景，首聯以古柏森森起興，不僅點出懷古詩觸景抒情的特點，同時自然流露作者崇敬之情。當年諸葛亮手植的柏樹，化爲一片清涼地，指引遊人，但武侯祠堂卻蘊藏著一種寂寥的氣氛；﹝註50﹞頷聯進而描寫祠堂的春色，祠堂內外上下交織著春日的喜悅與生氣。「自」與「空」二字，將詩情帶到

﹝註49﹞其實，這種表現方式也可以發現在其他詩人的作品中，但他們尚未形成個人獨特的創作風格，如崔國輔〈漂母岸〉、儲光羲〈登戲馬臺作〉等。

﹝註50﹞蔡英俊先生曾經引杜甫〈夔州歌〉解釋〈蜀相〉首聯的含意。見同註25，頁81。

懷古的感傷裡。春色的徒然鮮妍映襯著祠廟的幽密寂寥。後四句又轉向詠史者之心靈底層，從正面歌頌諸葛亮的偉大事功與愛國意識，且以感慨的筆觸捕捉諸葛亮的報國苦心。頸聯將武侯一生重要事蹟濃縮於十四字之巧妙對仗中，極精簡而富概括力。最後，更道出杜甫對諸葛亮壯志未酬的深切同情與無限遺憾。其實，杜甫的淚不僅是為諸葛亮而流，也是為自己乃至所有志未酬的英雄而流的。〔註51〕杜甫將遺跡憑弔的感傷與對諸葛亮的仰慕情懷融匯一體，體現了詠史與懷古交融的新方向。懷古詩與詠史詩的融合方式，不再停留在單純因景詠懷，進一步發展到以懷古詩的寫景特點活用到詠史詩裡，以寫景烘托情懷的地步。〔註52〕

　　接下來看的是〈詠懷古跡〉五篇。本組詩題目頗為特殊，又可以看出懷古詩與詠史詩結合的**趨勢**。〔註53〕夔州和三峽一帶本來就有與庾信、宋玉、王昭君、劉備、諸葛亮等人有關的古跡，杜甫正是藉以古跡，懷念古人，同時抒寫自己的身世家國之感。試看其一與其二：

　　　　支離東北風塵際，漂泊西南天地間。三峽樓臺淹日月，
　　　　五溪衣服共雲山。羯胡事主終無賴，詞客哀時且未還。
　　　　庾信平生最蕭瑟，暮年詩賦動江關。
　　　　搖落深知宋玉悲，風流儒雅亦吾師。悵望千秋一灑淚，
　　　　蕭條異代不同時。江山故宅空文藻，雲雨荒臺豈夢思？
　　　　最是楚宮俱泯滅，舟人指點到今疑。

這兩章都不是觸景興情之作，而非親臨此地。不過，由於杜甫想像中

〔註51〕王嗣奭《杜臆》：「乃以伊呂之具，出師未捷，身已先死，所以流千古英雄之淚者也。蓋不止為諸葛悲之，而千古英雄有才無命者，皆括于此，言有盡而意無窮也。」見明‧王嗣奭：《杜臆》（台北：中華書局，1970年），頁120。

〔註52〕這種交融方式在晚唐李商隱、溫庭筠的七律藉古跡以詠懷的作品中普遍看到。

〔註53〕前人對詩題頗有爭議，又因第一首內容與古跡無涉，而有人提出本為二題的說法。目前學界大致接受「五詩皆藉古跡以見己懷，非專詠古跡」的解題。清‧仇兆鰲注：《杜詩詳註》（北京：中華書局，1995年4月），頁1499。

遊訪此地，故都涉及景物描寫。首章前半寫因避亂而飄泊西南的無奈，抒發國家動盪、身世飄零之慨。頸聯古今雙寫，以「詞客」一詞將自己與庾信交疊密合。末聯才點出庾信，隱含著自喻之意。這種寫法，與左思詠史第一首「弱冠弄柔翰」有異曲同工之妙。〔註54〕宋玉一章前半懷想宋玉，後半詠及古跡。首句藉宋玉「草木搖落而變衰」（〈九辯〉），不僅點出時節天氣，同時簡單概括宋玉的生前事蹟，以表示詩人對宋玉遭遇的同情，正如葉嘉瑩所云：「杜甫之所深知，宋玉之所深悲者，正惟同此一搖落的生命落空之感。」〔註55〕第二句又藉庾信〈枯樹賦〉中的成語，點出杜甫心目中的宋玉形象——「風流儒雅」。正因為他們有「搖落」、「風流儒雅」的共同點，雖然杜甫與宋玉相隔千秋，還是對宋玉強烈的共鳴感。頸聯肯定宋玉託賦楚襄王與巫山神女之會，非真有其夢，宋玉雖志在匡政，終無所成，惟餘文藻傳世，真讓人浩嘆。這是杜甫不甘以文人自命的投射，也是個人「致君堯舜上，再使風俗淳」（〈奉贈韋左丞丈二十韻〉）理想落空的感慨。隨著歷史遷變，歲月消逝，楚國早已蕩然無存，人們已經忘記楚國的存在，更不關注宋玉的「悲」。尾聯以古跡湮滅作結，呼應全篇之感傷情調。詩中草木搖落、景物蕭條、江山雲雨、故宅荒台、楚宮湮滅的景物，都相當類似於懷古詩中常見的景物描寫，充滿詩人的哀傷，但全都是虛景，並不是眼前實景。但本詩的藝術功能不在表示時間流逝的感傷，卻在於烘托氣氛，以益增詩人的悲感。再看其三詠王昭君的詩篇：

〔註54〕王國瓔師指出過，「就詠史詩的發展趨勢視之，左思〈詠史〉組詩中其實還夾雜著宛如詠懷之章。如其一「弱冠弄柔翰……著論准〈過秦〉，作賦擬〈子虛〉。……功成不受爵，長揖歸田廬」，以漢代文人賈誼、司馬相如自喻，又以戰國魯仲連「功成不受爵」自許。全詩單獨視之，就「主題」而言，實不類「詠史」，只能算是個人的「詠懷」之章。不過，就詠史「組詩」的結構而言，則有「總序」的意義，其中宣示的是，其詠史之章，乃屬個人抒情述懷之作。」見《中國文學史新講》》（台北：聯經，2006年9月），上冊，頁57。
〔註55〕葉嘉瑩：《迦陵談詩》（台北：東大圖書，1985年），第一冊，頁135。

群山萬壑赴荊門，生長明妃尚有村。一去紫臺連朔漠，獨
留青塚向黃昏。畫圖省識春風面，環珮空歸夜月魂。千載
琵琶作胡語，分明怨恨曲中論。

首聯點出昭君村所在的地方，以古跡起興。頷聯藉由虛擬的景物描
寫，專詠王昭君之事。詩人巧妙地運用時空跳接手法，上句點離宮之
恨，下句言死後之悲，將昭君北地之淒苦全省不提，簡短而有力地寫
盡了昭君一生的悲劇。頸聯上句側寫生前不見知之恨，下句是虛擬死
後幽魂不滅之悲。中間兩聯充分活用律詩的對仗特點，蘊含著豐富的
歷史意涵與情感內容。尾聯，藉千載作胡音的琵琶曲調，點明全詩寫
昭君「怨恨」的主題，餘音嫋嫋，縈繞不絕。曲中的「怨恨」不僅包
含著美人的怨思，但更隱含著杜甫一生飄泊失志之恨。最後看第四、
五章：

蜀主窺吳幸三峽，崩年亦在永安宮。翠華想像空山裏，玉
殿虛無野寺中。古廟杉松巢水鶴，歲時伏臘走村翁。武侯
祠屋長鄰近，一體君臣祭祀同。

諸葛大名垂宇宙，宗臣遺像肅清高。三分割據紆籌策，萬
古雲霄一羽毛。伯仲之間見伊呂，指揮若定失蕭曹。運移
漢祚終難復，志決身殲軍務勞。(杜甫〈詠懷古跡〉·卷二三〇)

詠蜀先主的。首聯先詠劉備之伐吳，不幸崩於永安宮之史事。頷頸兩
聯寫古跡之景，與後人祭祀之勤，以見其流風餘韻，猶受今人追思不
已。末聯提及武侯，以見杜甫對「君臣一體」的贊頌與渴望。武侯古
跡既已交代於第四章，第五章乃專力於武侯的人格風範與事功之推
崇、論斷。全詩大起大落，開闊動盪，反覆著「讚」與「憐」的情感，
最後有志未酬的悲劇命運作結，勢無可回，語極悢痛。「志決身殲」，
更具現武侯「鞠躬盡瘁，死而後已」之精神。這才是杜甫反覆吟詠諸
葛亮而推崇備至的真正原因。

　　總觀〈蜀相〉與〈詠懷古跡〉五首，它們在唐代懷古詩發展史上
的主要意義，其具體內容如下：就內涵情境而言，這些作品不只是喻
況自己、發揮個人情志者，更是對古今士人共同命運的關懷和同情，

如庾信的「漂泊」，宋玉的「搖落」，昭君的「怨恨」，蜀主、孔明之功未成而身已故的悲痛。杜甫將原本屬於個人一己的感情，卻提升到人類的共同情懷。這就是杜甫吟詠古跡的詩篇有別於李白的特點。就表現形式而言，杜甫選用七言律詩。李白選用不受篇幅限制的古體，不僅盡情陳述過去歷史，還不忘記描寫眼前景物，然而杜甫則因古跡觸發而作，但並不志在寫景，且揚棄以鋪陳敘事見長的寫法，將豐富深邃的感情世界成功地納入於格律嚴密、篇幅有限的近體詩裡。他並不滿足於因古跡起興的融合方式，進而試圖寫景以抒情的表現方式，積極地突破懷古詩與詠史詩之間的平行發展關係。

二、懷古詩轉變的先驅

杜甫一生大半時間生活於安史之亂前，與開天詩壇主要詩人年齡相仿且交遊甚密，不可避免地受到開天時代精神的強烈感染，故作品中往往流露出開天盛世造就的積極進取、昂揚高朗的心理風貌與時代精神。但是，盛唐詩人創作活動及詩風成型大多在安史之亂前，杜甫則主要在安史之亂後，兩者實際上體現了截然不同的時代性特徵。杜甫的詩歌創作，其超人的深厚學養與藝術敏感，在特定的外在條件刺激之下，體現了由盛而衰、劇烈動盪的時代特點。杜甫的懷古詩更是如此，不但就寫作時間而言，大致偏向於安史之亂以後，而且其內涵與憑弔物而言，與盛唐懷古詩有所不同，卻接近於中唐懷古詩，正預示著唐代懷古詩的往後發展走向，不愧是「啟後」的大家。因此，本文不把杜甫懷古詩籠統地歸屬於盛唐，卻另外進行分析。希望藉此深入暸解杜甫懷古詩與盛唐之差別，進而確立其在唐代懷古詩演進過程中的地位與價值。

（一）憑弔遺跡：由歷代王朝遺跡至本朝遺跡

歷代王朝遺址為懷古詩人最繁複憑弔的對象。〔註56〕盛唐詩人

〔註56〕王立在〈中國古代文學中的懷古主題〉一文中也提及，懷古對象以地點而論，多為歷代王朝的都城與帝王的故居。詳見王立：《中國古

並不例外，留下眾多憑弔秦漢陵墓、鄴城、梁園、金陵等歷代王朝遺址的懷古詩。荒臺古殿、古墓亂墳並不能消磨盛唐詩人樂觀進取之心，反而王朝遺址的歷史意涵與目前景象之間的懸殊差異引起人生緊迫感，激勵他們奮起行動去建功立業，來擺脫時間對生命的威脅。

然而，當朝廷上下忙於一身之榮華與安寧，安祿山率領十五萬叛軍南下，僅半年時間及橫掃中原，洛陽、長安相繼淪陷，大唐帝國發生了翻天覆地的巨變，昔日繁華壯麗的帝王之都只剩下「江頭宮殿鎖千門，細柳新蒲爲誰綠」（〈哀江頭〉），舉目所見的是「國破山河在，城春草木深」（〈春望〉）。可見，杜甫筆下的長安與盛唐詩人筆下的歷代王朝遺址沒有兩樣。從杜甫開始，本朝遺址成爲懷古詩的憑弔對象。本朝遺址的憑弔，可能是盛唐詩人作夢也沒想到的變化，但中唐懷古詩中常見的現象。

天寶十四載（755）十一月安史之亂爆發，次年玄宗倉皇奔蜀，七月肅宗李亨即位靈武，改元至德。杜甫此時正在鄜州，乃只身投奔靈武，中途被叛軍俘至長安。至德二年（757）四月詩人逃出長安奔向肅宗所在地鳳翔，被任命左拾遺。此時，詩人「涕淚授拾遺，流離主恩厚」（〈述懷〉），自以爲施展才華的時機終於到了，於是夙夜不怠，勤於國事，卻因疏救房琯事，觸怒肅宗，幸得張鎬等營救才免受罰，被放還鄜州探親。來回的途中，寫下幾首憑弔歷史遺跡之作，如〈九成宮〉、〈玉華宮〉、〈行次昭陵〉、〈重經昭陵〉等詩篇。除了九成宮以外，玉華宮、昭陵都是與唐太宗有關的遺跡。試看：

> 溪回松風長，蒼鼠竄古瓦。不知何王殿，遺構絕壁下。
> 陰房鬼火青，壞道哀湍瀉。萬籟眞笙竽，秋色正蕭灑。
> 美人爲黃土，況乃粉黛假。當時侍金輿，故物獨石馬。
> 憂來藉草坐，浩歌淚盈把。冉冉征途間，誰是長年者。

（杜甫〈玉華宮〉·卷二一七）

代文學十大主題──原型與流變》（瀋陽：遼寧教育出版社，1990年8月），頁120。

玉華宮是唐太宗貞觀二十一年（647）所建，依山臨澗，環境十分幽美，清涼勝於九成宮。高宗永徽二年（651）改宮觀爲廟宇，廢爲玉華寺。與杜甫路過的當時相差百年多了。並且經兵燹，境地極爲荒涼。但詩題不作「玉華寺」，而是寫作「玉華宮」，可以看出作者的創作意圖。詩人藉由玉華宮荒廢景象的描寫，想要呈現出濃厚的歷史興亡感。前八句，描寫被廢棄的玉華宮的殘敗景象，在寫景敘事中融合著歷史的興亡之感：首先，詩人既寫視覺感受，又寫聽覺感受，畫出一幅典型的宮室衰敗長期無人居住的荒涼畫面，視之令人淒神寒骨。然後，有意識地將玉華宮建築的衰敗殘破與周圍自然環境的幽美宜人，且仍富於生機──「萬籟」，進行了鮮明的對比、映照，爲後半部的抒情作了有力的鋪墊。〔註57〕後八句，緊接著撫今追昔，抒發了對社會人生的悲憤之慨。詩人藉以「美人」、「金輿」、「石馬」等人事意象，充分表現歷史興亡的幻滅感。從而，詩人無法承受生命短暫、繁華無常的憂傷，只能坐在草地上，痛哭高歌。最後以極度懷疑的語調作結，餘韻深長，蘊含著自我生命的關懷。

安史之亂後，唐祚不振，國事日非，唐太宗及貞觀之治就成爲中唐以後的詩人們新追神往的賢良君王和賢明政治的理想代表。〔註58〕杜甫對唐太宗和貞觀之治更是不勝欽慕。尤其在這次的探親路途上，親身目睹安史之亂後的社會慘狀，強烈引起詩人對貞觀盛世的嚮往：「煌煌太宗業，樹立甚宏達」（〈北征〉）。此時，經過昭陵，究竟有何感想，試看：

　　　舊俗疲庸主，群雄問獨夫。讖歸龍鳳質，威定虎狼都。
　　　天屬尊堯典，神功協禹謨。風雲隨絕足，日月繼高衢。

〔註57〕王嗣奭在《杜臆》中說，「萬籟笙竽，秋色瀟灑，吊古中忽入爽語，
　　　令人改觀，然適以增其淒慘耳。」見同註48，頁55。

〔註58〕白居易在〈新樂府──七德舞〉、〈爲人上宰相書〉裡，歌頌唐太宗
　　　的武功文治；劉禹錫在〈唐故相國李公集紀〉中，特別贊美唐太宗
　　　的「偃武修文」措施；李賀〈馬詩〉亦歌頌了唐太宗早年馳騁沙場
　　　的武功。

文物多師古，朝廷半老儒。直詞寧戮辱，賢路不崎嶇。
往者災猶降，蒼生喘未蘇。指麾安率土，盪滌撫洪爐。
壯士悲陵邑，幽人拜鼎湖。玉衣晨自舉，鐵馬汗常趨。
松柏瞻虛殿，塵沙立暝途。寂寥開國日，流恨滿山隅。

（杜甫〈行次昭陵〉‧卷二二五）

前十六句屬於歷史追述，先後描繪出唐太宗的英偉形象，謳歌了他在
創建唐王朝中的業績。從「壯士悲陵邑」句轉入現實時空而抒發行次
昭陵的感慨。透過玉衣鐵馬的故物與松柏塵沙的景色並置，表達出物
是人非之感，在滿懷憂國憂民拳拳情愫的杜甫胸中，怎能不「流恨」
呢？〔註59〕與前一首相比，此詩側重於歷史追述，故其鮮明生動的形
象描寫相當突出，而簡單帶過古跡的景物描寫，但我們還可以感受到
真摯強烈地情感灌注在其中，同時深廣的思想內涵蘊含其裡。

周裕鍇在〈試論杜甫詩中的時空觀念〉一文中指出：「杜詩中，
歷史的、宇宙的、個人的觀念常常不可分割地交織在一起，形成其
特有的沈鬱頓挫、蒼涼悲壯的風格。他總是把自己置於廣闊的社會
環境中和深遠的歷史背景下，他登樓或是懷古，總是馬上想到現實
和歷史，社會和人生。」〔註60〕杜甫在看到因喪亂而廢棄的大唐離
宮別館，因景及人，因人而國，生命本質的沈思與個人的憂傷、國
家的命運緊緊地結合起來，使得全詩的意義更為深廣，從而產生了
富有深沈歷史感和鮮明時代感的懷古詩，為中唐懷古詩人提供嶄新
的抒情典範。

（二）對人類事功的態度：由肯定至懷疑

前面已說，荒臺古殿並不消磨盛唐詩人的濟世之心，反而王朝遺
址的過去與目前景象之間的懸殊差異足以引起人生緊迫感，激勵人奮

〔註59〕見清‧仇兆鰲：《杜詩詳註》（北京：中華書局，1995 年 4 月），第一
　　　冊，頁 407～411。
〔註60〕周裕鍇：〈試論杜甫詩中的時空觀念〉，《江漢論壇》，1988 年 6 月，
　　　頁 50～54。

起行動去建功立業來擺脫時間對生命的威脅。盛唐懷古詩人雖然「對朝代興亡有古今如夢之感，但與之沈淪幻滅，卻於人間仍有所肯定」。〔註61〕因此，不忘流露建功立業的渴望或報國無門的憤懣。「從來多古意」的杜甫往往通過對歷史古跡的憑弔核對自然景物的描繪，抒發其敬仰古人、緬思先賢的悠悠情懷。然而，由於因為經歷安史之亂，倍嘗流離之苦，山河破碎、身世浮沈的切膚之痛無情地擊碎了詩人理想的盛世之夢，於是他的思想與精神風貌難免有所變化。方師瑜曾經指出「夔州七律名作〈閣夜〉末聯云：『臥龍躍馬終黃土，人事音書漫寂寥』，此處，杜甫竟以傾心推許的諸葛亮，與漢末作亂稱帝後為光武所滅之公孫述並舉，而感嘆不論賢愚，終歸黃土。……面對『終歸黃土』的終局，儒家追求之不朽，在杜甫心中是否完全正面肯定，不能無疑。」〔註62〕這種觀念的變化在〈八陣圖〉與其他登臨白帝城的作品中表現得尤為突出，如：

> 功蓋三分國，名成八陣圖。江流石不轉，遺恨失吞吳。（杜甫〈八陣圖〉·卷二二九）

王師國瓔明確指出「詩中有古跡風景的描寫，歷史人物事跡的回顧，當前詩人的感懷，屬典型的懷古詩」。〔註63〕諸葛亮是杜甫屢屢吟詠的歷史人物。諸葛亮輔佐劉備三分天下的宏偉功業和鞠躬盡瘁的忠貞大節，一直令他敬仰不已。「功蓋三分國，名成八陣圖」，贊頌諸葛亮的豐功偉績。杜甫這一高度概括的讚語，是在三國歷史時空下產生的評價。若從歷史結局來考察八陣圖遺址的話，評價截然不同了：「江流石不轉，遺恨失吞吳」。因為「人自歷史的緬懷裡回到現在，回到自然時空的永恆地不住而常在內，所謂『功』成『名』就的幻想全部煙消雲散了，殘留的只是赤裸裸的失敗的事實。」〔註64〕八陣圖正如歷史上的帝王霸業一

〔註61〕同註39，頁287。
〔註62〕同註26，頁209。
〔註63〕同註54，上冊，頁471。
〔註64〕柯慶明師：〈試論幾首唐人絕句裡的時空意識與表現〉，《境界的再生》（台北：幼獅文化，1977年），頁223～225。

樣，在時間的洪流中，只成遺跡殘石，人事成空的永恆象徵。陳世驤曾以悲劇的理論來詮釋此詩，他認爲在這短短二十字中包含著，英雄的功名、王國的崩潰、山河的浩蕩、無窮的遺恨。其內容之沈重，表面之簡短，更象徵人生事業功名，正是蜉蝣一樣短促。〔註65〕

　　此外，杜甫登臨白帝城的作品，值得我們注意。漢建武元年（25），公孫述起兵據蜀，僭立爲帝，以成都爲都城，在奉節築城拒漢，由於其服色尚白，故稱白帝城。公孫述據蜀十二年，於建武十二年被漢光武帝劉秀所滅。而白帝城卻作爲歷史滄桑的見證和萬里長江著名的人文景觀，引來了不少騷人墨客。杜甫寓居夔州不足兩年，卻數來白帝城登高遠望，或以詩家之心探討歷史興亡的必然規律，或體悟歷史遺跡包孕的深刻哲理，讀來不僅景絕情切，而且思長味深。

　　公孫述一代梟雄，其人已矣，然其廟猶存。杜甫登白帝城時，不可避免地要去廟中吊古。於是他再次登白帝城時寫下〈上白帝城二首〉，其二曰：

　　　　白帝空祠廟，孤雲自往來。江山城宛轉，棟宇客徘徊。
　　　　勇略今何在，當年亦壯哉。後人將酒肉，虛殿日塵埃。
　　　　谷鳥鳴還過，林花落又開。多慚病無力，騎馬入青苔。

　　　（杜甫〈上白帝城二首〉之二・卷二二九）

詩人眼前的白帝廟是「白帝空祠廟，孤雲自往來」、「後人將酒肉、虛殿日塵埃」，而白帝廟周圍的自然卻是「谷鳥鳴還過，林花落又開」。其冷落寂寥的白帝廟面對恆古常新的自然，使人不得感嘆：「勇略今何在？當年亦壯哉」。自然與人事的對比，引發詩人對生命終歸幻滅的哀感，無論昔日的英雄或有病無力的自己都只不過是終歸蕭索、殞滅的存在。這樣以來，詩人的關懷從昔日英雄推廣到整個人類，充分表露一種對人類事功的懷疑。再看另一首懷古詩：

　　　　此堂存古製，城上俯江郊。落構垂雲雨，荒階蔓草茅。

〔註65〕陳世驤：〈中國詩之分析與鑑賞示例〉，《陳世驤文存》（台北：志文，1972 年），頁 127～149。

柱穿蜂溜蜜，棧缺燕添巢。坐接春杯氣，心傷豔蕊梢。
英靈如過隙，宴衍願投膠。莫問東流水，生涯未即拋。

（杜甫〈陪諸公上白帝城頭宴越公堂之作〉‧卷二二九）

此詩以寫景始、感慨終，將寫景、憑弔、詠懷融於一爐，抒發自然山川永恆而人事無常的沈重感慨。楊素是隋朝開國元勳，對隋文帝的政治、經濟改革有突出貢獻。越公堂「在廟南而少西，隋越公素所建的。」如今，越公堂還在，但越公楊素不見，只有蜜蜂與燕子成為此地的新主，再怎麼偉大的人事在時間的流逝已然消歇，自然卻在人們不留神之際，重新取回主導的權力。最後「英靈如過隙，燕衍願投膠」不僅寓托了詩人白駒過隙而人世滄桑的喟嘆，同時流露出對不朽的懷疑態度。

總之，就憑弔對象與對不朽事功的態度而言，杜甫懷古詩出現了微妙的變化。親身經歷安史之亂的人世滄桑，杜甫不再對人類嚮往不朽的努力，時而肯定，又時而否定，處於一種動搖懷疑的狀態。〔註66〕這與其說是杜甫個人思想變化的反映，不如說是由唐朝政局衰為所帶來的時代精神的變化的體現。對不朽的懷疑或對人類事功的否定態度普遍出現在中唐懷古詩中。

小　結

就唐代懷古詩的演變發展而言，盛唐懷古詩為承先啟後的關鍵時期。隨著接觸自然山水的機會之增加，盛唐懷古詩的內容也跟著豐富多彩了。即他們不但抒發生命短暫的普遍歎惋，而且以特定的地理或景物為媒介，進而抒發對先賢德業的緬懷，以充分表現出盛唐詩人的深邃的時間意識與強烈的自我意識。因此，除了強調人事蕭條滄桑的否定結構以外，人事走進自然而永得生命的肯定結構亦不少。再加上，為了順應近體格律，盛唐詩人開始運用近體格律作懷古詩。他們透過歷史追述的省略與永恆自然的凸顯等方式，摹索適合表現懷古情

〔註66〕關於杜甫對不朽功業等生命意義的省思與質疑，詳見許銘全：《杜甫詩追憶主題研究》（台北：國立台灣大學中文研究所碩士論文，方瑜先生指導，1997 年），頁 170～182。

懷的表現形式，從而運用古今盛衰對比法的長篇古體逐漸減少。

　　剛定型不久的懷古詩開始與既有的詠史抒情傳統結合，便孕育出嶄新的抒情方式。李白與杜甫為其代表作者。此二人對唐代懷古詩發展的影響，大致上與其在中國詩歌史上的地位與價值相同，即李白古體懷古詩雖然涉及對歷史古跡的憑弔，但注重表現的無疑是個人的情懷，其成就在於「承先」。杜甫以歷史遺跡為起興媒介的詩篇具有「啓後」面貌。若看其內涵情境，與左思式的託古詠懷有所不同，所抒發的是人類普遍的感懷，卻接近於懷古詩；若看其憑弔對象或對不朽的觀點，有別於盛唐詩人，更接近安史之亂後理想破滅後的大歷詩人。

第四章　中唐懷古詩——轉變期

　　中唐時期因政治、社會、思想的變化，已將中唐詩人帶入了新的環境之中，人們的主觀情思、審美心態、藝術趣味，與盛唐時代相比都發生了顯著的變化。本章將從內涵情境、憑弔遺跡、審美趣味等三個方面探究中唐懷古詩的特點。

第一節　內涵情境：世事無常的哀歌

　　經過一百多年蓬勃發展的大唐王朝，國勢的強盛和經濟的繁榮都達到了頂峰，正是「家給戶足，人無苦窳，四夷來同，海內晏然。」〔註1〕人們沈湎在盛世的陶醉中，希望把現存的一切都凝固在一個永久的點上。然而，安史之亂眞像一陣突起的狂飆，刹那間把一個歌舞升平的盛世刮得無影無蹤。中唐詩人已不再有盛唐人那種浪漫豪爽的情懷，他們的詩歌基本上以苦悶、哀愁爲主調。因此，本文擬從情感基調和關懷對象等兩方面分析中唐懷古詩的內涵特點，希望藉此深入瞭解唐代懷古詩演變發展的具體情形。

一、情感基調的變化

　　安史之亂是唐朝盛衰轉變的樞紐。經過長達八年的艱苦掙扎，唐

〔註1〕　禮部員外郎沈旣語之言，見唐・杜佑撰、王文錦等點校：《通典》（北京：中華書局，1996年8月），卷十五，頁358。

王朝才渡過這場浩劫，勉強保住了社稷。但那個花團錦簇的盛世已經煙消雲飛了。他們面對的都是不堪目睹的凋敝和蕭條的國土：「鳥雀空城在，榛蕪舊路遷。山東征戰苦，幾處有人烟。」（劉長卿〈送河南元判官赴河南勾當苗稅充百官俸錢〉）；「平陂戰地花空落，舊苑春田草未齊」（李嘉祐〈宋州東登望題武陵驛〉）；「城池百戰後，耆舊幾家殘」（劉長卿〈穆陵關北逢人歸漁陽〉）；「處處空離落，江村不忍看。無人花色慘，多雨鳥聲寒」（李嘉祐〈自常州還江陰途中作〉）並且，安史之亂後的幾位皇帝又無法拯救大傷元氣的唐王朝，肅宗軟弱、代宗平庸、德宗疑忌。於是，很多人不僅對現實生活感到失望，甚至對前途、理想也喪失了信心。〔註2〕這種心理在中唐人的懷古詩篇中體現得較爲明顯：

> 古臺搖落後，秋日望鄉心。野寺來人少，雲峰隔水深。
> 夕陽依舊壘，寒磬滿空林。惆悵南朝事，長江獨至今。
>
> （劉長卿〈秋日登吳公臺上寺遠眺〉・卷一四七）

> 永安宮外有祠堂，魚水恩深祚不長。角立一方初退舍，擬稱
> 三漢更圖王。人同過隙無留影，石在窮沙尚啓行。歸蜀降吳
> 竟何事，爲陵爲谷共蒼蒼。（竇常〈謁諸葛武侯廟〉・卷二七一）

吳公爲西漢河南守，治郡有善政，漢文帝徵爲廷尉，後因用作稱美郡守的典故。不過，吳公臺的歷史意涵不再激勵人奮起行動去建功立業，反令人在喟嘆人生、歷史之際陷入更大的迷惘，從而生命短暫的歡惋與先賢德業的緬懷不再是懷古詩人的吟詠主題。竇常則面對歷史上演出過可歌可泣的動人劇目的英雄諸葛武侯，但他所抒發的卻不是無限的崇拜和惋惜。中唐懷古詩的內涵情境與以先賢德業

〔註2〕 雖然詩歌發展的盛衰更替並不能等同於歷史的發展，但王朝的興亡盛衰或多或少影響到審美趣味與詩風的變化。因此，他們都由政治局勢和社會心理的變化著手中唐詩風變化的研究。參閱孟二冬：《中唐詩歌之開拓與新變》（北京：北京大學出版社，1998 年9 月）；陳順智：《劉長卿詩歌透視》（武漢：湖北人民出版社，1994年 10 月）；蔣寅：《大歷詩人研究》（北京：中華書局，1995 年 8月）。

的緬懷爲主旨的盛唐懷古詩形成了有趣的對比，均反映出中唐時代情緒的低落與衰頹。

　　另外，盛、中唐懷古詩的情調變化，反映在金陵懷古詩中尤爲明顯，如：

　　　　地擁金陵勢，城迴江水流。當時百萬戶，夾道起朱樓。
　　　　亡國生春草，離宮沒古丘。空餘後湖月，波上對江州。
　　　（李白〈金陵三首〉之二・卷一八一）
　　　　大江橫萬里，古渡渺千秋。浩浩波聲險，蒼蒼天色愁。
　　　　三方歸漢鼎，一水限吳州。霸國今何在，清泉長自流。
　　　（戴叔倫〈京口懷古〉・卷二七三）
　　　　輦路江楓暗，宮庭野草春。傷心庾開府，老作北朝臣。
　　　（司空曙〈金陵懷古〉・卷二九二）

盛唐詩人李白面對千古興亡的陳跡，可以超然地浩嘆，興歷史虛無之感，不與之沈淪。這時唐朝畢竟還高居峰巔，歷史的興亡對他也過眼雲煙，久遠而淡漠了。因此，將自然永恆與人事代謝形成對比，不動悲苦，不另生情緒反應，使作品閃出一種富於哲理意味的歷史感和宇宙意識。可是，兩首中唐懷古詩都被塗墨著哀怨傷悼的主觀情緒。他們面對的是南朝的金陵，但表達的是身處於一個多變的時代的空虛與憂傷：此地的歷史與自然足以觸動已受嚴重瘡傷的詩人心靈而不得不激起「險」與「愁」的感觸。其「霸國今何在」的感慨怎麼可能是針對南朝興亡的抽象而普遍的感嘆呢？司空曙將庾信被留北朝的傷心與自己失去開天盛世的傷心融爲一體，曲折地表達了傷時哀世的苦悶情緒。

　　如上所論，大歷詩人已不再有盛唐人那種慷慨豪爽的情懷，懷古詩篇或多或少反映出時代情緒的低落與衰頹。時到元和，社會表面上呈現承平跡象，中興的美譽曾給當時人們帶來一些希望和鼓舞，報效國家、收復失地、建功立業的豪情壯志也曾一度振奮人心，如賈島〈易水懷古〉：「荊卿重虛死，節烈書前史。我嘆方寸心，誰論一時事。至

今易水橋，寒風兮蕭蕭。易水流得盡，荊卿名不消。」；劉禹錫〈蜀先主廟〉：「天下英雄氣，千秋尚凜然。勢分三足鼎，業復五銖錢。得相能開國，先兒不象賢。淒涼蜀故妓，來舞魏宮前。」；李德裕〈北固懷古〉：「自有此山川，於今幾太守。近世二千石，畢公宣化厚。丞相量納川，平陽氣衝斗。三賢若時雨，所至躋仁壽。」然而，中央集權政治的日趨腐敗、衰落，不僅失地難覆，而且兵連禍結，生命塗炭。因此，一度高漲的情緒頓時又跌入谷底，不禁流露處境艱危、壯志蒿萊的悲愴心情：

> 君不見宋公仗鉞誅燕後，英雄踴躍爭趨走。小會衣冠呂梁
> 壑，大徵甲卒碎磝口。天門神武樹元勳，九日茱萸餐六軍。
> 泛泛樓船遊極浦，搖搖歌吹動浮雲。居人滿目市朝變，霸
> 業猶存齊楚甸。泗水南流桐柏川，沂山北走琅琊縣。滄海
> 沈沈晨霧開，彭城烈烈秋風來。少年自古未得意，日暮蕭
> 條登古台。(儲光羲〈登戲馬臺作〉‧卷一三八)

> 晨飆發荊州，落日到巴丘。方知剗剗利，可接鬼神遊。
> 二湖谿南浸，九派駛東流。襟帶三千里，盡在岳陽樓。
> 憶昔鬥群雄，此焉爭上游。吳昌屯虎旅，晉盛驚龍舟。
> 宋齊紛禍難，梁陳成寇讎。鐘鼓長震耀，魚龍不得休。
> 風雪一蕭散，功業忽如浮。今日時無事，空江滿白鷗。

> (呂溫〈岳陽懷古〉‧卷三七一)

盛唐詩人儲光羲登戲馬臺，不僅極力歌頌南朝劉裕率軍北伐，恢復失地，英雄豪傑，競相追隨，建功樹勳的偉績，同時藉此表示先賢德業的崇仰及壯志未酬的憤懣。雖然不無感傷情緒，但這種情感並不是失去信心的苦悶消沈。因此，對於英雄的功業，寄予最大的讚賞與肯定——「霸業猶存齊楚甸」。相比之下，中唐詩人呂溫對英雄功業的看法與儲光羲截然不同——「功業忽如浮」。此詩無疑是典型的古體懷古詩，即以記遊開篇，清晨從荊州乘船順江而下，落日時已達巴丘，站在岳陽樓上，放眼遠眺，陷入深沈的歷史回顧：昔日六朝群雄爭鬥，此地曾是激烈的戰場，東吳在此駐紮過強大的水師，

西晉大將王濬率領龍舟曾從此東下滅吳，宋、齊、梁、陳都曾仰仗這自然的天險，攻伐不休，震天動地的鍾鼓聲使水底的魚龍不得安寧。他用極其簡鍊的語言，形象地概括六朝興亡的歷史，而後陡轉筆鋒回到現實，藉眼前之景抒發深沈的感慨：一切功業抵不住時間的沖刷，終歸徒然，如今空闊平靜的江面上飛滿白鷗。「一」、「忽」二字，極寫人事之變化，六朝之短暫，功業之虛空。過去六朝英雄的顯赫功業與冷落寂寥的今日景色，在詩中形成了強烈的對比，從中含蓄地表露對中唐現實的思考。

　　中唐時期，國家雖然在形式上維持著統一的局面，但各地藩鎮熱中於擁兵割據，對朝廷對此束手無策。從而，中唐懷古詩抽去了富有理想色彩的功名意識或人生意氣，以對國家未來的憂患及對歷史興亡的理智思考代替之。試看：

> 煙蕪歌風臺，此是赤帝鄉。赤帝今已矣，大風邈淒涼。
> 惟昔仗孤劍，十年朝八荒。人言生處樂，萬乘巡東方。
> 高臺何巍巍，行殿起中央。興言萬代事，四坐沾衣裳。
> 我爲異代臣，酌水祀先王。撫事復懷昔，臨風獨彷徨。

（鮑溶〈沛中懷古〉‧卷四八六）

鮑溶詩多道途旅思、懷古感興之作較多，張爲《詩人主客圖》尊鮑溶爲「博解宏拔主」，而且居於入室之列。〔註3〕此詩爲頗耐諷誦的代表作之一。沛縣是漢高祖劉邦的故鄉，同時蘊含著特殊歷史內容場所。據《史記‧高祖本紀》，劉邦即位以後，爲了加強中央集權，先後消滅韓信、彭越、英布等異姓諸王，且遷六國舊貴族到關中，以奠下大漢帝國政治安定的基礎。在立爲漢王後的第十二年（紀元前195年），擊敗淮南王英布的叛軍，命別將追擊，他自己回到故鄉，召父老兄弟歡聚。酒酣之時，他一面擊筑，一面高唱：「大風起兮雲飛揚，威加海內兮歸故鄉，安得猛士兮守四方！」劉邦流露內心深處的恐懼與悲

〔註3〕 丁福保編：《歷代詩話續編》（臺北：木鐸出版社，1988年7月），上冊，頁79。

哀，即自己的天下是否守得住。然而，如今鮑溶眼前的歌風臺煙蕪淒涼，漢高祖也不在。「大風邈淒涼」句也許是雙關語，用來描寫歌風臺的景色，同時象徵大風歌精神的消失。此詩藉由對漢高祖的追憶，不僅對先王偉業表示無限的敬佩，同時流露對唐朝政治現實的不滿與失望。再看劉禹錫的作品：

> 潮滿冶城渚，日斜征虜亭。蔡洲新草綠，幕府舊煙青。
> 興廢由人事，山川空地形。後庭花一曲，幽怨不堪聽。

　　（劉禹錫〈金陵懷古〉·卷三五七）

本詩不僅發出歷史興亡的深沈感慨，同時總結出歷史興亡的規律。〔註4〕在首、頷聯，把「潮」、「日」、「草」、「煙」等自然景物與「冶城」、「征虜亭」、「蔡洲」、「幕府山」等蘊含著特定歷史意涵的地名加以配合，巧妙地傳達政權交替的快速與自然的不變永恆。〔註5〕頸聯承上前兩聯轉入議論，以極其精鍊的語言揭示了歷史興亡的秘密，在尾聯藉由公認的亡國之音〈玉樹後庭花〉，進而表現中興落空後幽怨傷悼的心情，以揭示出全詩的主旨。可見，中唐後期詩人幾乎完全擺脫個人狹小圈子或單純感慨，沈浸在歷史興亡的反思，抒寫了古今盛衰、國家變遷的深沈感嘆。

　　總之，中唐詩人他們抒發人事與歷史的虛無感慨時，常常流露歷史巨變後的迷惘與憂傷心情，或理想破滅後的不安，或對未來唐朝社稷的憂慮，使得懷古詩的內涵情境更為低落與惆悵，形成了有別於盛

〔註4〕 方回云：「每讀劉賓客詩，似乎百十選一以傳諸世者，言言精確。前四句用四地名，而以「潮」、「日」、「草」、「煙」附之。第五句乃一篇之斷案也，然後應之曰『山川空地形』，而末句乃寓悲愴，其妙如此。」見元·方回選評、李慶甲集評校點：《瀛奎律髓》（上海：上海古籍，2005年4月），頁80。

〔註5〕 這四個有特殊意義的地名，它們都和歷史上政治事件有關，或標誌一個朝代，或代表歷史上的一次軍事行動，詩人羅列這些地名是在暗示歷史的變遷更替是無情的。不過，這指點出金陵這特殊地點而已，即與六朝有關的金陵名勝古跡，以暗示千古興亡之所由，而不是為了追懷一事或一物，故我們不必追究每個詞所蘊含的具體人事內容。

唐懷古詩的情懷傾向。

二、關懷焦點的轉移

　　如上所論，由於政治、社會環境的巨大變化，中唐懷古詩已經失去了昂揚奮發的氣息，徘徊苦悶、哀怨惆悵成為其基本情調。本文要討論的關懷對象的轉移。其實，除了情感基調的變化以外，關懷焦點的轉移也是中唐懷古詩有別於盛唐的主要特點之一。這從兩首盛、中唐懷古詩的比照中明顯看出：

> 泗水入淮處，南邊古岸存。秦時有漂母，於此飯王孫。
> 王孫初未遇，寄食何足論。後為楚王來，黃金答母恩。
> 事跡遺在此，空傷千載魂。茫茫水中渚，上有一孤墩。
> 遙望不可到，蒼蒼霧樹昏。幾年崩冢色，每日落潮痕。
> 古地多陻圮，時哉不敢言，向夕淚霑裳，只宿蘆洲村。
>
> （崔國輔〈漂母岸〉・卷一一九）
>
> 昔賢懷一飯，茲事已千秋。古墓樵人識，前朝楚水流。
> 渚蘋行客薦，山木杜鵑愁。春草茫茫綠，王孫舊此游。
>
> （劉長卿〈經漂母墓〉・卷一四七）

兩首詩都以漂母墓作為起興媒介，但作品的主旨卻大有不同。崔國輔透過對韓信與漂母故事的追述與對漂母岸蕭瑟景色的描寫，抒發出自己渴求知音而不得的感慨，正是盛唐詩人典型「負志的高歌」。〔註6〕然而，劉長卿看來，韓信的功名與前朝的帝王霸業都如楚水已付諸東流，消失無蹤，漂母一飯之德抵得過在歷史輝赫一世的楚漢。〔註7〕對歷史與人類的事功採去近乎否定的態度，屬於物質的功名利祿、榮

〔註6〕陳順智曾經以「負志的高歌」、「喪志的悲吟」來概括盛唐與大歷詩歌的情感特點。所謂「負志」是指有明確的人生追求和理想抱負，在自信的驅使下，盛唐詩人勇於抒志，從不遮掩，所謂「喪志」是指爾茫然困惑，遲疑徘徊，在自卑心理狀態之下，大歷詩人也怯於言志，含含糊糊。同註2，147～148。

〔註7〕《瀛奎律髓》云：「長卿意深不露。第四句蓋謂楚亡漢亡，今惟有流水耳。一漂母之墓，樵人猶能識之。亦以其有一飯之德於時耳。」見同註4，頁1225。

華富貴是轉瞬即逝的。這是由動亂的社會現實，不穩定生活所直接觸發的關於人生、社會最一般的、喪失信心的感嘆。

這種感嘆與嚴酷、冷俊的現實相結合，虛幻如夢之感與世事滄桑之慨便成爲中唐懷古詩的主要內容，諸如：

> 園廟何年廢，登臨有故丘。孤村連日靜，多雨及霖休。
> 常與秦山對，曾經漢主遊。豈知千載後，萬事水東流。
>
> （耿湋〈登樂游原〉‧卷二六八）
>
> 方城漢水舊城池，陵谷依然世自移。歇馬獨來尋故事，逢
> 人帷說峴山碑。（李涉〈過襄陽〉‧卷四七七）
>
> 襄陽太守沈碑意，身後身前幾年事。湘江千歲未爲陵，水
> 底魚龍應識字。（鮑溶〈襄陽懷古〉‧卷四八七）

身處於政治的黑暗、社會的險惡的中唐詩人自然對前途、理想失去了信心。在那種現實環境與心理狀態下，先賢德業的緬懷與人生緊迫感的流露已經不是中唐懷古詩的主要內容。他們的關注點從個人與現實逐漸拓展到歷史與宇宙更爲普遍、廣泛的層次。他們以世事滄桑與自然永恆的強烈對比，表示自己的生命觀與時間意識。從作爲短暫微小生命體的立場來看，自然是多麼無情永恆的存在。

由詩人心態與作品主題取向之相應而引發的關懷對象的轉移，具體而集中地體現在劉禹錫懷古詩篇中。中唐詩人劉禹錫在詠史、懷古詩的創作上取得了很大的成就。從創作時間來看，可以分爲前後兩個時期，前後期的內容有明顯的不同，這一現象與他本人的境遇、心態的變化有關，也是時政局勢不同在其作品中的反映。

作爲永貞革新的核心成員之一的劉禹錫，準備在政壇上有所作爲，爲掃除朝廷積弊而鞠躬盡瘁時，改革隨著順宗的內禪而迅速失敗了。於是，從代判度支鹽鐵案的屯田員外郎一下子成了無職無權的司馬。從此作了將近二十年的逐臣生活。〔註8〕試看：

〔註8〕 從元和元年（806）貶爲朗州司馬到長慶四年夏（824）調任和州
刺史前，都在於連州、夔州等地。關於劉禹錫的生平事跡，參閱

南國山川舊帝畿，宋臺梁館尚依稀。馬嘶古道行人歇，麥秀
空城野雉飛。風吹落葉填宮井，火入荒陵化寶衣。徒使詞臣
庾開府，咸陽終日苦思歸。(劉禹錫〈荊州道懷古〉‧卷三五九)

詩人在被貶朗州的途中，看到南朝遺址。當年帝王京畿的威風，尊貴
與繁華都被歲月的烟雲悄悄帶走，殘留的只是一片荒涼的歷史陳跡。
不過，詩人的關懷從客觀的外在環境轉向自己身上，藉庾信的生平遭
遇來抒發自己的情懷。「徒使」二字表明其思歸是徒然、落空的，暗
寫自己的悲慘處境。從此以後，他往往藉由對附近一些古跡的吟詠，
表達報國無門的悲憤與自己百折不回的信念。諸如：

將軍將秦師，西南奠遐服。故壘清江上，蒼煙晦喬木。
登臨直蕭辰，周覽壯前躅。塹平陳葉滿，塘高秋蔓綠。
廢井抽寒菜，毀臺生魯穀。耕人得古器，宿雨多遺鏃。
楚塞鬱重疊，蠻溪紛詰曲。留此數仞基，幾人傷遠目。

(劉禹錫〈登司馬錯古城〉‧卷三五五)

軒皇傳上略，蜀相運神機。水落龍蛇出，沙平鵝鸛飛。
波濤無動勢，鱗介避餘威。會有知兵者，臨流指是非。

(劉禹錫〈觀八陣圖〉‧卷三五五)

前詩贊嘆秦昭王大將司馬錯率軍由蜀攻楚、平定五溪地界的業績。遠
望「壯前躅」，自然作者的心潮激盪、渴望立功，但仔細掃瞄遺跡的
個個角落，就對古人離鄉背井的處境與征伐遠地的艱難辛勞產生同情
與惋惜，最後不禁流露無限傷懷。後詩則詩人用誇張、華麗的筆法刻
畫出八陣圖的堅固和威力，以表達了對孔明的羨慕和崇仰。並且，緬
懷之際又不忘表露不可減弱的壯志與自己的堅貞信念。就藝術構思而
言，可以看出作者有所繼承杜甫〈八陣圖〉的用心，但作者並不強調
八陣圖所包孕的歷史悲劇意涵，卻凸顯出八陣圖的堅固與威力，從而
展示出滿懷著希望與期待的精神風貌。可見，作品不免帶有歷史興亡
的滄桑感與沈郁蒼涼的時代氣息，但其情感素質卻接近於盛唐人。其

卞孝萱、卞敏：《劉禹錫評傳》（南京：南京大學出版社，1996 年
1 月）。

對建功立業的渴求與壯志難酬的憤悶，常常藉助於歷史遺跡的憑弔中曲折地表達出來。

然而，歷盡滄桑和看慣炎涼世態的詩人也已進入暮年，對來之不易的境遇的珍惜與銳氣、鋒芒的收斂使詩人的整個詩歌風貌爲之一變。同時詩人看到政局已經是不可救藥，他無力回天。從而，懷古詩的內容出現了明顯變化。他的關注點從自我轉向世事滄桑與自然永恆，不僅對社會盛衰的原因進行揭示，同時抒寫對社會盛衰、家國變遷的感慨，以表現出深邃的宇宙意識與綿遠廣闊的時空意識，如〈西塞山懷古〉、〈金陵懷古〉、〈金陵五題〉、〈臺城懷古〉、〈館娃宮〉、〈姑蘇臺〉等，試看：

> 清江悠悠王氣沉，六朝遺事何處尋。宮牆隱嶙圍野澤，
> 鸛鴣夜鳴秋色深。（劉禹錫〈臺城懷古〉·卷三六五）

> 故國荒臺在，前臨震澤波。綺羅隨世盡，麋鹿占時多。
> 築用金鎚力，摧因石鼠窠。昔年雕輦路，唯有采樵歌。
>
> （劉禹錫〈姑蘇臺〉·卷三五八）

前詩透過撫今追昔的對比，十分清楚地表示世事無常與自然永恆的主旨：任何人世的權力、尊貴、榮華都難保永恆，最後留下來的卻是短暫無常的種種痕跡及無情的自然。後詩則明顯含有鑑戒教訓的意味——「築用金鎚力，摧因石鼠窠」。從中可以看出面對歷史遺跡的兩種反應模式，一種是對歷史興亡的憐惜嘆惋，另一種是對歷史興亡規律的反思，預示著晚唐懷古詩的兩大發展走向。

其次，李賀的時間意識與歷史題材詩篇，值得我們討論。悠遠無窮的宇宙變化與短促無常的生命就是李賀詩集中常見的吟詠主題。這種感觸往往在歷史遺跡的觸發之下得以呈現，類似於懷古詩。然而，他的表現方式或自然觀與傳統懷古詩人似乎有所不同。那麼，李賀的作品與典型懷古詩之間究竟有何差別？爲何產生這種差別？

研究者早已注意到李賀不同於傳統詩歌的特點。〔註9〕傳統的觀

〔註9〕錢鍾書說：「深有感於日月愈邁，滄桑改換，而人事之代謝不與焉。

念裡，人始終是宇宙的主體。一般懷古詩表現的也是「人」對自然永恆、世事滄桑的感嘆。感傷主體是「人」，就是詩人自己。然而，在李賀詩裡「物常取得人相當的地位」，﹝註10﹞感傷主體常常是「物」，不是詩人自己，如「綠繫悲水曲，茱萸別秋子」（〈安樂宮〉）；「厭見桃花笑，銅駝夜來哭」（〈銅駝悲〉）。試看：

> 茂陵劉郎秋風客，夜聞馬嘶曉無跡。畫欄桂樹懸秋香，
> 三十六宮土花碧。魏官牽車指千里，東關酸風射眸子。
> 空將漢月出宮門，憶君清淚如鉛水。衰蘭送客咸陽道，
> 天若有情天亦老。攜盤獨出月荒涼，渭城已遠波聲小。
>
> （李賀〈金銅仙人辭漢歌〉・卷三九一）

詩人主要透過金銅仙人的感官，隱晦地表現生命短暫的虛無與幻滅。就懷古詩的意象分類來看，金銅仙人應屬「人文景物」。即過去曾有而隨著時間的推移逐漸敗壞，與永恆不變的自然景物營造出顯明對比。然而金銅仙人因它的名（仙人）或它的實（金銅）還活到現在，幾乎代表永恆不變。加上，詩人賦予了「情」的屬性給金銅仙人，還能營造出為武帝的不見與漢朝的衰亡而流淚的獨特情景。最後，突破常識與自然法則的大膽預設（「天若有情天亦老」），藉以展示有別於

他人或以弔古興懷，遂爾及時行樂，長吉獨純從天運著眼，亦其出世法、遠人情之一端也。」；方瑜師說：「感慨盛衰無常，繁華如夢，人事滄桑的懷古詠史詩，在中國詩歌傳承中，幾乎已是個用得太濫的主題……這些詩中表現的是超越歷史盛衰興亡，直接對宇宙、時間本身所發出的慨嘆！……李賀詩中表現的這種特異時間觀，確實前無古人，後無來者。」，見錢鍾書：《談藝錄》（臺北：書林，1988年11月），頁59；方瑜師：《中晚唐三家詩析論──李賀、李義山與溫庭筠》（台北：牧童出版社，1977年），頁27～28。

﹝註10﹞這可以說是李賀獨特的抒情方式之一。有關李賀對樂府豔體詩題材的處理方面，方瑜師指出「他總是站在『樂府詩人』──第三者──的立場。他也寫閨怨、宮怨、戀情，但其中沒有任何長吉自身的投影。他的眼光純在詩歌的藝術技巧，因此，在描寫豔情主題時，他的眼光總是以『物』與『景』為主……這些布景都經過詩人詩思的選擇與過濾，表現出具體濃縮的實在感，而且具有『凝固的流動性』。」同前註，頁52。

傳統的自然觀與時間意識。﹝註11﹞再看另一首：

> 梁王臺沼空中立，天河之水夜飛入。臺前鬥玉作蛟龍，
> 綠粉掃天愁露溼。撞鐘飲酒行射天，金虎蹙裘噴血斑。
> 朝朝暮暮愁海翻，長繩繫日樂當年。芙蓉凝紅得秋色，
> 蘭臉別春啼脈脈。蘆洲客雁報春來，寥落野篁秋漫白。

（李賀〈梁臺古意〉・卷三九三）

前四句形容梁王臺樓、苑囿的富麗、宏闊，接著中四句進而言及梁王之氣勢驕橫與日夜逸樂。末四句，詩人的思緒回到現實時空，藉由春秋疊更的畫面，形象地展示「年光迅速，昔日繁華，倏成陳跡的意思。」﹝註12﹞此詩並沒有含有盛唐梁園懷古詩那樣的身世感慨，卻帶有諷刺之意。作品主旨類似於劉禹錫〈金陵懷古〉，能看出懷古詩往後的發展走向。總之，就表現方式與天地觀而言，李賀的作品與典型的懷古詩確實有所不同，但其作品主旨與懷古詩並無差別，誠如明代詩學家李世熊所說：「李賀所賦銅人、銅臺、銅駞、梁臺，慟興亡，嘆桑海」﹝註13﹞（〈昌谷詩解序〉），可以說是滄桑哀歌的一種變調。

如上所論，由於中唐政局與社會的巨變，使得懷古詩的內涵情境

﹝註11﹞ 陳允吉曾注意到：「李賀在詩中描寫『滄海桑田』之多，在唐人中間最可注目，這一看來奇怪的現象，實際上卻很能顯示他的精神世界。」歐麗娟則進一步指出這種現象並不專屬於李賀的，卻普遍出現在中晚唐詩歌裡，且把它稱為「時間意識的激化」。她說：「他們已然突破「天地」原本堅固而不容質疑的終極界限，將原本恆定無憂、無始無終而超俗離情的『天地』收納到變動不居、短暫有限的概念範疇之中，以一種超越於『永恆』之上、或延續於『無限』之外的視野，反思天地終結的時刻而設定世界的消解。李賀對大自然的獨特觀照方式就是時間意識激化現象的一種體現。在詩人一己的個人觀照之下，以人類特殊秉具之『有情』來消融天地大化的無限。」見陳允吉：〈《夢天》的游仙思想與李賀的精神世界〉，《唐詩中的佛教思想》（台北：商鼎文化，1993年12月），頁217；歐麗娟：《唐詩的樂園意識》（台北：里仁，2000年），頁363～366。

﹝註12﹞ 葉葱奇疏注：《李賀詩集》（北京：人民文學出版社，1998年），頁287～288。

﹝註13﹞ 清・王琦等注：《李賀詩歌集注》（上海：上海人民，1977年12月），頁25。

有所變化，生命短暫的歎惋與先賢德業的緬懷不再是中唐懷古詩的主
要內容。多的是，對繁華無常的虛無感和對歷史興亡的反思，盛唐那
種強烈的個人色彩已經大幅減少了。因此，世事滄桑的哀歌便成爲中
唐懷古詩的主題曲。

第二節　遺跡憑弔

　　上文從內涵情境的角度觀察中唐懷古詩的特點。下文將要分析的
是中唐懷古詩中常見的歷史遺跡。中唐懷古詩中反覆出現的歷史遺跡
究竟有哪些？是否呈現某種傾向？

　　首先，盛唐懷古詩中常見的鄴城、梁園等地很少出現在中唐懷古
詩中。這與詩人主觀情思和詩風之變化有直接相關。請看：

> 梁王昔全盛，賓客復多才。悠悠一千年，陳跡唯高台。
> 寂寞向秋草，悲風千里來。(高適〈宋中〉之一・卷二一二)
> 日暮黃雲合，年深白骨稀。舊村喬木在，秋草遠人歸。
> 廢井莓苔厚，荒田路徑微。唯餘近山色，相對似依依。
> (耿湋〈宋中〉・卷二六八)
> 梁宋人稀鳥自啼，登艫一望倍含悽。白骨半隨河水去，
> 黃雲猶傍郡城低。平陂戰地花空落，舊苑春田草未齊。
> 明主頻移虎符守，幾時行縣向黔黎。(李嘉祐〈宋州東登望題
> 武陵驛〉・卷二〇七)

全詩都宋州爲共同背景，但作品主旨與情趣完全不同。高適所看到的
是西漢梁孝王所建的竹園遺址。對盛唐詩人而言，宋州是一種足以鼓
吹報國建功精神的場所。由於抒情自我不得施展抱負的機會，作品被
塗抹上一層悲哀色彩，但詩人的情懷素質基本上屬於昂揚奮發的，並
不流於低沈感傷。相對來說，中唐詩人的眼裡，宋州不再是觸發功業
慾望的地點，而是歷經戰亂的故壘廢墟。過去建功立業的豪情壯志蕩
然無存，他們只能以淡漠而冷靜的心情書寫眼前景物，或者藉由一片
荒涼破落景象的描寫揭示了戰後的社會現實和社稷未來的憂患心理。

　　然後，中唐懷古詩中常見的歷史遺跡大致可以歸納爲三個地區，即長安（玄宗遺跡）、吳越、楚湘。這些遺跡都在盛唐懷古詩中很少出現的。但對中唐詩人而言，此地的特定歷史內涵似乎格外有意義的。他們以此地的歷史遺跡作爲起興媒介，表示富有時代特色的懷古情懷。接下來，透過對個別作品的具體分析，進一步瞭解中唐懷古詩內涵情境與歷史遺跡之間的連關性。

一、玄宗遺跡

　　長安，位在渭河平原中部，不但土地肥沃、氣候溫和，而且形勢非常險要，自古以來就稱爲「關中之地」。歷史上有西周、秦、西漢、隋、唐等朝代都在這附近一帶建都，故此地保存相當豐富的歷史遺址，例如周武王宮，秦阿房宮，長樂、未央、建章等漢長安故城宮等。不過，眾多中唐詩人最爲反覆憑弔的對象無疑是玄宗有關的遺址。試看：

> 落日向林路，東風吹麥隴。藤草蔓古渠，牛羊下荒冢。
> 驪宮戶久閉，溫谷泉長湧。爲問全盛時，何人最榮寵。
> （耿湋〈晚次昭應〉·卷二六八）

> 先皇歌舞地，今日未遊巡。幽咽龍池水，淒涼御榻塵。
> 隨風秋樹葉，對月老宮人。萬事如桑海，悲來欲慟神。
> （戎昱〈秋望興慶宮〉·卷二七〇）

這兩首詩都注重描繪眼前的淒涼之景：古渠荒堙，驪宮冷落，龍池蕭條，御榻塵封，一切都不堪目睹。雖然溫泉長湧，宮人猶在，可是當年「三千寵愛在一身」的楊貴妃與風流三郎在哪兒呢？當年張九齡祈願「方爲萬歲壽圖川」都落空了。歷史的興亡盛衰已經讀慣了，但親眼目睹一切尊貴、華麗、榮寵在瞬間毀滅時，怎不能感到震驚與空虛。因此，中唐詩人反覆憑弔玄宗朝遺址，從而抒發無限的失落感與濃厚的幻滅感。其中最常見的無疑是華清宮。

　　華清宮位在驪山腳下，它自遠古以來就是沐浴和遊覽的勝地。在西周初期就在這裡建過「驪宮」，修了露天的浴池。漢武帝時擴建秦始皇修建的「星辰湯」，成爲「離宮」。到了唐代，以溫泉爲中心的驪山附

近，幾次進行了大規模宮苑修建。玄宗亦在天寶六載，對溫泉宮大加擴充，在驪山的上上下下修建了大量的宮殿樓臺，享受歷史上少見的太平盛世。天寶十四載，安祿山起兵叛亂時，玄宗還在華清宮，正與楊貴妃等人尋歡作樂。〔註14〕然而，安史之亂剎那間就把一個歌舞升平的大唐盛世刮得無影無蹤。曾經作爲象徵大唐盛世繁華逸樂的驪山華清宮，在亂後恰成了世事無常的象徵，只能供後人回憶、憑弔。試看：

> 天寶承平奈樂何，華清宮殿鬱嵯峨。朝元閣峻臨秦嶺，
> 羯鼓樓高俯渭河。玉樹長飄雲外曲，霓裳閒舞月中歌。
> 只今惟有溫泉水，嗚咽聲中感慨多。（張繼〈華清宮〉·卷二四二）
>
> 君王遊樂萬機輕，一曲霓裳四海兵。玉輦升天人已盡，故
> 宮猶有樹長生。（李約〈過華清宮〉·卷三〇九）

張繼的懷古遐想從高大雄偉的華清宮建築開始，接著進入歡歌曼舞的宮內：朝元閣建在陡峻的秦嶺支脈驪山的北山嶺上，閣東的羯鼓樓高高地俯視著渭河；樂曲聲飄上九霄，傳說來自月宮中的霓裳羽衣舞悠閒曼妙。但過去的華麗與歡樂都不見了，只剩下嗚咽的水聲中，使詩人深深感到一種虛無、滄桑之感。相比之下，李詩面對華清宮，還能對歷史作出清醒的思考。詩人並不單純地追懷往日的繁華，而生動地描寫玄宗的風流生活，以及其與唐朝政治局面之間的因果關係。天寶時期，玄宗由明而昏，專事聲色，志求神仙，怠於政事，委政於李林甫與楊國忠，與楊貴妃等人在歌舞升平的小天地華清宮裡尋歡作樂，直到安祿山起兵叛亂爲止。如今，經過長達八年的艱苦掙扎，唐王朝勉強保住了社稷，但昔日繁華已似流水落花，唯一「長生」不變的是樹木罷了。透過人事意象與自然意象的對比，有效地傳達作者的創作旨趣：繁華無常。無論是茫然的感慨還是冷靜的批判，到最後都不能不歸結爲世事無常的幻滅感。最後，請看一首不同風格的華清宮懷古詩：

〔註14〕在天寶年間，唐玄宗修建了大量的宮殿樓臺，將政事外者委之楊國忠，內者交付宦官高力士，與貴妃在此尋歡作樂。見唐·李吉甫：《元和郡縣圖志》（北京，中華書局，1995 年 1 月），卷 1，頁 7。

> 春月夜啼鴉，宮簾隔御花。雲生朱絡暗，石斷紫錢斜。
> 玉椀盛殘露，銀燈點舊紗。蜀王無近信，泉上有芹芽。
> （李賀〈過華清宮〉‧卷三九○）

此詩雖然不是李賀的代表作品，但還可以看出李賀獨特的審美趣味。
即李賀藉以宮體詩的寫作技巧運用在懷古詩，創造出嶄新的畫面。首
先，一般懷古詩都用古、舊、荒、殘等字眼，強調古跡本身的斑駁、
殘破，對比於往昔的光燦華麗。詩人卻用「朱絡」、「紫錢」等字表現
時間的滄桑使古跡染上濃麗色彩。其次，上文所列舉的懷古詩主要透
過華清宮的今昔對比，表現世事無常的感慨，很少言及華清宮的內部
景象，此詩則特寫華清宮的室內小品。詩人用「玉椀」、「銀燈」等字
眼，讓讀者引進繁華逸樂的過去時空，且巧妙地運用漢武帝造仙人承
露盤的故事，以襯托出生命短暫、繁華無常的主題。最後二句，透過
蜀王無信與泉上芹芽的對比，表示生命短暫與自然永恆的懷古感慨。
李賀筆下的華清宮懷古詩雖然呈現出與一般懷古詩有別的獨特風
貌，但注重表現的內容與其他懷古詩並無二致。

　　最後要看的是張祜。張祜是中晚唐之際的重要詩人，與李紳、白
居易、杜牧多有交往，也留下四百多首的詩篇──「誰人得似張公子，
千首詩輕萬戶侯」（杜牧〈登池州九峰樓寄張祜〉）。其中有多首涉及
玄宗行宮的詩篇，諸如：

> 北陸冰初結，南宮漏更長。何勞卻睡草，不驗返魂香。
> 月隱仙娥豔，風殘夢蝶揚。徒悲舊行跡，一夜玉階霜。
> （張祜〈南宮歎亦述玄宗追恨太真妃事〉‧卷五一○）

> 水遶宮牆處處聲，殘紅長綠露華清。武皇一夕夢不覺，
> 十二玉樓空月明。（張祜〈華清宮〉‧卷五一一）

> 龍虎旌旗雨露飄，玉樓歌斷碧山遙。玄宗上馬太眞去，
> 紅樹滿園香自銷。（張祜〈連昌宮〉‧卷五一一）

早在安史之亂爆發的前夕，杜甫從驪山下經過時便以憂慮的心情描寫
過宮中的歌舞和玄宗及其寵幸的奢侈：「君臣留歡娛，樂動殷膠葛。

賜浴皆長纓，與宴非短褐。」（〈自京赴奉先縣詠懷五百字〉）。時隔幾十年之後，張祜每臨玄宗行宮，感慨自深，作品裡充斥著無限的淒涼悲傷。亦能看出對玄宗重色致亂的譴責之意。

　　安史歷史滄桑的巨變，使得本朝人文景物也成爲懷古詩的起興媒介。這種試圖雖然由杜甫開始，但作品的內涵情境有所不同。杜甫在亂起之初踏上流離之途時，面對著失去過去光榮的玉華宮、九成宮等太宗朝遺址，曾感到惆悵，撫遺跡而憤懣。但這幾乎來自杜甫個人的無能爲力，還不達到中唐詩人那樣的深沉的迷惘與幻滅。我們不應該把杜甫的惆悵與中唐人的迷惘等同起來。中唐開始，華清宮、興慶宮等玄宗行宮亦成爲中晚唐懷古詩的主要起興媒介之一。這恐怕是初盛唐詩人作夢也想不到的情形。但就唐代懷古詩的演變而言，無疑是一個值得注意的轉變。

二、吳越遺跡

　　安史之亂雖已平息，但中原一帶遭到嚴重破壞，而江東吳越地區則相對優逸富庶，造成了眾多文士或任職或漫遊在此長期居留的事實。此地的優美風景與豐富歷史遺跡格外吸引詩人的注意，促使這一地區出現文學繁榮的局面。尤其，蘇州曾經是吳國的都城，春秋時吳越爭霸的核心地區，還在保存許多名勝古跡，如長洲苑、閶門、闔閭古城、姑蘇臺等，因此引來了不少文人墨客。吳國爭霸與滅亡的整個事件，以及相關的古跡，足以觸動失去樂園的中唐詩人，因而留下不少作品，如劉長卿〈登吳古城歌〉、韋應物〈閶門懷古〉、陳羽〈姑蘇臺懷古〉、白居易〈長洲苑〉、徐凝〈長洲覽古〉等。

　　綜觀作品就不難發現，與闔閭有關的遺址作爲起興媒介的懷古詩，只是書寫普遍的懷古感慨，沒有懷古傷今或藉古喻今的意圖，如「登高遠望自傷情，柳發花開映古城。全盛已隨流水去，黃鸝空囀舊春聲。」（武元衡〈登闔閭古城〉）然而，與夫差有關的遺址，對中唐詩人來說更是意義非凡的，玄宗與唐朝社稷似乎重蹈夫差與吳國之覆

轍。那些足以引爲鑑戒的歷史遺跡，激發人們感情上共鳴，促使人們反思歷史的興亡盛衰。這就是吳王遺址的現實意義：歷史與現實絲毫沒有本質上的區別，一切歷史感嘆都是感嘆現實。試看：

> 登古城兮思古人，感賢達兮同埃塵。望平原兮寄遠目，
> 歎姑蘇兮聚麋鹿。黃池高會事未終，滄海橫流人蕩覆。
> 伍員殺身誰不冤，竟看墓樹如所言。越王嘗膽安可敵，
> 遠取石田何所益。一朝空謝會稽人，萬古猶傷甫東客。
> 黍離離兮城坡坨，牛羊踐兮牧豎歌。野無人兮秋草綠，
> 園爲墟兮古木多。白楊蕭蕭悲故柯，黃雀啾啾爭晚禾。
> 荒阡斷兮誰重過，孤舟逝兮愁若何。天寒日暮江楓落，
> 葉去辭風水自波。(劉長卿〈登吳古城歌〉‧卷一五一)
>
> 吳王舊國水煙空，香徑無人蘭葉紅。春色似憐歌舞地，
> 年年先發館娃宮。(陳羽〈吳城覽古〉‧卷三四八)
>
> 古臺不見秋草衰，卻憶吳王全盛時。千年月照秋草上，
> 吳王在時幾迴望。至今月出君不還，世人空對姑蘇山。
> 山中精靈安可睹，轍跡人蹤麋鹿聚。嬋娟西子傾國容，
> 化作寒陵一堆土。(皎然〈姑蘇行〉‧卷八二一)

以吳國遺址爲起興背景的三首懷古詩，其採用的體裁大有不同，其所呈現的作品主旨卻絕無二致。第一首因採取歌行體，先後抒寫登臨、吳國歷史、現時景物、懷古感慨。就作品結構而言，與初、盛唐古體懷古詩並無差別，但作品基調而言，與盛唐相差很大：詩人不但以非常沈重的筆調追述吳國的滅亡過程，並且極力描寫蕭瑟淒涼的外在景象和孤獨悲愁的內心世界。第二首是七言絕句，雖然篇幅短小，但把館娃宮、采香徑的寂寥無人和春色的依舊來加以對比，揭示了由吳城遺跡所傳出的強烈訊息：人生短暫，自然永恆。最後一首題爲歌行，但省略了相關歷史的敘寫，且平易流暢的語言描寫眼前景物與懷古感慨。運用月亮、吳王、世人等三個不同時空所營造的畫面，非常有趣：月亮恆古不變地普照著天地，但吳王只看西施，不知道月亮看了幾遍；如今月亮還在但吳王不在；世人空對姑蘇山而嘆息。正是李嘉祐

感慨的形象化表現──「歌聲夜怨江邊月，古來人事亦猶今」（〈傷吳中〉）。再看兩首不同內涵的作品：

宮館貯嬌娃，當時意大誇。豔傾吳國盡，笑入楚王家。
月殿移椒壁，天花代蘚華。唯餘采香徑，一帶繞山斜。

（劉禹錫〈館娃宮〉‧卷三六四）〔註15〕

吳王上國長洲奢，翠黛寒江一道斜。傷見摧殘舊宮樹，
美人曾插九枝花。（徐凝〈長洲覽古〉‧卷四七四）

仔細玩味前一首，就會聯想到李白的〈蘇臺覽古〉、〈越中覽古〉。李白這兩首懷古詩雖然分別吟詠吳、越二事，但若要合看二首就更容易發現作者的創作旨趣，李白要表現的不是荒淫必定誤國類的歷史教訓，乃是歷史興亡的普遍感嘆。吳國的滅亡也許是自然不過的，不值得嘆息，但越國同樣也進入歷史世界這個事實讓人感到無限的虛無與幻滅。李白用兩個篇章來表現的內容，劉禹錫卻只用二句（「豔傾吳國盡，笑入楚王家」）來概括。意思是說，越王獻西施而傾覆吳國，果然吳亡於越，但越又滅於楚，館娃宮最終爲楚所有。接著，詩人極寫館娃宮的現在景象，哪裡看得到過去的繁華，今已成爲寧靜的佛寺，只剩下采香徑不變地流逝著。後詩直接標出「奢」字，又透過「摧殘」的「舊宮樹」與美人頭上「九枝花」的鮮明對比，揭示了荒淫奢侈與亡國之間的因果關係。可見，二詩都弔古傷今之感中無不寓有鑑戒之意。

三、楚湘遺址

安史之亂平息後，時局雖稍趨穩定，但深刻的社會矛盾並未解決，尤其統治集團日趨腐敗：朝中宦官勢力更趨膨脹，朋黨之爭愈演愈烈。嚴酷的社會現實讓許多中唐詩人親身體驗或長或短的貶謫生活。〔註16〕尤其，湖南一帶的楚湘地區，春秋戰國時期雖孕育了偉大

〔註15〕此詩的原題爲〈館娃宮在舊郡西南硯石山上，前瞰姑蘇臺，傍有采香徑，梁天監中置佛寺曰靈巖，即故宮也。信爲絕境因賦二章〉題目過長，故簡稱爲〈館娃宮〉。
〔註16〕據《全唐詩》的詩人小傳，大歷詩人不僅官卑無晉升之由，而且多

的詩人屈原，文學上放出了異彩，而隨著時代的變遷、大一統天下的出現，政權的中心長期坐落在北方，此地則成爲蠻荒地帶，更是流人的處所。賈誼到了長沙，已深感「地卑濕」而「壽不得長」。屈原、賈誼的不幸遭遇與文學成就必然會對懷才不遇或者遭讒被貶詩人的創作產生巨大影響，一方面使其作品具有更爲深沈的思想內涵，另一方面對貶謫客更增添了悲劇色彩。

> 三年謫宦此棲遲，萬古惟留楚客悲。秋草獨尋人去後，
> 寒林空見日斜時。漢文有道恩猶薄，湘水無情弔豈知。
> 寂寂江山搖落處，憐君何事到天涯。
> （劉長卿〈長沙過賈誼宅〉‧卷一五一）
> 楚鄉卑濕嘆殊方，鵩賦人非宅已荒。謾有長書憂漢室，
> 空將哀些弔沅湘。雨餘古井生秋草，葉盡疏林見夕陽。
> 過客不須頻太息，咸陽宮殿亦淒涼。（戴叔倫〈過賈誼舊居〉‧
> 卷二七三）

劉長卿的作品曾被稱爲「筆法頓挫，言外有無窮感慨，不愧中唐高調」，但很少人論及戴叔倫的〈過賈誼舊居〉。仔細品味，此二首有許多共同點：首先，兩位詩人的關注點不在賈誼的人品，而在賈誼不幸的身世處境。因此，作品並無流於注重緬想歷史人物的詠懷型詠史詩，離不開賈誼舊居此一空間背景，成功地表現出懷古客的感懷。其次，二詩

遭貶謫，於流落宦游中渡過顛簸的一生，如劉長卿「二遭貶謫」、包佶「坐善元載貶嶺南」、李嘉祐「坐事謫鄱江令調江陰」、皇甫曾「坐事從舒州司馬、陽翟令」、顧況「坐詩語調謔，貶饒州司戶參軍」、耿湋「官右拾遺」、盧綸「坐與王縉善，久不調，益不得意」等；元和時期的五大詩人，如白居易、元稹、韓愈、劉禹錫、柳宗元，都有貶謫經驗。他們的貶謫經歷與其文學成就有密切關係。其實，學界早已注意貶謫文學的成就與價值，踴躍參與相關研究的行列。例如，尚永亮曾經深入討論元和五大詩人貶謫文學的深刻內蘊；胡可先也認爲劉禹錫、柳宗元貶謫到湖南、嶺南等南荒地，時間很長，都超過 10 年，文學成就也很高，他們的代表作品都產生於此。詳見尚永亮：〈論元和五大貶謫詩人的生命沈淪和心理苦悶〉，《吉首大學學報》，1997 年第 2 期，頁 43～49；胡可先：《中唐政治與文學》（合肥：安徽大學出版社，2000 年 10 月），頁 201～217。

都運用一種「包孕式的古今對比法」，使得時間的流逝感更強烈，歷史的內涵更豐富：今之貶謫客弔賈誼，猶如古之賈誼弔屈原。〔註17〕他們並無停留在純粹的客觀憑弔，進而表示引為同調的同病相憐。〔註18〕這兩件事雖然相隔千載，但是中國古代文人的命運多麼相似！古今人的共同處境肯定引發激烈的感情波動，若在李白等盛唐詩人的筆下或許早已怨氣勃發，呼天搶地了。然而，他們完全將自己的感情輻射到賈誼身上，又寄託在蕭條的外在景物上，含蓄地表現時間流逝的滄桑感和貶謫遷客的悲怨。那麼，此二詩的差別在哪兒？為何戴詩不受後人的矚目？劉詩從頭到尾集中表現對自己與賈誼的身世悲嘆。詩人發自內心的認同感深厚豐富，並將其提升到人類普遍情感的高度，讓人讀後自然覺得餘味無窮。相比之下，戴叔倫似乎承受不了自己的悲怨憂憤，同時不願為情所困，所以有意收斂情緒的氾濫。這也許是戴叔倫的抒解壓力、發洩憤的方式，只可惜把它處理得過於突兀而生硬。戴叔倫對屈原、賈誼生平遭遇的基本立場，在〈湘中懷古〉中表現得非常清楚：「倏忽桑田變，讒言亦已空」。這無疑是「過客不須頻太息，咸陽宮殿亦淒涼」的最好註腳。

　　如上所論，中唐懷古詩呈現出一個有趣的選擇趨勢，很少出現鄴城、梁園、賢臣良相、隱士等遺址，卻大幅增加本朝遺址與吳越遺址。中唐前期詩人面對玄宗或吳王的舊宮，總是不禁發出繁華無常、歷史

〔註17〕所謂包孕式的古今對比法，大陸學者李浩解釋溫庭筠〈蘇武廟〉時使用的概念。筆者認為這種循環、雙重的緬懷方式已在劉、戴二人作品中表現得相當完美，很可能為溫庭筠提供一個嶄新的抒情典範。見李浩：《唐詩的美學闡釋》（合肥：安徽大學出版社，2000年4月），頁45～46。

〔註18〕此一觀點得自尚永亮〈從對屈、賈、陶的接受態度看中唐貶謫詩人心態〉一文。他指出中唐不少詩人對屈原的接受態度似已發生一個微妙的變化：由讚揚屈原轉向認同賈誼，從剛烈正大的忠奸鬥爭轉向自悲自嘆的感士不遇，並逐漸形成一種群體性的心態。他們提到屈原並以屈原為楷模決意效法的已漸趨轉少，而賈誼的名字及其貶地「長沙」成為人們用以自況並藉指謫居的代碼。見《唐代文學研究》，第七輯，頁370～382。

興亡的感嘆。後來,隨著中唐詩人逐漸擺脫戰後的驚詫和迷惘心理,開始作理智地思考,這些遺跡觸發詩人們的歷史意識與批判精神,往往帶著鑑戒之意。並且,楚湘地區的歷史意涵強烈地觸動受到心靈創傷的中唐詩人,他們在此地既感到怨憤又感到慰藉,留下富有時代特色的懷古詩篇。

第三節　表現形式

　　從唐代懷古詩表現形式的演變、發展看之,中唐懷古詩人對於前代懷古詩不僅有所繼承,更有所創新、突破,他們都發揮自己獨特的審美趣味,豐富了懷古詩的藝術魅力。尤其,多種體式的嘗試與細小意象的運用,不但充分體現出中唐詩人主觀情思與審美趣味的變化,而且對向後懷古詩的發展頗有影響。

一、多種體式的嘗試

　　多種體式的嘗試,可以說是中唐懷古詩人的突出成就之一。盛唐雖然是「風骨聲律具備」的時代,懷古情懷的格律化進程還停留在初步階段,完全符合近體格律的作品並不多,仍然多以五言古體、七言歌行為主要表現體式。中唐懷古詩則不同,除了篇幅較大的五古、歌行以外,中唐詩人嘗試運用近體律絕來表達自己的懷古情懷,不僅突破以往懷古詩的表現方式,同時為晚唐懷古詩的作一準備。

(一)五　絕

　　五絕是容量最小的詩歌體式,便於塑造單一、純淨的視覺畫面,且偏於靜態者居多,故自然山水詩或閨怨詩中五絕者佔多。由此推想,五絕似乎不太適合容納懷古詩龐大的時空幅度與深沈的思想內容。因此,除了敢於突破傳統、能開出新天地的少數詩人以外,中唐以前確實很少出現五絕懷古,僅有駱賓王的〈於易水送人〉與杜甫的〈八陣圖〉。駱賓王只取荊軻易水送別一景著墨,運用今昔對比手法,

以易水縮合古今，表現對古代英雄的仰慕與自己一股鬱悶難伸的悲
痛。杜甫〈八陣圖〉，不僅把敘事、議論的成分成功地帶進絕句領域，
且透過兼融自然與歷史、古與今的形象營造，表現深邃的懷古感慨，
豐富了絕句的藝術表現手段。〔註19〕此二人的試圖對中晚唐懷古絕句
的發展提供了有益的借鑑。

　　篇幅短小，就是五絕的局限，亦是長處。因為篇幅短小，過分求
實，難免失去了詩味，還不如留下更多想象的餘地，給讀者更多自由
聯想的空間，方能達到愈小而大的效果。中唐詩人的時空描寫，主要
是從個人觀點出發的，多描繪現實的感知，不具有盛唐人那種蒼茫遼
遠的境界。〔註20〕然而，他們善於捕捉最有典型意義的場景，付之以
簡練準確的勾勒刻畫，創造出一幅形象鮮明而又情味濃鬱的畫面。因
此，五絕懷古詩完全擺脫了五古懷古詩的四條內容結構（紀行敘遊——
——歷史追述———景物描寫———興悟感懷），只將一片風景或一閃意念
速寫式地加以描繪。試看：

　　　　荒涼野店絕，迢遞人烟遠。蒼蒼古木中，多是隋家苑。

　　（劉長卿〈茱萸灣北答崔載華問〉‧卷一四七）

　　　　故園歌鐘地，長橋車馬塵。彭城閣邊柳，偏似不勝春。

　　（李益〈揚州懷古〉‧卷二八三）

二詩都以揚州為背景的懷古詩，以低沈的語調表達世事滄桑的迷惘與
虛無。寫的都是眼前的景物，而今昔盛衰之感，不言自見，屬於典型
的「融情入景，意在言外」之作。〔註21〕乍看之下，單寫一時一地之

〔註19〕見周嘯天：《唐絕句史》（合肥：安徽大學出版社，1999 年 3 月），168
　　　　～169。

〔註20〕盛唐詩歌常流露出一種漫長的歷史感和遼闊的空間感相交融的時空
　　　　觀念，顯得高曠遼遠而又雄渾深沈。中唐時期因社會政治及文化氣
　　　　氛的變化，已將中唐詩人帶入了新的環境之中，詩歌意境已不是那
　　　　麼闊大、外展，而是顯得狹窄、內斂了。關於中唐詩人的時空意識
　　　　變化與詩歌境界的特點，詳見蔣寅：《大歷詩風》，頁 116～123；孟
　　　　二冬《中唐詩歌之開拓與新變》，頁 67～79。

〔註21〕周嘯天曾經以七種藝術手法來概括盛唐絕句的藝術經驗，還說中唐

景，但以特定景物（「古木」、「閣邊柳」）作爲定點，將古今時空加以重疊，較之單寫一時一地的情景，容量闊大了，意涵也豐富多了。再看：

> 屬車八十一，此地阻長風。千載威靈盡，赫山寒水中。
>
> 劉禹錫〈君山懷古〉·卷三六三）
>
> 湘水終日流，湘妃昔時哭。美色已成塵，淚痕猶在竹。
>
> （施肩吾〈湘川懷古〉·卷四九四）

就表現手法而言，此二詩應屬於「表現時空，因體制宜」之作。前兩句寫「古」之「事」，後兩句寫「今」之「景」與「情」

二詩所懷古的對象並不一致，表現的內容卻是一致的：美色、尊貴、繁華等屬於人事的都短暫無常，無情無識的自然卻永恆存在。懷古者的感懷雖然深切，但並不將內心深處的哀怨感傷透露到底，故讓讀者回味無窮。

最後要欣賞的是，被稱謂中唐五絕懷古詩的傑作——戴叔倫〈過三閭廟〉。施補華云：「並不用意而言外自有一種悲涼感慨之氣。五絕中，此格最高。」，請看：

> 沅湘流不盡，屈子怨何深。日暮秋風起，蕭蕭楓樹林。
>
> （戴叔倫〈過三閭廟〉·卷二七四）

戴叔倫圍繞一個「怨」字，以平易而含蓄的詩句表現對屈原的懷念與自己的身世感慨。此詩以沅湘開篇，既是即景起興，同時也是一種比喻。「不盡」寫怨之綿長，「何深」表怨之深重。三、四句以景寫情，深遠的情思含蘊虛實相兼（屈原的名句與三閭廟的眞實景物）的景色描寫中，歷來得到詩評家的讚譽，如《詩法易簡錄》云：「三四句但寫眼前之景，不復加以品評，格力尤高。」；〔註22〕《唐詩絕句精華》云：「末二句恍惚中如見屈原。暗用《招魂》語，使人不之

前期基本上承盛唐之心，加以發揮的。因此，不妨盛唐絕句的藝術手法來解釋中唐前期的五絕懷古詩。見同註19，頁148～159。

〔註22〕陳伯海主編：《唐詩彙評》（杭州：浙江教育，1996年5月），中冊，頁1447。

覺。」〔註23〕

　　總之，中唐懷古詩人成功地掌握到適合五絕的表現手法。他們運用「表現時空」、「融情入景」、「虛實相濟」的方式，表現歷史巨變後的迷惘與虛無，及生命短暫、歷史興亡的感慨。可惜，五絕無法承載晚唐懷古詩深刻的思想內容和大量的意象群，逐漸被淘汰了。

（二）七　絕

　　七絕在盛唐，取得了前所未有的輝煌成就。〔註24〕尤其王昌齡、李白與杜甫的七絕，以高遠博大的情懷、渾厚完美的意境、風流蘊藉的神韻、開闊流動的情調和宏放奔騰的聲韻取勝，奠定了唐七絕發展的基本方向。基本上，盛唐七絕無論在生活面、還是思想境界、構思等方面都是「向外擴放」的，充分體現出抒情詩歌蓬勃發展時代的審美趣味。時入中唐，七絕的創造繼續增加而並未減少的局面持續到晚唐：「大歷以還，作者之盛，駢蹝接跡而起，或自名一家，或與時唱和，如樂府、宮詞、竹枝、楊柳之類，先後述作，紛紜不絕。逮至元和末，而聲律不失，足以繼開元天寶之盛。」〔註25〕（《唐詩品彙‧七言絕句敘目》）。不過，中唐前期諸詩人飽嚐安史之亂所帶來的人生痛苦，在他們的詩中，很難發現王、李的豪蕩恢奇，甚至也失卻了杜甫的憂憤深廣。與盛唐相比，中唐七絕詩的意境構思與思想內容顯得內內收斂。這種時代特點在懷古詩中體現得尤為明顯：

　　　玉樹歌終王氣收，雁行高送石城秋。江山不管興亡事，
　　一任斜陽伴客愁。（包佶〈再過金陵〉‧卷二○五）

　　　漢家天子好經過，白日青山宮殿多。見說只今生草處，

〔註23〕同前註，頁1448。
〔註24〕根據周嘯天的統計，有兩點值得注意，一是從時間上看，初唐近百年，盛唐只相當其一半，而絕句存留數量卻是初唐的兩倍，二是初唐絕句以五絕為主，盛唐絕句以七絕為主，相當於同期五絕數的兩倍多。見同註19，頁33。
〔註25〕明‧高棅：《唐詩品彙》（上海：上海古籍出版社，1988年10月），頁429上。

禁泉荒石已相和。（盧綸〈華清宮〉之一・卷二七九）

柳塘煙起日西斜，竹浦風迴雁弄沙。煬帝春遊古城在，
壞宮芳草滿人家。（鮑溶〈隋宮〉・卷四八六）

憑弔的對象都是不同，三首詩都以低沈的語調表現古今盛衰的感慨。由現實巨變所帶來的迷惘與虛無，使作品具有極為濃厚的自我內心體驗的色彩，已經失去了盛唐七絕的面貌。胸襟不如盛唐詩人那樣豪邁，感受卻更加細膩，根本不起眼而極為平常的景色還能觸動他們受傷的心靈，讓他感慨不已。

若要具體觀察中唐個別作家，我們不得不注意李益、劉禹錫的七絕懷古詩。王漁洋云：「中唐之李益、劉禹錫⋯⋯亦不減盛唐作者云。」（《唐人萬首絕句選・凡例》）的確，他們七絕懷古詩的思想內容與藝術手法都有鮮明獨特的個性，形成了有別於前人的風格，給後人以極大的影響。

首先，李益今存絕句 80 首，占其全部詩作的半數左右，而以七言絕句成就最高，胡應麟說：「七言絕，開元之下便當以李益為第一。」〔註26〕他最為擅長的題材是邊塞題材，但他的七絕懷古詩亦值得我們注意，請看：

燕語如傷舊國春，宮花一落已成塵。自從一閉風光後，
幾度飛來不見人。（李益〈隋宮燕〉・卷二八三）

汴水東流無限春，隋家宮闕已成塵。行人莫上長堤望，
風起楊花愁殺人。（李益〈汴河曲〉・卷二八三）

兩首詩的時空背景都是隋朝遺址的春景。但前一首是藉以飄搖楊花的長堤春景；後一首是藉以唧唧呢喃的燕語聲烘托出隋朝遺址的悽涼景色與懷古客的惆悵心情。意含豐富的中心意象（楊花與春燕）不但克服篇幅的限制，還能營造出獨特鮮明的畫面，讓讀者不能忘卻，誠如宋顧樂對〈隋宮燕〉云：「末句中正含情無限，通首不嫌直致。」；對

〔註26〕明・胡應麟：《詩藪》（上海：上海古籍，1979 年 11 月），內編卷六，
頁 120。

〈汴河曲〉云：「情格絕勝，那得不推高調！」〔註27〕（《唐人萬首絕句選評》）

　　其次，劉禹錫既沒有追求王、李的神韻與情調，也沒有落入大歷詩人的狹隘，竟然創造出詩意飽滿、詩思深邃的理性色彩極濃的七絕詩。〔註28〕劉禹錫代表懷古作品非〈金陵五題〉莫屬。但嚴格而言，這組詩不是正格的懷古詩，可以說是一種懷古、詠史的交融之作。因為詩人並沒有觸景生情而作的──「余少為江南客，而未遊秣陵，嘗有遺恨。後為歷陽守，跂而望之。適有客以金陵五題相示，逌爾生思，欻然有得。」（〈金陵五題·序〉）儘管如此，主題的表現方式完全來自正格懷古詩，其對懷古詩發展的影響亦不容忽視，我們還是必須探討其承先啟後的價值，試看：

　　　　山圍故國周遭在，潮打空城寂寞回。淮水東邊舊時月，
　　　　夜深還過女牆來。〈石頭城〉
　　　　朱雀橋邊野草花，烏衣巷口夕陽斜。舊時王謝堂前燕，
　　　　飛入尋常百姓家。〈烏衣巷〉
　　　　臺城六代競豪華，結綺臨春事最奢。萬戶千門成野草，
　　　　只緣一曲後庭花。〈臺城〉
　　　　生公說法鬼神聽，身後空堂夜不扃。高坐寂寥塵漠漠，
　　　　一方明月可中庭。〈生公講堂〉
　　　　南朝詞臣北朝客，歸來唯見秦淮碧。池臺竹樹三畝餘，
　　　　至今人道江家宅。〈江令宅〉（劉禹錫〈金陵五題〉·卷三六五）

此組詩以金陵石頭城、烏衣巷、臺城、生公講堂、江令宅等五個具體地點為定點表現作者的憂患意識與歷史感慨。他將個別、孤立而帶有時代性的歷史地點縱橫交織在畫卷中，勾勒出一幅獨特有趣的金陵圖，成功地表現出南朝衰亡帶來的金陵都城的種種變化。不過早在盛

〔註27〕霍松林主編：《萬首唐人絕句校註集評》（山西：山西人民出版社，1988年），中冊，頁434；頁438。
〔註28〕見譚青：〈論劉禹錫七言絕句詩的成就其影響〉，《中國古典文學論叢》（北京：人民文學出版社，1989年10月）第7輯，頁99～116。

唐，李白去過幾度金陵，留下許多以金陵爲背景的懷古詩篇。其中〈蘇臺覽古〉、〈越中覽古〉七絕懷古詩值得與劉禹錫的作品比較：李白藉以富有形象的歷史畫面，抒發思古之幽情，沒有興亡鑑戒的意味，著重表現的是歷史滄桑的普遍感慨；劉禹錫則除了富有形象的畫面以外，還忝加了一點議論成分（「只緣一曲後庭花」），透露出針砭現實的用心。劉禹錫把議論成分帶到七絕懷古詩以後，懷古詩與詠史詩的融合加速進行而產生富有形象的晚唐議論型詠史詩。若沒有劉禹錫的〈金陵五題〉，李商隱七絕詠史詩的卓越成就恐怕很難說的。〔註29〕

（三）七　律

各種體式的中唐懷古詩中，對往後懷古詩的發展影響最大的無疑是七律。七律是發展最晚的唐代近體詩。初唐沈、宋以及杜審言、李嶠等人開始嘗試了七律，多屬應制酬贈之作。盛唐七律雖然逐漸增加，並取得一定的成績，但與五律相較，那就顯得黯然失色。由於七律是從應制詩中逐漸發展起來的詩體，一般都是內容單薄，歌頌、唱酬、流連光景之作，幾乎沒有一首反映出作者複雜的思想情感。在這種情形之下，杜甫能突破時代的水平，不僅僅用七律來描繪自然景物，而且以之抒寫憂民憂國的情懷和飄泊支離的身世之感。接著，中唐詩人試圖運用七言格律，表現富有時代特色的懷古感慨，爲晚唐七律懷古詩的繁榮奠定了基礎。先看中唐前期作者的七律懷古詩：

> 荒原空有漢宮名，衰草茫茫雉堞平。連雁下時秋水在，
> 行人過盡暮煙生。西陵歌吹何年絕，南陌登臨此日情。
> 故事悠悠不可問，寒禽野水自縱橫。（司空曙〈南原望漢宮〉·
> 卷二九二）
>
> 征戰初休草又衰，咸陽晚眺淚堪垂。去路全無千里客，

〔註29〕施補華《峴傭說詩》：「義山七絕以議論驅駕書卷，而神韻不乏，卓然有以自立，此體於詠史最宜。」見清·丁仲祐編定：《清詩話》（台北：藝文印書館，1977年5月），下冊，頁1274。

秋田不見五陵兒。秦家故事隨流水，漢代高墳對石埤。

回首青山獨不語，羨君談笑萬年枝。（李嘉祐〈晚發咸陽寄同

院遺補〉‧卷二○七）

他們經歷社會動亂，目睹繁華消歇，在兵燹飢荒中成長，他們的詩彌
滿著淡淡的虛無感和孤獨感，幾乎沒有盛唐的蓬勃飛騰之勢和開朗豁
達之性格，表現的是中唐前期詩人淡漠、閉鎖的心態與清淡而滄古的
審美趣味。以下，以劉長卿與劉禹錫的懷古詩篇爲對象，深入討論中
唐七律懷古詩的價值與影響。

　　首先，劉長卿留下的許多各種體式的作品可以說是中唐懷古詩
的上品。他的七律雖然有意象重複、詩意相似之嫌，〔註30〕但其餘
韻悠長、涵義深遠的風格特點，對往後七律懷古詩的寫作方式，影
響甚大。〔註31〕試看：

汀洲無浪復無煙，楚客相思益渺然。漢口夕陽斜渡鳥，

洞庭秋水遠連天。孤城背嶺寒吹角，獨戍臨江夜泊船。

賈誼上書憂漢室，長沙謫去古今憐。（劉長卿〈自夏口至鸚鵡

洲夕望岳陽寄源中丞〉‧卷一五一）

孤城上與白雲齊，萬古荒涼楚水西。官舍已空秋草綠，

女牆猶在夜烏啼。平江渺渺來人遠，落日亭亭向客低。

沙鳥不知陵谷變，朝飛暮去弋陽溪。（劉長卿〈登餘干古縣城‧

<hr>

〔註30〕高仲武在《中興間氣集》中評劉長卿：「詩體雖不新奇，甚能練飾。
　　　大抵九首已上，語意稍同，於落句尤甚，思銳才窄也。」見傅璇琮
　　　編撰：《唐人選唐詩新編》（西安：陝西人民教育，1996年7月），
　　　頁502。

〔註31〕鄧仕樑曾經深入討論劉長卿在唐代七律發展的地位。他認爲劉長卿
　　　以平易流暢的語言爲主，即對偶亦多用白描構成流水對，沒有杜甫
　　　那種複合意象，但較之前此諸家，造詣愈趨圓熟，深有感人之處，
　　　是他對七律的貢獻。中唐詩壇存在著兩個流派，其一奇僻艱澀，其
　　　一平易流轉，前者韓愈賈島等人屬之，後者元白劉禹錫等人屬之。
　　　如果說杜甫對前一派大有影響，則劉長卿可說下開後一派。故在七
　　　律的發展而言，劉長卿的重要性與成就，不宜忽視。詳見鄧仕樑〈劉
　　　長卿在唐代七律發展的地位〉，《唐宋詩風──詩歌的傳統與新變》
　　　（台北：台灣書局，1998年1月），頁39～72。

卷一五一）

前詩景象鮮明而渾融，語言自然而不雕琢；〔註32〕後詩則起勢突兀，雄勁蒼涼，大歷七律的極品。〔註33〕此二詩的風格表現有所不同，但筆者認爲中間兩聯的內容、表現方式基本上是一致的：二詩都標出孤城，且以平江渺渺，秋水連天之景物描寫，成功地烘托出惆悵失意的情緒氛圍。對此蔣寅說「這種富有包孕性的意象，構成一種虛實相生的表現手法，較杜甫七律更細膩更切近地深入到中國詩歌情景交融的境界。」〔註34〕這種寫景以抒情的表現方式，後來被熟練於七言格律的晚唐懷古詩人所繼承，發展成七律懷古詩的主要表現特點。

其次，劉禹錫是中唐後期七律之大家，作品數量眾多，風格多樣。經過杜甫以來的不斷嘗試，詩人們已經深刻體會七律的藝術魅力，即七律懷古詩比古體詩更含蓄凝練，又較五律、絕句則更集中地展現歷史與現實的生活場景。但必須要解決的難題就是如何用凝煉含蓄的語言去表現豐富的歷史內涵，以及如何處理時間的跨度與空間的遞變。〔註35〕劉禹錫以前人的創作經驗作爲基礎，進而採取「時間的空間化」形式，成功地表現懷古之「景」與「情」：〔註36〕

〔註32〕喬億《大歷詩略》云：「文房固五言長城，七律亦最高，不矜才，不使氣，右丞、東川以下，無此韻調。」見儲仲君：《劉長卿詩編年箋注》（北京：中華書局，1996年7月），頁360〜361。

〔註33〕歷代詩論家對此詩讚賞不已。例如，張震云「傷今弔古之情，藹然見於言意之表」；方東樹《昭昧詹言》：「情有餘，味不盡，所謂興在象外也。言外句句有登城人在，句句有作詩人在，所以稱爲作者。」見同上註，頁215。

〔註34〕同註2，頁45〜49。

〔註35〕誠如趙謙所謂「中二聯容量陡增，或工於寫景，或長於抒情，尤其是將深厚的情感傾注在與客體的密切交流中。」見趙謙：《唐七律藝術史》（台北：文津，1992年9月），頁132。

〔註36〕最近學界似乎普遍使用類似「時間的空間化」的觀念，本文參考趙謙的觀點與定義：「時間的空間化形式，文藝作品中以某空間點的相對穩定和其間物質的的變化，來藝術地反映時間長河中所發生的事件系列，使讀者由某空間點而聯想到時間流逝過程中包涵的繁複的自然與社會遞嬗內容的藝術方法。」詳見趙謙《唐七律藝術史》（台

漢壽城邊野草春，荒祠古墓對荊榛。田中牧豎燒芻狗，
陌上行人看石麟。華表半空經霹靂，碑文纔見滿埃塵。
不知何日東瀛變，此地還成要路津。（劉禹錫〈漢壽城春望〉・
卷三五九）

西晉樓船下益州，金陵王氣黯然收。千尋鐵鎖沈江底，
一片降幡出石頭。人世幾回傷往事，山形依舊枕江流。
今逢四海爲家日，故壘蕭蕭蘆荻秋。（劉禹錫〈西塞山懷古〉・
卷三五九）

前詩從漢壽城荒涼冷落之情景落筆，點出「春望」的詩題。接著中間
四句運用密集的意象群具體展現「所望」的荒涼之景。最後一聯不僅
寫繁華消歇的遺恨，同時寫繁華重現的希望，漢壽城便成了過去、現
在、未來的空間聚焦點，亦可看出所謂「時間意識的激化」現象。〔註
37〕後詩則不從眼前景物落筆，而是用簡鍊的筆墨概括了曾經發生於
西塞山一帶的一場驚心動魄的鏖戰。接著，把筆鋒輕輕地轉到眼前的
景物上來，透過蕭條秋景的描寫，透露出霸業難久、自然依舊的濃厚
悲傷。全詩以舊事起，以今景結，氣勢雄渾，感情充實，寓有告誡之
意，而又始終不去說破，餘味無窮。

　　眾多中唐七律懷古詩的風格表現有所偏差，但他們都藉以荒涼蕭
條的景物描寫，表現繁華無常的虛無感與對現實政局的殷殷憂患。其
中，劉長卿與劉禹錫的懷古詩篇足以代表中唐七律懷古詩的成就，若
沒有劉長卿、劉禹錫的努力創作，在晚唐七律懷古詩的繁榮恐怕難以
達成的。

　　中唐懷古詩人繼承盛唐懷古詩人的遺業，積極摹索能夠容納繁富
的歷史內容和深沈的思想意涵之詩歌體式，爲後人提供豐富的創作範
例。不過，除了多種近體懷古詩的嘗試以外，中唐詩壇有一個現象引
人矚目，即懷古詩與宮詞兩種抒情傳統的互相滲透而交融。自王建〈宮

北：文津出版社，1992 年 9 月），頁 209。
〔註37〕同註 11。

詞一百首〉的大規模創作以來，以宮中怨情為題材的作品大幅增加，形成一種影響較廣的選擇定勢。從此以後，先後出現了樂府的形式表現今昔盛衰之感慨的作品，可以說是懷古主題與樂府詩的「邂逅」。〔註38〕他們以歷史興亡的中心舞臺之「宮」為對象，極寫「宮」的今昔盛衰及「宮人」的命運和怨恨。這類作品對往後懷古詩的發展並沒有發揮深厚的影響力，但充分反映中唐詩壇的審美取向。

二、意象經營的變化

意象經營的變化，可以說是詩人審美趣味變化的最直接、最集中地體現。與韻律、體式這些基層的形式相比，作為情感與表現之間的中介的感受方式、表現方式之意象、意象結構這些高層的形式則變動較快。意象研究可以說是瞭解某個詩人或某個時代的審美趣味的很好的切入點。本文透過對中唐懷古詩意象的具體分析，想要深入瞭解中唐詩人審美趣味的變化與特點。

（一）幽微細小的偏好

政局、社會現實的巨變，不僅給他們在精神和肉體上都帶來深深的創傷，同時使得中唐詩歌情感基調鬱悶低沈，意境狹窄內斂。歷代詩論家早已注意到大歷與盛唐藝術趣味上的差異。胡震亨《唐音癸籤》云：「工於浣濯，自艱於振舉，風幹衰，邊幅狹」。〔註39〕陸時雍《詩鏡總論》云：「中唐詩近收斂，境斂而實，語斂而精。勢大將收，物華反素。盛唐鋪張已極，無復可加，中唐所以一反而之斂也。」〔註40〕

〔註38〕其代表作家有張籍、王建、劉禹錫、鮑溶、張祜等。其中，王建的〈荊門行〉簡直是劉禹錫〈荊門道懷古〉的樂府版；〈銅雀臺〉為在既有的樂府抒情傳統上再注入了懷古詩的景物描寫，揭開了樂府體懷古詩的創造熱潮。劉禹錫將自己的歷史、政治感慨寄託在〈楊柳枝詞〉（「煬帝行宮」）等歌詞裡，也是新穎的抒情方式。

〔註39〕明・胡震亨：《唐音癸籤》（台北，木鐸出版社，1982年7月），卷七，頁64。

〔註40〕丁福保編：《歷代詩話續編》（臺北：木鐸出版社，1988年7月），頁1417。

盛唐懷古詩亦展示出外拓、壯闊的特色，描寫人文景物時，強調的是整體的蕭條荒涼，常用的永恆意象就是明月、山川、流水等天文地理意象。相比之下，中唐懷古詩人將自己冷漠的視點常常放在幽微、細小的事物上，或在此體會無情的時間流逝，或藉此表示內心深處的迷惘與憂傷。試看：

　　舊苑荒台楊柳新，菱歌清唱不勝春。只今惟有西江月，曾照吳王宮裡人。(李白〈蘇臺懷古〉・卷一一八)

　　憶昔吳王爭霸日，歌鐘滿地上高臺。三千宮女看花處，人盡臺崩花自開。(陳羽〈姑蘇臺懷古〉・卷三四八)

　　春入長洲草又生，鷓鴣飛起少人行。年深不辨娃宮處，夜夜蘇臺空月明。(白居易〈長洲苑〉・卷四四一)

三首詩都以蘇臺為空間背景，展示出由古跡引發的滄桑感。李白透過「柳」、「月」兩個永恆意象，涉及天、地兩個空間，且利用月亮恆古不變的特色，巧妙地呈現出古今兩個時間點，形成了蒼茫遼遠的境界。相比之下，陳羽的視點局限於「看花處」，雖然以此地為定點呈現出古今時空，但藝術效果而言，不能與李白的同日而語。白居易則與李白一樣先後連用「草」、「月」兩個永恆意象，營造出具有整體感的畫面，但他的視線停留在現實時空而並沒有超越時空的界限，很難產生李詩那樣的壯闊境界。還有，二詩中之「處」字的造境任務也值得注意。筆者認為這種「限定」、「集中」意味的字眼對中唐狹小收斂意境的產生一定有所影響。詩人將視線集中在一個較為小的範圍上，鮮明而細膩地表現自己的感受，但意境的收斂是難免的。因此，張祜則為藉由聽覺意象和大數字的活用，不僅克服由視線集中帶來的否定影響，同時展示出較為蒼茫遼遠的意境，如「紅樹蕭蕭閣半開，上皇曾幸此宮來。至今風俗驪山下，村笛猶吹阿濫堆。」(〈華清宮〉之三)；「累累墟墓葬西原，六代同歸蔓草根。唯是歲華流盡處，石頭城下水千痕。」(〈過石頭城〉)

　　總之，中唐的時代變革與詩人的低沈鬱悶心情直接影響了中唐

詩人的審美趣味與詩歌意境的營造。容量小而餘韻長的絕句本身特點與中唐詩人內斂的審美趣味相契合，大量寫出五、七言絕句，將敏感的感受和濃厚的主觀情思加以結合而寄託在細小、幽微的事物上，形成了有別於盛唐的獨特意境。

（二）「鳥」的涵義變化

鳥類物象入詩，幾乎與中國詩史同步，而且隨著社會的發展和人類審美能力的提高，既形成特定的喻意，又賦予其不同的時代色彩。從《詩經》開始，鳥已成為詩中景物描寫的主體。鳥的高飛而跨越空間，讓人懷著一分欣羨之情，因而鳥含有「使者」的意味。另外，燕與雁等候鳥，經常要觸發季節轉換的典型情思。魏晉詩人則透過「飛」、「鳴」、「歸」等鳥形象的塑造，顯示了動盪不安的環境，象徵自己身處亂世的不安心理。〔註41〕

那麼，懷古詩中的鳥象究竟有何內容意涵，與過去的書寫傳統有何繼承與突破呢？懷古詩中古跡的情氛固然是沈寂、寥落，然而並不意味著絕對的死寂，故常常以兔、鹿、鼠、鳥等禽獸類意象反襯人事的蕭條、荒涼。其中，中唐懷古詩中常見而引起注意的無疑是「鳥」意象。試看：

> 渚蘋行客薦，山木杜鵑愁。（劉長卿〈經漂母墓〉）
> 戲蝶香中起，流鶯暗處喧。（陳通方〈金谷園懷古〉）
> 愁態鶯吟澀，啼容露綴繁。（侯冽〈金谷園花發懷古〉）
> 獨鳥下高樹，遙知吳苑園。（韋應物〈閶門懷古〉）

中唐詩人往往藉助「啼鳥」形象表現哀怨徘徊的自我。鶯與燕都是初春始鳴的體型小的候鳥，但作者筆下的春鳥並不帶有任何喜悅和歡樂，卻「愁態」或「傷語」形容它，巧妙地表現出失去樂園的萎縮心靈與迷惘情緒。尤其，韋應物以「獨鳥」形象特別強調身處於「一個

〔註41〕李清筠曾經對魏晉詩人作品中的鳥意象作一深入討論，見李清筠：
　　　　《時空情境中的自我影像──以阮籍、陸機、陶淵明詩為例》（台北：
　　　　文津，2000 年），頁 150～167。

從惡夢中醒來卻又陷落在空虛的現實裡，因而令人不能不憂傷的時代」的迷惘、苦悶的詩人自我。〔註42〕

「鳥」意象的另一種用例，亦值得注意。懷古詩人常常利用「鳥」來反襯人事的蕭條，例如山鳥的足跡取代人人們過訪的腳印：「草合人蹤斷，塵濃鳥跡深。」（李白〈謁老君廟〉）；學書的蟲與起舞的燕成為遺跡的新主人：「蟲書玉佩蘚，燕舞翠帷塵」（杜甫〈湘夫人祠〉）。中唐懷古詩「鳥」的造境任務並沒有變，也是用來反襯時間流逝、人事無常，但其具體意涵有所不同：

> 館娃宮中春已歸，閶闔城頭鶯已飛。（李嘉祐〈傷吳中〉）
> 燕語如傷舊國春，宮花旋落已成塵。（李益〈隋宮燕〉）
> 全盛已隨流水去，黃鸝空囀舊春聲。（武元衡〈登閶闔古城〉）
> 舊時王謝堂前燕，飛入尋常百姓家。（劉禹錫〈金陵五題──
> 烏衣巷〉）

中唐詩人著眼於候鳥回歸的本性，往往與「流水」、「春」意象形成並列，反襯出生命的短暫與無常。在此，「鳥」不是新主人，乃是舊客。尤其，劉禹錫的構思格外巧妙。對此歷代詩論家讚賞不已，如《唐詩解》云：「不言王、謝堂為百姓家，而借言於燕，正詩人托興玄妙處。」；〔註43〕《峴傭說詩》云：「若作燕子他去，便呆。蓋燕子仍入此堂，王、謝零落，已化作尋常百姓矣。如此則感慨無窮，用筆極曲。」〔註44〕作為永恆意象的「鳥」首次出現在李白〈越中覽古〉中──「宮女如花滿春殿，只今惟有鷓鴣飛」，但有賴於中唐懷古詩人的反覆使用，便成為懷古詩的主要永恆意象之一。

中唐懷古詩中的「鳥」意象很可能是失去樂園而迷惘的中唐詩人的自我寫照。「鳥」意象與「愁」、「獨」、「暗」等字眼相契合，更鮮

〔註42〕程千帆：《唐詩鑑賞辭典·序言》（上海：上海辭書出版社，1994 年 4 月），頁 6。
〔註43〕見同註 22，中冊，頁 1845，
〔註44〕清·丁仲祜編定：《清詩話》（台北：藝文印書館，1977 年 5 月），下冊，頁 1273。

明地展示懷古詩人的當下感受。此外，他們著眼於「鳥」的按時回歸本性，用「鳥」來反襯人事的短暫無常。「鳥」就成爲象徵永恆的中心意象，不再是渲染古跡荒涼氛圍的一般意象。

小　結

　　八年的安史浩劫已經將中唐人帶入了新的環境之中，他們已經失去了盛唐人激情豪爽的精神面貌，故既不能再唱生命短暫的慷慨悲歌，亦不願重複盛唐人的審美追求，嚮往有自己的美感意識。因此，中唐詩人喜歡憑弔具有特定歷史意涵的古跡——從春秋吳國、隋朝乃至玄宗等荒淫亡國的悲劇舞臺，以表現失去樂園的虛無感及世事無常的滄桑感。並且，中唐詩人將歷史人物的不幸遭遇和怨憤與自己的艱難處竟相結合，創造出感染力極強的中唐特有的旋律。就表現形式而言，一方面他們積極參與懷古詩的格律化作業，大量產生各種體式的近體懷古詩，爲往後懷古詩、詠史詩的發展奠定了基礎；一方面無論意境的建設或意象的營造，都充分體現出中唐的時代特色，創造出有別於前後時代的畫面。

第五章　晚唐懷古詩──全盛期

第一節　歷史題材的湧現及其發展情形

一、歷史題材的湧現及其原因

　　歷史題材的湧現，晚唐詩壇的主要特色之一。邊塞、田園、社會等題材的詩歌進入晚唐，已漸趨衰落，只有歷史題材的詩歌呈現出空前繁榮的局面。〔註1〕那麼，其原因在哪兒？這與由晚唐政局所造成的詩人特殊心態及詩風轉變有密切相關。

　　晚唐政局不僅無法與盛唐相比，而且也不能與中唐相比，一切都以不可挽回的趨勢在分崩離析了。其實，晚唐的幾位皇帝文、武、宣宗可以說是勵精圖治的。《資治通鑒・唐紀五十九》載：「上（文宗）自為儲王，深知兩朝（穆、敬）之弊，及即位，勵精求治，去

〔註1〕據王紅先生的統計，唐一代約有 1442 首以歷史作為題材的詩篇，其中屬於晚唐的竟達 1014 首，佔總數的 70%。若進一步觀察其歷史題材發展的具體情形，在初、盛、中唐詩壇上，詠史詩所佔的地位並不突出，以懷古詩為多，占了十之七、八。並且，晚唐 1014 的數據看來很驚人，但這個數據只占晚唐作品總數的 6.9%，且這包括晚唐的詠史組詩在內，即胡曾的 150 首、汪遵的 60 首、周曇的 195 首、孫元晏的 75 首（共 480 首）。總之，唐代懷古詩總體上呈現出漸進的發展過程，相比之下，詠史詩則在晚唐爆增的情形。見王紅：〈試論晚唐詠史詩的悲劇審美特徵〉，《西南師大學報》（1989 年第 3 期），頁 86；田耕宇：《唐音餘韻》（成都：巴蜀書局 2001 年 8 月），頁 161～162。

奢求儉……對宰相群臣延訪政事，久之方罷。待制官舊雖設之，未嘗召對，至是屢蒙延問。其輟朝、放朝皆用偶日，中外翕然相賀，以為太平可冀。」〔註2〕武宗平劉稹、毀佛寺，英武過人。宣宗胸藏韜略，不形於外，時稱「小太宗」。但他們都未能挽回頹運。因為，作為當時中央政權的兩大禍害的宦官專權和藩鎮跋扈，有增無減。再加上，激烈的黨爭，使唐王朝中興的希望已經變得渺茫了。

對中國傳統詩人而言，出仕是自己的天職，是滿足自己人生最高層次的需要，是實現自我價值的必要前提。晚唐人也如同傳統士人一樣保持著為君輔弼、拯物濟世的激情。「士志於道」（《論語·里仁》）的傳統卻並沒有隨著盛世的消逝而消逝，依然頑強地駐紮在晚唐許多詩人的心中，如杜牧云：「平生五色線，願補舜衣裳」（〈郡齋獨酌〉）；溫庭筠云「經濟懷良圖，行藏識遠謀」（〈病中書懷呈友人〉）；許渾云「會待功名就，扁舟寄此身」（〈郡齋獨酌〉）；李密云「寄言世上雄，虛生真可愧」（〈淮陽感懷〉）；陸龜蒙云「所志在功名，離別何足歎」（〈別離〉）。他們也如同盛世的前輩一樣，心存壯志，自視極高。但社會公認的出仕管道即科舉，被權貴豪門、大宦強藩等勢力重重把持，弄得黑暗無比，使得家境貧寒，社會地位較低的士人，很難憑才學如願以償。〔註3〕據《舊唐書》的記載，裴坦在大中十四年（860）權知貢舉時，「登第者三十人，……皆名臣子弟，言無實才。」〔註4〕在這樣黑暗腐敗的時代，晚唐士人大多無法實

〔註2〕 宋·司馬光：《資治通鑑》（北京：中華書局，1976年），卷243，頁7853。

〔註3〕 由於唐代科舉既不鎖院又不糊名，考前還有種種干謁和推薦，所以請託交接的現象十分普遍，但到了晚唐就更嚴重了，誠如《唐音癸籤·談叢二》云：「進士科初采名望，後滋請托，至標榜與請托爭途，朋甲共要津分柄。」見明·胡震亨：《唐音癸籤》（台北，木鐸出版社，1982年7月），卷二十六，頁277。關於請託行卷的風氣及科舉中的權貴子弟問題，參閱吳宗國：《唐代科舉制度研究》（瀋陽：遼寧大學出版社，1992年12月），頁222～253。

〔註4〕 後晉·劉昫等撰：《舊唐書》（北京：中華書局，1995年3月），卷

現自我價值、襟抱難展、偃蹇困頓幾乎是當時人的共同命運。晚唐差不多所有重要作家，都並沒有進入權力中心，多數寄身幕府，在政治生活中實際處於無足輕重的地位。現實是那樣苦難、內心又那樣不甘沈淪，希望與失望共存，他們的內心充滿著矛盾。因此，晚唐人常常以歷史作為題材，表現出晚唐特有之苦悶感傷的感性特質與清晰冷靜的理性特質。

　　過去學者早已注意到，由晚唐政局所造成的晚唐人特殊心理對於晚唐詩歌創作傾向所做的變化。羅宗強認為「詩歌創作的主要傾向是轉向個人情思。視野內向，很少著眼於生民疾苦、社會瘡痍，而主要著眼於表現矛盾複雜的內心世界……首先值得注意的是懷古、詠史之作的大量出現。」〔註5〕王紅更詳細的說明晚唐詩人特殊心態與詩歌創作傾向之間的關係：

> 但這一代詩人那充滿矛盾的痛苦心態決定了他們不可能完
> 全鑽進藝術的象牙之塔，對苦難的現實人生視而不見。於
> 是，不少詩人不由得將目光轉向與「今天」形成了距離又緊
> 緊維繫著它的「昨天」，選擇了「歷史」這特殊表現對象而
> 沈吟其中。有人在歷史的經驗與教訓中探求解答現實困惑的
> 路徑，有人從時代的變遷中參悟人生哲理，有人追憶昔日輝
> 煌以抒發末世的感傷，還有人尋找前人覆轍警誡當今。〔註6〕

此一段文有助於瞭解晚唐人的心態變化與詩風轉變之間的相關性。可惜的是，由於該文的旨趣在於討論晚唐歷史題材作品的悲劇審美特點，並不需要區別討論由作者關懷點的不同所造成的內容主旨上的差別。其實，他已經察覺到兩種截然不同的創作傾向的存在。仔細分析王紅所列舉的詩歌，可以分為二：其一，以探尋、沈思的目光觀照特定歷史人事，在詩中必定將思索的結果，即自己對特定歷史人事的見

172，頁4468。
〔註5〕羅宗強：《隋唐五代文學思想史》（北京：中華書局，1999年8月），頁316。
〔註6〕同註1，頁86。

解表述出來；另一，以敏感的心靈去體認「歷史結局所包孕的哲理」，
〔註7〕從中渲洩那濃厚沈重的感傷。前者就是所謂史論型詠史詩，後
者才是本文的研究對象典型的晚唐懷古詩。誠如他所謂的「有人在歷
史的經驗與教訓中探求解答現實困惑的路徑」、「有人尋找前人覆轍警
誡當今」是指詠史詩；「有人從時代的變遷中參悟人生哲理」、「有人
追憶昔日輝煌以抒發末世的感傷」是指懷古詩。

二、詠史詩與懷古詩在晚唐詩壇的發展

　　悠久的中國歷史與現實的衰敗，為晚唐人提供了反思歷史、人
生、生命意義的思想意識土壤，使得歷史題材的創作有了旺盛的生命
力，形成了蓬勃發展的局面。在這種空前的繁榮局面之下，一方面懷
古詩和詠史詩難免有所交融，另一方面又各自發展，無論內容主旨或
表現形式等各方面，呈現出明顯的差別。其具體情形如下：

（一）詠史詩的發展

　　詠史詩自中唐起，開始有了重大的轉變，但變革初起，成績未著，
晚唐正承此新方向大力拓展，不但作品數量，而且思想內容方面都取
得了突出的成果。晚唐的詠史詩既不同於懷古詩，也不同於以往的詠
史詩。其主要特點可以歸納為以下三點：

　　首先，就題材選擇而言，晚唐詠史詩中最常見的歷史人物，是因
荒淫佚遊而誤國亡身的君王，如本朝的玄宗、南北朝的陳後主、北齊
後主、隋煬帝等人。與以往詠史詩人多注意英雄豪傑與高尚品德的理
想人物的情形，兩相比較，差異十分明顯。他們回首歷史時，每每注
意其與現實政治扣合之處，從中探尋解答現實困惑的一線光明，故其
憂慮的目光自然更多投射到燈焰昏昏的衰世。除了負面形象的歷史帝
王以外，正面人物往往成為詠史詩的吟詠對象，但詩人所關懷的對象
不是志業未成的英雄人物，就是困頓不得志的文人才士。甚至，對同

─────────────

〔註7〕　蕭馳：《中國詩歌美學》（北京：北京大學出版社，1986 年 11 月），
　　　　頁 136。

一歷史人物的命意的著重點,與以往的詠史詩人有所不同。譬如,杜甫在〈詠懷古跡〉之五「諸葛大名垂宇宙」一篇,主要著眼是極力推崇武侯之精神不朽與其才幹之高,晚唐詩人李商隱在〈籌筆驛〉、〈武侯廟古柏〉等中反覆歎惋武侯的有才無命、頹運難挽。這除了兩人生命氣質的差異以外,無疑與衰敗的時代現實有密切關係。

其次,就思想內容而言,晚唐詠史詩注重表現的不僅是個人身世之感,更是對特定歷史人事的獨特見解與認識。田耕宇在《唐音餘韻》書中說,唐代詠史詩的發展過程是「由詠懷到真正詠史變化的過程,也使作者藉古人酒杯澆心中之塊壘似的寫法逐漸淡出的過程。巨大、深厚的歷史使命感和強烈地現實責任感在詠史詩中日漸加強。除去尋求歷史規律以裨益當今外,人們也開始探尋那規律外的偶然,以及這偶然與必然間的關係。」〔註8〕即晚唐詠史詩人少憑感覺吟詠歷史,左思開創的「託古詠懷」不再是晚唐詠史創作的主流。

從以下四首寫商山四皓的詩篇中清楚地看到晚唐詠史詩內涵主旨的變化:

> 臥逃秦亂起安劉,舒卷如雲得自由。若有精靈應笑我,
> 不成一事謫江州。(白居易〈題四皓廟〉・卷四三八)

> 呂氏強梁嗣子柔,我於天性豈恩讎!南軍不袒左邊袖,
> 四老安劉是滅劉。(杜牧〈題商山四皓廟〉・卷五二三)

> 本爲留侯慕赤松,漢庭方識紫芝翁。蕭何只解追韓信,
> 豈得虛當第一功。(李商隱〈四皓廟〉・卷五四一)

> 商於角里便成功,一寸沈機萬古同。但得戚姬甘定分,
> 不應真有紫芝翁。(溫庭筠〈四皓廟〉・卷五七九)

「四皓」是秦代至漢初隱居在商山的四位老者,分別是東園公,綺里季、夏黃公、甪里。漢初,劉邦因寵愛戚夫人,想廢呂后所生太子而立戚夫人之子趙王如意。大臣多諫阻,沒有結果。呂后更是擔心,但不知所爲。後來是張良出主意,要太子劉盈請四皓出山輔佐。四皓是

〔註8〕 同註1,頁161。

劉邦敬重的隱士，曾多次徵召而不來。看見四人竟跟從太子劉盈，知道太子勢力已成，便改變了原來的打算。〔註9〕白居易表面寫的是秦漢時期隱士四皓，實際上自抒身世遭遇的憤懣。杜牧則對「安劉」的傳統觀點，提出了截然相反的看法，認為四皓只不過暫時平息了爭奪皇位繼承權的鬥爭，從根本上來說，其結果恰恰是導致呂后專權，幾乎斷送了劉氏的天下。李商隱則相反地極讚四皓安劉，認為拿蕭何追回韓信與張良推薦四皓之事相比，蕭何虛當了第一功，實際不如張良的功勞。〔註10〕溫庭筠則對四皓安劉此事並不表示任何個人的見解，卻藉此反思歷史規律外的偶然性，以及其對整個歷史運轉所作的影響。晚唐的政局始終處在不穩定的狀態，皇帝的廢立生殺大權掌握在宦官手裡。立嗣之事，皇帝也不能作主，朝臣更未能有所建言，故四皓定儲之事成為時人議論的題目。雖然上舉詩作各有所側重，但都要藉詠史的形式表達自己的獨特見解。可見，晚唐詠史詩關注的不是個人的窮通，乃是社會問題或歷史規律，將歷史與現實反覆審視，把詩人思考的結果積極發表出來。

最後，就表現形式而言，晚唐詩壇出現很有趣的現象，就是晚唐詠史詩以七絕獨勝。這並不是偶然的，乃是與七絕的發展走向及表現功能有關，誠如「此體於詠史最宜」（施補華《峴傭說詩》）。自中唐起論史之風逐漸興盛，詩人不必要以大篇幅來盡情抒寫或詳細敘事。經過中唐詩人的嘗試，發覺以七絕最適合在最精簡的篇幅中一針見血。其他體式，七律嚴整的格律不利於議論，五絕難以伸展自己的獨到見解，篇幅較大的古體則更不符合史論型詠史詩的內涵特性。從而，杜甫開創的議論絕句得到廣泛運用，終於造成詠史七絕的大盛。

若仔細觀察晚唐詠史詩，其寫作手法大略有二：一是訴諸直接議論，作者直接以第一人稱身分發言，評論歷史人物行事的是非得失，

〔註9〕 見《史記・留侯世家》，卷 55，頁 2044。
〔註10〕 韓信初歸劉邦時，未得信任，因而逃走，是蕭何把韓信追回，並建議劉邦韓信為大將。見《史記・淮陰侯列傳》，卷 92，頁 2611。

或論斷褒貶，或提出特殊見解；另一是借助歷史想象的畫面而表述對
歷史的見解與認識，表面不著議論。試看：

> 折戟沈沙鐵未銷，自將磨洗認前朝。東風不與周郎便，
> 銅雀春深鎖二喬。（杜牧〈赤壁〉・卷五二三）

> 龍檻沈沈水殿清，禁門深掩斷人聲。吳王宴罷滿宮醉，
> 日暮水漂花出城。（李商隱〈吳宮〉・卷五四○）

> 家國興亡自有時，吳人何苦怨西施。西施若解傾吳國，
> 越國亡來又是誰？（羅隱〈西施〉・卷六五六）

杜牧不在詩中作直白淺露的議論，而始終讓議論與歷史想象並行，使
全詩韻味深長，同時議論風發，與訴諸直接議論的明確區別。李商隱
則更爲高明，完全不著議論痕跡，只是描寫出一幅歷史畫面。在醉死
夢死的享樂之後出現的日暮黃昏的沈寂，使人彷彿感到一種不祥的預
感，而流水漂送殘花的情景則更使人想象到吳宮繁華行將消逝的悲慘
結局。杜牧、李商隱將理性的批判安放在以想象塑造的歷史場景中，
使詩人之意與歷史畫面相融合爲完整的詩美意境，在意境之外讓讀者
去體悟詩家之心與史家之理，因而具有生動的情韻及高度的藝術價
值。相比之下，羅隱詩前兩句提出正面主張，謂吳國滅亡自有其深刻
的原因，倘若僅歸咎於西施，是毫無道理的。後二句，繼續用反問的
語氣提出自己的觀點：若說西施的美色眞能顛覆吳國，那麼後來越國
的滅亡又能怪罪於誰呢？雖然有效地表現出獨特的歷史觀點，但只能
在知性上以新意取勝，不提供文學上的情韻與美感。〔註11〕皮日休〈汴
河懷古〉：「盡道隋亡爲此河，至今千里賴通波。若無水殿龍舟事，共
禹論功不較多。」應屬這一類。此詩給人的新鮮感主要來自對歷史人

〔註11〕劉學鍇針對這種「立意上出新」的詠史創作的新傾向而說：「這些努
　　　　力，應該說都收到了效果，特別是“在作史者不到處生耳目”（湖
　　　　震亨《唐音癸籤》卷三），反傳統，翻舊案，在中晚唐詠史詩創作中
　　　　形成一種風氣……有的還表現了卓越的政治識見。但從根本上說，
　　　　這種獨出己意之作除了在構思立意不落熟套方面有一定創造性外，
　　　　對詠史師藝術上的提高發展意義不大。」見劉學鍇：《李商隱詩歌研
　　　　究》（合肥：安徽大學出版社，1998 年，5 月），頁 12。

事的獨特見解，而不是藝術上的創新。至於唐末詩壇，詠史之作成爲熱門題材，不僅幾乎所有詩人都有此類創作，而且數量驚人，大部分作品都爲對古史的一般性泛詠，既無深刻的鑑戒意義，又無藝術魅力可言。〔註12〕

（二）詠史與懷古之交融及其影響

　　中唐貞、元時期以來歷史題材的繁榮，促使懷古詩與詠史詩的進一步交融，陸續出現不少不同風貌的懷古詩。劉學鍇曾經指出了唐代懷古詩與詠史詩之交融現象：「儘管它們（詠史詩與懷古詩）都以「古」爲吟詠對象，在發展過程中時有交叉，甚至有題爲「懷古」實繫詠史的情形，如陳子昂〈薊丘覽古七首〉、李德裕〈東郡懷古〉二首、李涉〈懷古〉（尼夫未適魯）、賈島〈易水懷古〉、皮日休〈館娃宮懷古五絕〉、〈汴河懷古二首〉等均其例，但畢竟是兩類詩。」〔註13〕可惜，劉學鍇的言論過於簡略，因此本文以他的觀點作爲基礎，進一步考察中晚唐懷古詩與詠史詩交融的具體情形，以及其對兩種詩歌體類發展所做的影響。

　　首先，隨著近體詩格律的完成，初盛唐詠史作品在表露作者個人情懷時，不但其議論成分逐漸增加，而且受到懷古詩的影響不再限於讀史而詠，多因身臨其地、覽跡興懷而作；懷古詩也受到詠史詩的影響，出現緬懷先賢德業的懷古詩，思古人而不見的喟嘆中，往往流露詩人的身世之感。從此以後，兩類詩歌的區別和差異卻漸趨模糊，中唐詩壇陸續出現不少「題爲懷古而實繫詠史」的作品群。試看：

〔註12〕唐末詩壇以詠史稱者甚多，較著的有唐彥謙、章碣、汪遵、胡曾、周曇等人，尤其汪、胡、周專務詠史，動輒百篇。然而，這些作品不能與慷慨激昂、寓意深遠的史論型詠史詩相比，大多作品都既無鑑誡意義，又無深度可言，平淡無奇，都是古史的一般性泛詠而已，故被後世詩論家譏爲「興寄頗淺，格調亦卑」（《四庫全書總目題要》，卷151），甚至認爲「胡曾詠史絕句，俗下令人不耐讀」（《石洲詩話》卷二）。

〔註13〕同註12，頁5。

　　尼父未適魯，屢屢倦迷津。徒懷教化心，紆鬱不能伸。

　　一遇知己言，萬方始喧喧。至今百王則，孰不挹其源。

　　　　（李涉〈懷古〉・卷四七七）

　　荊卿重虛死，節烈書前史。我嘆方寸心，誰論一時事。

　　至今易水橋，寒風兮蕭蕭。易水流得盡，荊卿名不消。

　　　　（賈島〈易水懷古〉・卷五七一）

李涉〈懷古〉以孔子為緬懷對象，表面上詠歎孔子的遭遇，實際上是在抒發自己身世的憤懣，正是李涉大志不得伸展的投射。詩題僅有「懷古」，並無標地名，作品並無涉及景物描寫，其內涵實有強烈的託古詠懷之意，與詠懷型詠史詩無殊。然而，賈島則將時間流逝與緬懷之情巧妙地加以結合，充分展示出詩人對荊軻犧牲的惋惜：前四句則以敘事和詠懷為主成分，後四句先以易水秋景來渲染氣氛，後以「流水」比喻不消之名，情味很深。這類採取「肯定結構」的作品在晚唐也有，如：

　　良哉呂尚父，深隱始歸周。釣石千年在，春風一水流。

　　松根盤蘚石，花影臥沙鷗。誰更懷韜術，追思古渡頭。

　　　　（孟賓于〈蟠溪懷古〉・卷七四〇）

蟠溪，在今陝西寶雞，水源出秦嶺莈谷，北流入渭水。相傳呂尚在此地垂釣而遇周文公。此地的自然環境足以引起情志的感格，不由得興起深厚的緬懷之情。因此，作者筆下的景物那麼幽美可愛，彷彿令人感受到呂尚的存在，即自然已成為呂尚的化身與象徵。晚唐詩人往往運用肯定結構，表現對古代聖君的仰慕與讚賞，例如「道德去彌遠，山河勢不窮」（項斯〈舜城懷古〉）；「當時執圭處，佳氣仍童童」（陳陶〈塗山懷古〉）。這很可能是晚唐人不願沈淪心理的反射。再看：

　　露氣寒光集，微陽下楚丘。猿啼洞庭樹，人在木蘭舟。

　　廣澤生明月，蒼山夾亂流。雲中君不見，竟夕自悲秋。

　　　　（馬戴〈楚江懷古〉・卷五五五）

此詩是唐宣宗大中初年（860），原任山西太原幕府掌書記的馬戴，因直言被貶為龍陽（今湖南漢壽）尉時寫的作品。秋風搖落的落暮時分，江上晚霧初生，楚山夕陽西下，聽到的是洞庭湖邊樹叢中猿猴的哀啼，

詩人在泛游在湘江之上。「廣澤」二句，描繪的雖是比較廣闊的景象，但他的情致與筆墨還是「清微婉約」〔註14〕的，反襯出詩人貶謫遠地的孤單離索、迷惘撩亂的心理。此景此情令人不禁想起相同境遇相同感受的屈原，但屈原不得見，邈矣難尋，詩人自然更是感慨叢生了。

可見，晚唐詠史詩沿著重議論的方向繼續發展，取得了輝煌的成就，成為晚唐詠史詩的主流。但詠懷型詠史詩並未因史論型詠史詩出現而絕跡，仍然是晚唐詩人的抒情載體之一。〔註15〕因此，晚唐詩壇還存在著不少題為懷古而與詠懷型詠史詩相近的作品。而從藝術表現技巧來看，這類作品不但涉及於景物描寫，而且將作者的情懷融入在其景物描寫中，已經不能與六朝的詠史詩同日而語。

其次，隨著史論型詠史詩的空前繁榮，懷古詩亦不得不受到其影響，便出現了題為懷古而實繫「史論型詠史詩」的作品。其代表作品無疑是皮日休和陸龜蒙之以「館娃宮」為題的唱和詩。試看：

> 綺閣飄香下太湖，亂兵侵曉上姑蘇。越王大有堪羞處，
> 祇把西施賺得吳。(皮日休〈館娃宮懷古五絕〉‧卷六一五)

> 一宮花渚漾漣漪，佞墮鴉鬟出繭眉。可料座中歌舞袖，
> 便將殘節拂降旗。(陸龜蒙〈奉和襲美館娃宮懷古五絕〉‧卷六二
> 八)

若與二人的〈館娃宮懷古二詩〉唱和詩相較，這些作品透過飽蘊感傷之情的歷史畫面，有效地表現作者的歷史認識和判斷，因而呈現出低回哀惋、深幽朦朧的美感，寄託的意涵也相當深刻。〔註16〕這種唱和

〔註14〕近人俞陛雲在《詩境淺說》中說：「唐人五律，多高華雄厚之作。此詩以清微婉約出之，如仙人乘蓮葉輕舟，凌波而下也。」陳伯海：《唐詩彙評》，下冊，頁2539。

〔註15〕蕭馳先生指出「詠史詩在其發展中出現過大致三種類型。每一種類型並未因後一類型出現而絕跡，正如古體詩並未因近體詩的出現而絕跡一樣，它反映了中國古代文學尊重傳統，發展速度緩慢的特點。」同註7，頁124。

〔註16〕筆者認為皮日休的〈館娃宮懷古〉二詩和陸龜蒙之〈奉和襲美館娃宮懷古次韻〉二詩應屬懷古詩。他們基本上採取了懷古絕句的普遍表現方式，即因絕句容量不大，鏡頭只能特寫一個場景，例如「豔

詩的出現間接地反映出晚唐的詠史創作風氣，以及當時人不分詠史、懷古的模糊概念。

最後，晚唐的詠史組詩。晚唐詠史詩每因古跡觸發而作，多以地名、古跡、題壁、經某地等爲題，爲晚唐詠史之主流。例如，胡曾有詠史詩二卷一百五十首，都是七言絕句，各以地名或歷史古跡爲題，雜詠該地有關的史事，千篇一律。試看：

> 古郢雲開白雪樓，漢江還遶石城流。何人知道寥天月，
> 曾向朱門送莫愁。（胡曾〈石城〉‧卷六四七）

> 一自佳人墜玉樓，繁華東逐洛河流。唯餘金谷園中樹，
> 殘日蟬聲送客愁。（胡曾〈金谷園〉‧卷六四七）

雖然不都是作者親臨其地之作，足以反映出晚唐詠史詩的創作傾向，以及詠史詩與懷古詩交互影響的具體情形。

如上所論，唐人對「懷古」一詞並沒有賦予特定意義──後人所謂的作爲詩歌題類的懷古詩，有時抒寫對歷史人事的見解態度或歷史鑑戒，有時抒發今昔盛衰、人事滄桑之慨，因此，晚唐人以地名或「懷古」爲詠史詩題也就不足爲奇了。從而，唐代詩壇呈現出非常有趣的發展趨勢：從南朝、初唐以來，「懷古」的界定日益籠統而闊大，「詠史」則日益專注而縮小，宋代以後常常以「懷古」代替了「詠史」。〔註17〕

不過，必須指出的是，作品的題目型態或起興媒介無論如何，因歷史陳跡而反思生命本質，流露時代傷感的詩篇已形成規模，成爲晚唐詩人的主要抒情載體之一。下一節，將要從內涵情境與表現形式兩方面具體討論晚唐懷古詩的特點。

骨已成蘭麝土，宮牆依舊壓層崖。弩臺雨壞逢金鏃，香徑泥銷露玉釵。」（皮日休‧卷六一三）；「鏤楣消落濯春雨，蒼翠無言空斷崖。草碧未能忘帝女，燕輕猶自識宮釵。」在此，「釵」就是觸發懷古情懷的媒介。

〔註17〕「懷古」一詞的用例已在第一章裡論述過，不再贅述。

第二節　內涵情境：人事空幻的挽歌

　　安史之亂以後，懷古情懷逐漸成為時代共感，普遍受到詩壇的廣泛注意。再加上，晚唐時代社會急遽下滑的現實，深刻地影響了當時的社會心理，撫今追昔，繁華雲煙，盛世難再，前路茫茫之感時時籠罩在生活於本期的詩人心中。因而，晚唐社會感傷心理與懷古詩自身的審美特點相契合，懷古詩成為晚唐詩人情懷表現的主要載體。不僅有成就卓犖的李商隱、杜牧、溫庭筠等大詩人，還有熟知的許渾、劉滄、李群玉、馬戴、曹鄴、曹隱、儲嗣宗、崔塗、吳融、韋莊、陳陶等，以及幾乎沒有人留意的孟賓于、陳覘、劉洞、王貞白等無數次要作家，都留下富有時代色彩的懷古詩篇。

一、時代感傷的融入

　　深沈的傷悼是晚唐懷古詩的情緒基調。雖然在中唐詩人的懷古詩中也有時代的感傷，在盛衰對比中，對時代的變遷容易引發對歷史與人生的反思。然而中唐詩人的感傷情緒相對於晚唐來說，顯得淡薄一些，詩篇數量也少許多。試看：

　　　　故城門外春日斜，故城門裡無人家。市城欲認不知處，
　　　　漠漠野田空草花。(錢起〈過故洛城〉‧卷二三九)

　　　　一片危牆勢恐人，牆邊日日走蹄輪。築時驅盡千夫力，
　　　　崩處空為數里塵。長恨往來經此地，每嗟興廢欲霑巾。
　　　　那堪又向荒城過，錦雉驚飛麥隴春。(羅鄴〈經故洛城〉‧卷
　　　　六五四)

錢起以消沈的語調慨嘆歷史的變遷，而體味不到深沈的感傷意緒，不同於羅鄴的作品。羅鄴經過故洛城，由城市的衰敗轉念及當年興建時的情景。當年築牆時費盡了無數人的勞力，可如今已化為幾里長的塵埃。「所有歷史人事最後遺留的總是破敗荒涼的殘址廢跡，不曾給人們實際掌握到任何確定的價值與成就。」〔註18〕詩人之所以「長恨」、

〔註18〕張火慶：〈中國文學中的歷史世界〉，蔡英俊主編《抒情的境界》(台

「每嗟」，很可能與已經無可挽回的晚唐現實有密切關係。濃重的感傷生長於詩人苦痛的身心，沒有晚唐的時代和心理基礎，就不會有這樣的入骨沈哀。要瞭解晚唐懷古詩，不能不先瞭解晚唐的社會政治環境。因此，讓我們先來回顧一下當時衰敗黑暗的現實，然後繼續討論晚唐懷古詩內涵情境的特點。

（一）感傷的時代

　　安史之亂後，儘管那個花團錦簇的盛世已經煙消雲散，但由於中唐人對唐朝社稷與前途還抱著希望，「中興」不僅只是一種願望，而且曾經還一度出現。當時，百廢待興的局勢，激發起士大夫文人的高度的責任感與使命感，並投身政治改革中去。然而，從中唐後期已開其濫觴的藩鎮跋扈、宦官專權、牛李黨爭等種種內在、外在矛盾難以收拾，日益深化。

　　尤其，大和九年（835）「甘露之變」的失敗，〔註 19〕幾乎殺盡了在朝京官賢俊，宦官權勢更爲囂張，國家大事，全由宦官決定，憲宗、敬宗皆爲宦官所殺，穆宗、文宗皆爲宦官所立。文宗自嘆而說「赧、獻受制於強諸侯，今朕受制於家奴，以此言之，朕殆不如。」〔註 20〕李德裕又認爲，自從朝臣大勢已去，宦官既然專權，離王朝的末日也就不遠了：「自前代以來，禁軍皆畏伏中官，宰臣焉能使其效死？嗟乎！焚林而畋，明年無獸，竭澤而漁，明年無魚。既經理訓狷獮，則天下大勢，亦不可用也」（〈奇才論〉）。〔註 21〕曾經呼籲改革弊政的白居易，也對晚唐險惡政治和昏暗現實視而不見，採取了一種遠禍害以

　　　　北：聯經，1982 年），頁 388。

〔註 19〕《舊唐書》卷十七〈文宗紀〉載：「李訓、鄭注謀誅內官，詐言金吾仗舍石榴樹有甘露，請上觀之。內官先至金吾仗，見幕下伏甲，遽扶帝輦入內，故訓等敗，流血塗地。」此即所謂「甘露之變」。

〔註 20〕見《資治通鑑》，卷 246，頁 7941。

〔註 21〕清‧董誥等編：《全唐文》（北京：新華書局，1996 年 7 月），卷 709，頁 7283。

自全的態度。〔註22〕

　　朝臣固然這樣虛弱，內部還在朋黨傾軋，排擠攻訐。早在中唐元和時期形成的牛、李黨爭，到晚唐並未消停，繼續到宣宗大中十三年（859），令狐綯罷相才結束。〔註23〕前後四十餘年，無數的知識分子成爲他們爭權奪利的鬥爭中的犧牲者，李商隱、杜牧是最好例子。

　　同宦官專權相始終的藩鎮割據，對唐朝社稷而言，是當時另一個殘酷的現實。藩鎮經常相互攻伐，侵奪、併吞，猖獗叛亂，擁兵與朝廷對抗。唐王朝則僅圖苟安一時而屈法容之，姑息遷就，束手以視其坐大，於是天下藩鎮盡成無法無天之地。李商隱〈行次西郊作一百韻〉，悲嘆藩鎮橫暴，迫使國亂民困，社稷危殆，有如風中殘燭，酷似一個半身不遂的病人：「如人當一身，有左無右邊。筋體半痿痺，肘腋生臊臊。」

　　不僅如此，晚唐之際，由於門閥制度之影響，社會秩序破壞，貴族養尊處優，縱遊耽樂之風甚熾。尤其是宮廷之中，諸帝皆荒酣無儉，昏狂無斂，例如懿宗的生活則是「好音樂宴游，殿前供奉樂工常近五百人。每月宴設不減十餘，水陸皆備。聽樂觀優，不知厭倦。賜與動及千緡。……每行幸，內外諸司扈從十餘萬人，所費不可勝紀。」〔註24〕他並且好佛，咸通十四年（873）春三月，迎佛骨入京，其排場之大，遠勝過元和時期。〔註25〕上有所好，下必從之。唐朝吏治日益腐敗，貪

〔註22〕自從大和三年（829）辭去刑部侍郎以後，白居易晚年因時事日非，宦情愈淡，終日陶醉於賦詩放歌、飲酒宴樂的生活，與早年相較，已經判若二人。關於甘露之變前後士心波動及其對詩風的影響，可參閱趙榮蔚：《晚唐士風與詩風》（上海：上海古籍，2004 年 12 月），頁 35～63。

〔註23〕詳細論述，可參閱陳寅恪：《唐代政治史述論稿》（台北：里仁，1994年），頁 220～242。

〔註24〕《資治通鑑》，卷 250，頁 8117。

〔註25〕《資治通鑑》記載：「廣造浮圖、寶帳、香轝、幡花、幢蓋以迎之，皆飾以金玉、錦繡、珠翠。自京城至寺三百里間，道路車馬，晝夜不絕。」卷 252，頁 8165。

贓枉法成爲常見現象，「時風侈靡，居要位者尤納賄賂，遂成風俗。」
〔註26〕下級胥吏則直接敲剝農民，百姓對官吏皆「畏之如豹狼，惡之如
仇敵。」〔註27〕地主階層則一方面隱匿田畝，另一方面又僞托假職，逃
避差役，於是，唐末日趨繁重的兩稅特別是差役，就都轉嫁到窮苦百姓
身上。從而，貧富兩極，分化懸殊，民生幾難生存。

　　人禍之外，天災不斷，水災、旱災、蝗禍接踵而至。懿宗、僖宗
時，喪亂再逢凶荒，雪上加霜，朝廷不知撫存，百姓實無生計。〔註28〕
如此以來，晚唐時代的社會圖景對比強烈：一邊是如劉允章所說的一
樣慘不忍睹，連正常的社會秩序乃至人倫道德亦皆崩毀無潰——「天
下百姓哀號於道路，逃竄於山澤。夫妻不相活，父子不相救。百姓有
冤訴於州縣，州縣不理，訴於宰相，宰相不理，訴於陛下，陛下不理，
何以歸哉！」〔註29〕（〈直諫書〉）；另一邊無度的縱欲和揮霍，出現了
哀鴻遍野與歌吹沸天。

　　零落凋殘與繁華富貴，這樣極不和諧的社會現象，其結果必然是
社會危機的爆發。大中末年到咸通初，地區性的農民起義逐漸發生，
最終形成以黃巢爲首的農民大起義席卷全國。黃巢起義雖然最後歸於
失敗，但卻從根本上動搖了唐朝政權的存在基礎。其後的二十來年，
整個時代完全是一種末世的衰亂氛圍。

　　可見，晚唐社會、政治現實與「安史之亂」後的有著極大的差別，
一發不可收拾的衰敗局面，消磨了晚唐人的意志，造就了他們感傷、
消極的心理。

（二）傷今以懷古

　　歷史遺跡給每個經過或眺望它的人心頭染上陰影後才放他離

〔註26〕《舊唐書・宋申錫列傳》，卷167，頁4372。
〔註27〕《舊唐書・文苑列傳》，卷190，頁5071。
〔註28〕《新唐書・食貨志二》記載：「淮北大水，征賦不能辦，人人思亂。
　　　　及寵勛反，附者六七萬。自關東至海大旱，冬蔬皆盡，貧者以蓬子
　　　　爲麵，槐葉爲齏。乾符初，大水，山東饑。」見卷52，頁1362。
〔註29〕《全唐文》，卷804，頁8449～8450。

去。他們為何不厭其煩地慨嘆帝王霸業的虛幻與繁華難駐的無奈？也
許，每個涉足歷史遺跡的人似乎也需要這樣的滿足。在歷史遺跡所呈
現的人事結局中，詩人清楚地意識到過去的人事已消逝，而且所有的
生命也終將如此。時光的流逝中體認人生與歷史的雙重虛無，讓本已
痛苦不堪的心靈獲得片刻的麻醉。所以，「詩人在此感懷的不再只是
古人古事，實則是人類共同命運的關懷，更是詩人自我命運的關懷。」
〔註30〕即他們並不只是懷古，更是傷今。

　　中晚唐之際的不安政局，深刻地影響了當時的社會心理。晚唐人
隱隱約約感受到一種不可遏止的頹運，在推動歷史向前。對唐王朝的
前途和命運的無限憂慮有意無意地表現在各種題材的作品中。其中，
李商隱常常以一種悚然的危機感而使人戰慄驚怵，如〈曲江〉：

> 望斷平時翠輦過，空聞子夜鬼悲歌。金輿不返傾城色，玉
> 殿猶分下苑波。死憶華亭聞唳鶴，老憂王室泣銅駝。天荒
> 地變心難折，若比傷春意未多。（李商隱〈曲江〉‧卷五四一）

曲江，曾經是唐代長安最大的風景區，是帝王貴族們的宴遊勝地，富
麗繁華，盛極一時，在安史叛軍盤踞破壞下，變得臺榭冷落、景物荒
涼了。〔註31〕杜甫曾經在〈哀江頭〉中，透過今昔曲江的鮮明對照，
抒發了在國破家亡之際的黍離之悲。文宗即位，頗想恢復往日的繁華
景象，曾下令重修曲江亭館。但「甘露之變」發生，曲江的工程就停
下來了，不得重見過去的美麗盛況。面對經歷了另一場「天荒地變」
後的曲江，李商隱究竟有何感受？首聯寫的是，事變後曲江的荒涼景
象：平時皇帝車駕臨幸的盛況再也看不到了，只能在夜半時聽到冤鬼
的悲歌聲。詩人的思緒由現在「天荒地變」後的曲江飛越到過去曲江

〔註30〕侯迺慧：〈唐代懷古詩研究〉，《中國古典文學研究》第 3 期，2000 年
　　　　6 月，頁 39。

〔註31〕盛唐詩人留下不少以曲江為背景的應制之作，充分反映了盛唐那雍
　　　　容華貴的面貌。對盛唐人來說，曲江可說是一個太平盛世的象徵。
　　　　關於曲江的興亡演變及盛唐曲江詩的具體內容，參閱余淑娟：《唐代
　　　　曲江詩空間意涵研究》（台北：國立台灣大學中國文學研究所碩士論
　　　　文，方瑜先生指導，1999 年 6 月），頁 25～42；50～57。

的繁華景象，不知不覺地產生傷春意緒。因而，詩人利用中間兩聯，巧妙地表現出一種突發而強烈的感受。頷聯寫傷春之景：「猶分」流水與「不返」佳人的強烈對比中，顯現出一幅荒涼冷寂的曲江圖景，蘊含著今昔盛衰之感。頸聯寫傷春之情：運用讀者已熟悉的「陸機之憶」與「索靖之憂」的典故，把自己複雜而深沈的感受，極其形象、生動而又富於暗示力地表現出來。還原兩個典故，「陸機之憶」是對已然過去的美好事物（包括記憶）的深情流連；「索靖之憂」是對尚未到來又必然來臨的無可奈何的憂傷。因而，詩人最後感慨地說「天荒地變心難折，若比傷春意未多」，即甘露之變的悲劇固然使他憂傷，可是他的思緒不再停留現實政局或具體的某一件事情，從內心深處湧現的喪失感、幻滅感等巨大悲劇意識更讓人痛心疾首。〔註32〕

　　晚唐著名的懷古詩人許渾面對歷史陳跡究竟有何感受？試看：

　　　一上高城萬里愁，蒹葭楊柳似汀洲。溪雲初起日沈閣，
　　　山雨欲來風滿樓。鳥下綠蕪秦苑夕，蟬鳴黃葉漢宮秋。
　　　行人莫問當年事，故國東來渭水流。（許渾〈咸陽城東樓〉‧卷
　　　五三三）

詩人一上咸陽城高處，眼前展現的秦中河湄風物，讓人不由得生發出思鄉之愁。而片刻之間，那境界已然變了，一輪偏西的紅日，被溪上升起的雲霧遮住，緊接著一陣涼風，吹來城上，頓時吹得那城樓越發空空落落，蕭然凜然。景色遷動，心情變改，一種身在險境、戰戰兢兢的心態便隱然托出。因此，詩人不僅透過富有象徵意義的景物描寫，

〔註32〕方瑜師曾對義山的「傷春」情結作一精緻的分析，本文的解釋參考方瑜師的觀點：「以義山詩中有關傷春、春心、芳心之作，並比參讀，可以見出這正是他個人特殊詩風的重要象徵之一，源自將美與哀對比的悲劇體悟。義山以芳潔之『春心』象徵生命中一切美好之事物以及對此之祈願，但以己身親歷種種，善感之心又深知一切終將落空：美之摧殘，情之離別、幻滅，期待之成虛，理想之受挫，初心之背叛，生命的流逝，而一切意願抗拒、挽回的努力，全屬徒勞。這才是義山『傷春』的真正根源，絕不止『感傷時事，憂念國家前途命運之情』而已」，見方瑜師：〈李商隱學杜詩新論〉，《臺大中文學報》，第 15 期（2001 年 12 月），頁 135。

渲染出晚唐「夕陽無限好，只是近黃昏」（李商隱〈樂游原〉）的日落西山的傷感，同時藉由荒涼殘敗的漢宮秦苑，寫出了興亡盛衰的深沈感慨。詩人看的是過去秦苑漢宮遺址，而寫的是一種時代的危亡已迫在眉睫的無可奈何。與李商隱的作品相比，此詩以空茫的感傷代替了濃重的憂慮感傷，這也許就是晚唐懷古詩人想要表現的情感內容。

此後的數十年，滿天風雨席捲了整個大唐王朝，幾位敏感詩人的預感不幸言中。在各種類型的戰爭中，城市和鄉村凋弊不堪，海內清一、國泰民安的時代早已成爲遙遠的過去。經過黃巢之亂，長安一代成爲狐兔之窟的荒涼。黃巢叛亂失敗後，唐末軍閥混亂開始，京城又遭兵亂焚毀；光啓年間，淮南軍亂，各地遭劫；大順年間揚州被秦宗權部將孫儒所焚，之後整個東南、中原、河北都陷入戰亂。觸目所見，是殘垣斷壁、荒村野火，充耳所聞，盡是暮角悲音，哀歌怨哭，無數詩人則把自己親歷所見寫於詩中，如「澤國江山入戰圖，生民何計樂樵蘇」（曹松〈己亥歲〉）；「亂離尋故國，朝市不如村」（李山甫〈亂後途中〉）；「憶得幾家歡游處，家家家業盡成灰」（劉駕〈鄴中感懷〉）；「千村萬落如寒食，不見人煙空見花」（韓偓〈自沙縣抵龍溪縣，值泉州軍過後，村落皆空，因有一絕〉）。這樣的社會景況，不僅讓人感到毫無可爲的時代頹勢，而且令人傷心絕望。韋莊、鄭谷等詩人大量留下悽慘衰敗的晚唐眞實畫面：

> 滿目墻匡春草深，傷時傷事更傷心？車輪馬跡今何在？
> 十二玉樓無處尋。（韋莊〈長安舊里〉‧卷六九九）

> 徒勞悲喪亂，自古戒繁華。落日狐兔徑，近年公相家。
> 可悲聞玉笛，不見走香車。寂寞墻匡裡，春陰挫杏花。
> （鄭谷〈長安感興〉‧卷六七四）

在晚唐後期數十年中，廣闊的大唐土地滿目瘡痍，帝國輝煌根本找不到。尤其，長安曾經是讓人驕傲的大唐帝都。然而，輝煌在悲哀中衰落了。不僅沒了輝煌，而且連人煙也稀少到春草長滿，甚至狐兔縱橫。他們的大唐帝國已經走出舞台，幾乎煙消無縱了。他們自然而然成爲

歷史交替、時間滄桑的見證人了。充滿時代感傷的詩人竟然面對歷史遺跡，怎能不擔心當今的現實與未來的帝國！因此，晚唐詩人在吊古的悠悠思緒裡，不僅蘊含著對生命本質的關懷，同時滲入了濃厚的傷今意味。試看：

> 城邊人倚夕陽樓，城上雲凝萬古愁。山色不知秦苑廢，
> 水聲空傍漢宮流。李斯不向倉中悟，徐福應無物外遊。
> 莫怪楚吟偏斷骨，野煙蹤跡似東周。（韋莊〈咸陽懷古〉·卷七
> ○○）

表面上寫的是秦漢霸業成空的哀悼，實際上是對唐王朝衰微現實的深深唱嘆。國家的戰亂現實與歷史王朝的興廢盛衰，在詩人的心中重疊再現，自然感慨萬端，觸目傷懷。

懷古詩人之所以不斷懷古傷今，其原因不只是急遽下滑而不可挽回的國勢，更是奢侈享樂的時代風尚。也許晚唐人都已經感覺到大難即將臨頭的徵兆，於是變本加厲地揮霍，求眼前的享樂，上自帝王將相，下至商賈官吏，真是一個瘋狂享樂的時代。晚唐詩人筆下的當時社會頹廢情景，與歷史上所紀錄的荒淫失國的局面何其酷似！例如：

> 滿耳笙歌滿眼花，滿樓珠翠勝吳娃。（韋莊〈陪金陵府相中堂
> 夜宴〉·卷六九七）

> 姑蘇碧瓦十萬户，中有樓臺與歌舞。尋常倚月復眠花，莫
> 說斜風兼細雨。應不知天地造化是何物，亦不知榮辱是何
> 主。吾困長滿是太平，吾樂不極是天生。（吳融〈風雨吟〉·卷
> 六八七）

「姑蘇碧瓦」與「吳娃」都是頗有曲折的吳國興亡史的象徵。晚唐詩人從晚唐藩鎮軍閥與吳城官軍的生活中似乎看出國家未來的悲劇命運。唐朝早已走上不可挽回的滅亡的道路。這種深刻體會也許與詩人所在的位置相當有關。即置身於「金陵」或「長洲苑外」等過去歷史王朝都城的詩人自然而然感慨極深，痛心疾首。同樣的道理，懷古詩人看到荒淫失國的歷史遺跡時，常常聯想到現實而感慨不已。試看：

> 江雨霏霏江草齊，六朝如夢鳥空啼。無情最是臺城柳，

　　依舊煙籠十里堤。(韋莊〈臺城〉‧卷七○○)

臺城本是三國時代吳國的後苑城，東晉成帝時改建。從東晉到南朝結
束，這裡一直是朝廷臺省和皇宮所在地，既是政治中樞，又是帝王荒
淫享樂的場所。此詩並未正面描繪臺城本身，而是著意渲染氛圍，寓
慨很深。六個短促的王朝一個接一個地衰敗覆亡。政權交替之速就給
人一種歷史幻滅感，再加上自然與人事的鮮明對照，更加深了懷古客
的幻滅感。當年十里長堤，楊柳堆煙，曾經是臺城繁華景象的點綴，
如今，臺城已經是一片荒涼，臺城柳卻成為此地的主角。終古如斯的
長堤煙柳和轉瞬即逝的六代豪華的鮮明對比，對於一個身處末世、懷
著亡國之憂的詩人來說，多麼令人怵目驚心。在如夢似幻的氣氛中流
露了濃重的感傷情緒，這正是唐王朝覆亡之勢已成，重演六朝悲劇已
不可免的現實在懷古詩中的一種折光反映。

　　晚唐懷古詩普遍看出對現實時代的感傷情緒。這種意緒在憑弔本
朝宮殿遺址時，尤為明晰：

　　　鳳輦東歸二百年，九成宮殿半荒阡。魏公碑字封蒼蘚，
　　　文帝泉聲落野田。碧草斷霑仙掌露，綠楊猶憶御爐煙。
　　　昇平舊事無人說，萬疊青山阻一川。(吳融〈過九成宮〉‧卷六
　　　八四)

九成宮曾經是太宗、高宗的行宮。魏徵〈九成宮醴泉銘序〉記載著當
時九成宮的宏大規模與優美環境：「維貞觀六年孟夏之月，皇帝避暑
於九成之宮。此則隋之仁壽也。冠山抗殿，絕壑為池，跨水架楹，分
巖竦闕，高閣周建，長廊四起，棟宇膠葛，臺榭參差。仰視則迢遞百
尋，下臨則崢嶸千仞。珠璧交映，金碧相輝，照灼雲霞，蔽虧日月。
觀其移山迴澗，窮泰極侈，以人從欲，良足深尤。」〔註33〕此時大唐
帝國是被歷代史家豔稱「貞觀之治」的時代，呈現出政局安定，國力
富強的面貌，為開天盛世鋪上堅實的基礎。但僅僅過了兩百年的時
間，昇平舊事對晚唐人來說已經是遙遠的過去了，他們的時代就像九

─────────────

〔註33〕《全唐文》，卷141，頁1433上。

成宮一樣這麼荒廢悽慘。安史之亂暴發後，在社會風雲突變、國將不國的嚴重關頭，杜甫曾經路過荒涼的九成宮，以詩家之心探討歷史興亡，總結人事與歷史的必然規律：「荒哉隋家帝，製此今頹朽。向使國不亡，焉爲巨唐有。」（〈九成宮〉）然而，吳融則竟然憑弔太宗的九成宮，等於憑弔即將進入歷史的大唐王朝。平靜而淡漠的客觀描寫裡，還可以看出晚唐詩人惆悵低回、悲悼感傷的內心世界。

二、生命本質的省思

　　生逢末世的晚唐懷古詩人，早已參透興亡成敗、萬事歸空的結局，很少抒發積極豪邁的功業心理或憂患意識。人生的空幻感淹沒了夢想，由憂患走向了空茫的傷悼。他們所關注的不是王朝的興亡規律或具體人事的成敗得失，而是這些歷史人事所留下的生命的本然風貌──「變」與「空」。[註34] 所有歷史遺跡都能呈現出「變」與「空」的生命本質。但綜看晚唐懷古詩，以長安和江南的王朝遺址爲憑弔對象的作品特別多。因此，本文按照作品憑弔的對象，分爲長安遺跡和江南遺跡兩方面，將先後討論其代表作品與其所表現的晚唐懷古詩內涵情境特點。

（一）長安遺跡

　　眾所周知，長安是中國歷史上最強盛、最繁榮的漢、唐兩個王朝的國都。唐代詩人很喜歡以強盛的漢王朝比擬本朝。這無疑是唐人對自己的高度自信和自許。然而，在晚唐懷古詩中的漢王朝不再是值得贊頌、稱羨的對象：

　　　　長空澹澹孤鳥沒，萬古銷沈向此中。看取漢家何事業，
　　　　五陵無樹起秋風。（杜牧〈登樂游原〉・卷五二一）

樂游原是長安城地勢最高之處，登上原頂，可以西望煙靄中的秦漢故

―――――――――――――――――

〔註34〕當然，對生命本質的關注，並不是從晚唐才開始有的，而是不斷地出現在唐代每一個階段的懷古詩篇中。不過，作品數量並不多，還不能成爲懷古詩的主宗。

都。在歷史記載上的漢家王朝的功業，是輝煌無比，令人望洋興嘆，但一旦將其置於「萬古」的歷史長河中衡量，漢王朝的功業又不過是一時的色相而已，眞像澹澹長空中逝去的孤鳥一樣，無影無蹤。杜牧徹底否定了人類努力表現在歷史時空裡的所有價值與意義。曾經顯赫一時的漢王朝，原本也是歷史風煙裡的一匆匆過客，經受不住歷史風雨的剝蝕，隨風而去。此情此理，不由得生發出無限的幻滅與無可奈何的悲涼。

晚唐懷古詩人最頻繁憑弔的遺跡無疑是咸陽。咸陽不但是中國歷史上聞名的古都，而且與當時的長安城距離不遠，進入詩人的視野裡的機會較多。在那裡，他們清楚地看到歷史的無情結局，深刻體會人生的虛幻。試看：

> 高秋咸鎬起霜風，秦漢荒陵樹葉紅。七國鬥雞方賈勇，中
> 原逐鹿更爭雄。南山漠漠雲常在，渭水悠悠事旋空。立馬
> 舉鞭遙望處，阿房遺址夕陽東。（劉兼〈咸陽懷古〉·卷七六六）

秋風蕭颯的傍晚，路過咸陽的詩人眼裡出現的是秦漢潮的荒陵與荒陵上紅紅的楓樹。如此顯明的對照景象能夠觸發詩人深處的懷古感慨而成功地表現歷史遐想的內容與眼前的自然風景，以及詩人的懷古感慨。劉兼雖然徹底體會自然永恆與人事變空的事實，但並沒有因此感到幻滅而流淚。詩人看阿房遺址的視線也顯得冷靜，與初、盛、中唐詩人相比，劉兼非常淡然面對生命與人事的本然風貌。

另外，雖然不在長安，洛城是東漢的古都，前後有東周、東漢、曹魏、西晉、北魏等朝代曾在此建都，蘊含著豐富的歷史內涵，故深受晚唐懷古詩人的注目。其內涵情境與長安懷古詩並無二致。試看：

> 禾黍離離半野蒿，昔日城此豈知勞。水聲東去市朝變，山
> 勢北來宮殿高。鴉噪暮雲歸古堞，雁迷寒雨下空壕。可憐
> 緱嶺登仙子，猶自吹笙醉碧桃。（許渾〈故洛城〉·卷五三三）

詩人秋日登臨這座過去黎民百姓世世代代不辭辛勞而修築的故城，但

見禾黍離離，野蒿彌目，只聞水聲東流，再也看不到舊時城市的風貌。由城市的衰敗，詩人轉念及當年興建時的情景。昔人的所有努力最後遺留的總是一片荒涼而已。詩人在故洛陽城，清楚看到世事無常的眞相，自然生發出光陰流逝、人世滄桑之感。中間兩聯表面看來是寫景，實際上概括了上下千年歷史的巨大變化，蘊含著詩人內心無窮的悲慨。尾聯虛構出此地唯緱山仙子吹笙上登，千年後猶自食碧桃而醉，更加反襯出生命短促、世事滄桑的悲涼。

　　晚唐懷古詩所憑弔的對象並非只限於前朝遺跡，還有本朝的宮殿遺址。時入晚唐，讓人痛心疾首的無疑是大唐帝國將要滅亡的現實。繁華盛世對他們來說是已漸遠去的過去，混亂黑暗的社會卻是他們擺脫不了的現實。他們無緣得見盛唐的繁花似錦，只能憑弔他繁華過後留下的殘痕。由於玄宗是大唐帝國由盛衰轉的關鍵人物，有關玄宗的遺址備受晚唐詩人的矚目。試看：

> 千秋佳節名空在，承露絲囊世已無。唯有紫苔偏稱意，
> 年年因雨上金鋪。（杜牧〈過勤政樓〉・卷五二一）

玄宗統治的開元天寶時期曾經出現了唐代乃至整個中國社會歷史上極盛的局面。勤政樓是唐玄宗開元年間處理朝政的地方，玄宗親自題名冠以「勤政」二字，表示國王要勵精圖治勤政興邦的勃勃雄志。千秋節原本是專門爲紀念慶賀唐明皇的誕辰而設立的，在盛唐當時是很有規模的盛大節日。〔註35〕在千秋節這一天，男女老少，士庶農商都放下手中的活計，休息放假。人們帶上早些日子編好的承露囊，相互饋贈以示慰問祝福。這個時候，唐朝達到了它的頂峰，勤政樓也就成了這一盛世的標誌之一。然而，經過安史之亂的狼狽，勤政樓也隨著玄宗的遜位和國勢的日漸凋弊而被人遺忘了，當年樓下那百官朝賀、萬民歡騰的盛景早已是過眼雲煙。這座皇家樓臺已不復當年的豪華和威嚴，唯剩下紫苔侵上金鋪的淒涼景色。面對勤政樓的淒涼景色，詩

〔註35〕《資治通鑑》云：「玄宗開元十七年，請以每歲八月五日爲千秋節，布於天下，咸令宴樂。」，卷213，頁6786。

人情緒一定是極度惆悵低回，對歷史明明有一股深沈的傷悼，然而表達出來卻是那麼平靜淡然。或許詩人早已參透興亡成敗的紛擾，萬事歸空，所以不會呼天撞地。

　　還有，華清宮也是晚唐懷古詩人頻仍憑弔的對象。眾所周知，華清宮是位在驪山溫泉的離宮，享樂奢侈的場所。玄宗竟然放棄了勤於國政的君主，與楊貴妃安心享受自己開元的政治成果。在荒涼遺棄的華清宮中，懷古者深深體會繁華易逝的人生哲理。試看：

>　　草遮回磴絕鳴鑾，雲樹深深碧殿寒。明月自來還自去，
>　　更無人倚玉欄干。（林檜〈華清宮三首〉之一・卷五六七）

>　　殿角殘鐘立宿鴉，朝元歸駕望無涯。香泉空盡宮前草，
>　　未到春時爭發花。（林寬〈華清宮〉・卷六〇六）

往日的一切繁華都被歲月沖刷得乾乾淨淨，不變的只有春草與明月等自然景物。自然之永恆與生命的短暫的對比中，人間的繁華映襯得如此無力與空幻。詩中沒有激烈的情感，有的只有淡淡的哀傷，目送盛世走遠。在凝視淒涼結局的視線中，我們可以感覺到詩人面對人生繁華難恃的良多感慨。這與以諷刺鑑戒爲創作主旨的華清宮詠史詩顯然有別。〔註36〕

（二）江南遺跡

　　隨著國勢的日益衰頹，晚唐人特別關注歷史王朝的盛衰興亡，似乎希望藉以頹敗的歷史風景和殘破的文化遺跡沖淡了內心深處的哀怨傷痛。六朝舊事與故都金陵無疑是最好選擇之一，自然成爲晚唐懷古詩人反覆憑弔的對象。試看：

>　　宋祖凌歊樂未回，三千歌舞宿層臺。湘潭雲盡暮山出，

〔註36〕歷史雖已成爲過去，但還有明鑑現實的作用。詩人們不厭其煩地重複吟詠著華清宮的過去與現在，要通過歷史，喚醒當朝的政治者，引他們的注意。例如，李商隱的〈華清宮〉云：「華清恩幸古無倫，猶恐蛾眉不勝人。未免被他褒女笑，只教天子暫蒙塵。」；羅隱的〈華清宮〉也隱含諷刺：「樓殿層層佳氣多，開元時節好笙歌。也知道德勝堯舜，爭奈楊妃解笑何。」

巴蜀雪消春水來。行殿有基荒敲臺，寢園無主野棠開。

百年便作萬年計，巖畔古碑空綠苔。〔註37〕（許渾〈凌歊臺〉·
卷五三三）

許渾並非表示對劉裕的仰慕之情，也不是批判它的功過得失，而是歷
史陳跡所包孕的生命的本然風貌。在此他領會的生命本質是一切都是
空的，英雄的偉業和昔日的繁華都消逝無蹤，一去不復返。若與盛唐
詩人儲光羲〈登戲馬臺作〉或晚唐詠史詩相較，明顯看出此二詩人對
生命本質理解上的差別：宋武帝劉裕對盛唐詩人儲光羲來說，是留下
不朽功業的歷史英雄，儘管劉宋朝早已進入歷史，但劉裕的業績與精
神牢牢烙印在這廣闊山川與詩人心中，永遠不會磨滅的。這與其說是
個人的差別，無寧說是時代環境的差別。

　　受到歷史遺跡的觸發而進入生命本質的反思中，詩人的思緒往往
引伸到自己人生的選擇問題上或人生價值何在等的深刻問題。試看：

六朝文物草連空，天淡雲閒今古同。鳥去鳥來山色裡，人
歌人哭水聲中。深秋簾幕千家雨，落日樓台一笛風。惆悵
無因見范蠡，參差煙樹五湖東。（杜牧〈題宣州開元寺水閣閣下
宛溪夾溪居人〉·卷五二二）

宣城是南朝詩人謝朓曾做過太守的六朝古城，開元寺始建於東晉，是
六朝名勝之一。杜牧在任宣州團練判官期間經常來開元寺游賞賦詩。
這首詩抒寫了詩人在寺院水閣上，俯瞰宛溪，眺望敬亭時的古今之
慨。一開始，開宗明義的呈現出表示一種不協調的感覺：六朝繁華已
成陳跡，只見草色連空，那天淡雲閒的景象，自古至今並無變化。在
接下來的四句中，詩人藉由富有形象美的畫面，巧妙地表現人世的興
衰消長、滄桑變化的體味：「鳥去鳥來」、「人歌人哭」似乎是眼前景

〔註37〕宋武帝劉裕是開國君主，《南史·宋本紀》稱他「清簡寡欲，儉於布
　　　　素，嬪御至少」，但許詩卻有「三千歌舞」，為此引起揚慎「胸中無
　　　　學，目不關書」（《升菴詩話》）的批評。王紅先生認為，這一句只不
　　　　過作為昔日繁盛的象徵，與今日的頹敗景象對比，以突出變易之迅
　　　　疾，完全是詩人想象之景。同前註1，頁87。

象，而並非某一片刻的景象，意味著人事代謝；兩個難以同時出現的景象並列，強調時間的流逝。這樣，那種文物不見、風景依舊的不協調感覺，自然越來越強烈了。於是，詩人的心頭浮動著對范蠡的懷念，無由相會，只看到五湖東邊的一片參差煙樹。最後一聯，透露了一種喪失價值、不得歸宿的恐慌心理。惆悵的心情遙望五湖，詩人情有不甘卻無可奈何地結束了全篇。

　　南朝各國雖然偏安於江南，但因其繁華富裕的程度並不輸於任何統一王朝。因此，南朝的各種遺址格外引起懷古詩人的注意：

> 南朝天子射雉時，銀河耿耿星參差。銅壺漏斷夢初覺，
> 寶馬塵高人未知。魚躍蓮東蕩宮沼，濛濛御柳懸棲鳥。
> 紅妝萬戶鏡中春，碧樹一聲天下曉。盤踞勢窮三百年，
> 朱方殺氣成愁煙。彗星拂地浪連海，戰鼓渡江塵漲天。
> 繡龍畫雉填宮井，野火風驅燒九鼎。殿巢江燕砌生蒿，
> 十二金人霜炯炯。芊綿平綠臺城基，暖色春空荒古陂。
> 寧知玉樹後庭曲，留待野棠如雪枝。(溫庭筠〈雞鳴埭〉‧卷五
> 七五)

雞鳴埭本為南朝宮城以北的苑囿區。《南朝‧武穆裴皇后傳》：「上（齊武帝蕭頤）數幸琅邪城，宮人常從早發。至湖（玄武湖）北埭，雞始鳴，故呼為雞鳴埭。」這恐怕就是「雞鳴埭」這一樂府古題的主要依據，然而溫庭筠在這首詩歌中，並沒有對南朝統治者耽於游樂的行為進行具體描寫，只作概括性地提示而已。因為，此詩的重點不是揭露腐朽，而是在於描寫敗亡，幾乎用一半以上的筆墨描繪南朝的覆滅和覆滅後的荒涼和淒冷。這種荒涼破敗的景象和淒冷悲愴的色調與詩歌開頭的射雉打獵以及雍容綺靡的宮廷生活，形成了鮮明的對比和強烈地反差，讓人們體認到盛衰興亡不可抗拒的哲理。這種盛衰對比表現手法，自然聯想起南朝與初盛唐人的古體懷古詩，但在晚唐可說是獨樹一幟。

　　金陵曾經是六朝的政治、經濟、文化的中樞。晚唐人登臨這曾經六代繁華、歷代金粉的歷史舞臺，流連於無數的歷史英雄，自然有一種古今如夢的領會：

　　南朝三十六英雄，角逐興亡盡此中。有國有家皆是夢，

　　爲龍爲虎亦成空。殘花舊宅悲江令，落日青山弔謝公。

　　止竟霸圖何物在，石麟無主臥秋風。（韋莊〈上元縣〉‧卷六九七）

此詩藉上元舊地詠南朝英雄霸業之消逝無蹤。上元縣，曾經是南朝無數英雄爭相角逐的地方。〔註38〕由於南朝興亡更替頻繁，曾出現過無數的英雄，他們又隨著歷史的興替而生死升沈。不過，從歷史場合的廣遠視野來看，三十六英雄與六代王朝都不過是一時的色相而已，了無蹤影。故詩人以「夢」、「空」字表現生命本質的體會結果。其實，人生如夢的比喻非常平凡。可是身臨古跡，面對歷史人事的最終結果，人生如夢的比喻成爲眞實的感覺，其感受變得具體而強烈。因此，詩人藉以具體憑弔歷史人物，表示物是人非之意。詩人之悲嘆江、謝的不在，實在詠歎六朝的消逝，更是詠歎短暫而無常的生命本質。

　　此外，因其荒淫失國的歷史內涵，晚唐詠史詩人常常藉由春秋吳國歷史的吟詠，批評現實或表示自己對歷史的認識與觀點。然而，一些懷古詩人亦擺脫這種詠史詩人的觀點，純粹從歷史的興亡盛衰與人事的無常變化此一角度觀看吳國遺址，或表示帝王霸業的虛幻，或表示繁華易逝的無奈，呈現出不同於同樣題材詠史詩的內涵情境。作爲吳王闔閭游獵處的長洲苑，曾經是吳國富有與強盛的象徵——「佩長洲之茂苑」（左思〈吳都賦〉）。試看：

　　野燒原空盡荻灰，吳王此地有樓臺。千年事往人何在，

　　半夜月明潮自來。白鳥影從江樹沒，清猿聲入楚雲哀。

　　停車日晚薦蘋藻，風靜寒塘花正開。（劉滄〈長洲懷古〉‧五八六）

詩人先寫出逼面空寂荒蕪之景，然後點出「吳王樓臺」四字，極警人

────────────────

〔註38〕《元和郡縣圖志》載：「上元縣，本金陵地，秦始皇時望氣者云：『五百年後，金陵有都邑之氣。』故始皇東遊以厭之，改其地曰秣陵……隋開皇九年平陳，於石頭城置蔣州，以江寧縣屬焉。至德二年，於縣置江寧郡，乾元元年改爲昇州……上元二年廢昇州，仍改江寧爲上元縣。」見唐‧李吉甫：《元和郡縣圖志》（北京，中華書局，1995年1月）。頁594。

眼目，充分流露滄桑之感。清楚看到生命本質的詩人自然有一個疑問
——「千年事往人何在。」這個時候，詩人的心情一定非常的痛苦，
但回答的語氣相當平靜——「半夜明月潮自來」，似乎已經無奈地接
受嚴酷的生命本質——「變」。其實，吳王自不必說，那臥薪嘗膽而
滅吳的越王勾踐又如何呢？「吳王甘已矣，越勝今何處。當時二國君，
一種江邊墓。」（于濆〈經館娃宮〉）從歷史的結局來審視人世間的成
敗得失、榮枯興亡，都只是過眼雲煙，其間並無差別。可以看出，晚
唐懷古詩人對生命本質的省查接近了哲理洞悉的邊緣。一代英雄與百
世帝業終歸消逝，一時的繁華和美色更不用說。試看：

> 闔閭興霸日，繁盛復風流。歌舞一場夢，煙波千古愁。
> 樵人歸野徑，漁笛起扁舟。觸目牽傷感，將行又駐留。

（李中〈姑蘇懷古〉・卷七四七）

姑蘇臺曾經是吳國繁盛與吳王風流的象徵。過去的輝煌早已消滅了，
在此剩下的只是樵人的背影與漁笛聲，真是淒涼悲憫的情景。其實，
人世間的富貴繁華非常短暫，不值得恃憑，但不斷反覆地出現在歷史
記載中，真讓人無奈。面對姑蘇遺址，懷古詩人不似詠史詩人那樣帶
著居高臨下的指斥態度視其為奢淫誤國的殷鑑，卻大多能感同身受地
接納歷史，並帶著深深的惋惜在遺跡中體會生命無常的本質。

　　如上所論，這種由具體事件上升為生命思索，立足於現實之中
又超脫於歷史之上的特點，正是晚唐懷古詩的突出成就。晚唐懷古
詩人所體認的生命本質，可以「變」與「空」二字概括之。無論強
大帝國的都城，或者恢弘華麗的建築，隨著時過境遷，這些都城與
宮殿都無法迴避遺棄而荒廢的命運，帝王將相的功業也終究是黃土
一堆。那麼，人生的意義和價值應該如何體現？因此，晚唐懷古詩
大多以哲思與詩情和諧結合的意境，將詩人審視人生、反思歷史、
探究生命價值的思維結果表現出來。然而，詩人畢竟不是哲學家。
他們對生命哲理的體會過程是瞬間直覺的，止於感嘆，如「千年事
往人何在？半夜月明潮自來」（劉滄〈長洲懷古〉），而找不出任何

明確合理的答案。晚唐懷古詩人眞正要表現的恐怕就是他們對人生本質的思索與追問過程本身，如「六代精靈人不見，思量應在月明中」（羅隱〈金陵夜泊〉）。

第三節　表現形式

一、體式集中於七律

過去研究者指出過詩歌題材與表現體式之間互應關係，即晚唐詩人常以七絕寫詠史詩，而以七律寫懷古詩。〔註39〕這是非常有趣的現象，但決不是偶然的。

那麼，晚唐懷古詩人爲何喜歡採用七言律詩的體式？隨著近體格律的完成，爲了順應這種篇幅有限、規範嚴格的近體創作體式，盛、中唐懷古詩人曾經作過對各種近體格律的嘗試。尤其，劉長卿、劉禹錫開始運用七律的對仗特點，成功地處理古體懷古詩中的歷史追述與景物描寫兩大內容。此二人的七律懷古詩向晚唐懷古詩人提示了懷古詩格律運用的新方向。

懷古詩最大的表現特點無疑是「對比」（盛衰對比或常變對比）。不受篇幅限制的古體懷古詩主要運用盛衰對比模式，但篇幅有限的近體懷古詩則無法採用盛衰對比模式，必須找到適合格律的方式。永恆不變的自然意象與變化無常的人事意象的並置，即常變對比正好與律詩的對仗要求相吻合。對懷古詩人而言，中間兩聯的對偶規律恰好是不可或缺的條件。也許有人會問，五律或五排也同樣具備對仗結構，其對偶性並不遜於七律，爲何非七律不可？若將五律與七律懷古詩的中間兩聯加以比較，就不難發現懷古詩人選擇七律的理由：

〔註39〕見廖振富：《唐代詠史詩之發展與特質》（台北：國立台灣師範大學國文研究所碩士論文，1989 年），頁 280～282；田耕宇：《唐音餘韻》（成都：巴蜀書局，2001 年 8 月），頁 154～157。

綠桑非苑樹，青草是宮莎。山暝牛羊少，水寒鳧雁多。

（許渾〈廣陵道中〉·卷五二八）

水聲東去市朝變，山勢北來宮殿高。鴉噪暮雲歸古堞，

雁迷寒雨下空壕。（許渾〈故洛城〉·卷五三三）

這兩首詩都是許渾的懷古詩。憑弔遺跡雖然不同（廣陵與洛陽），但
歷史遺跡的現實景象大致類似，共同出現「暝（暮）」、「雁」、「寒」
等字眼。不過，由於七律比五律畢竟每句多了兩個字，表現範圍更寬
大，意象也更濃密，自然給讀者更具體、強烈的印象。前首主要使用
「是」、「非」等判斷詞與視覺性的形容詞，以提供比較單純而小規模
的靜態鏡頭。後首則大量使用「去」、「來」、「歸」、「下」等動態感極
強的字眼，以及觸覺、聽覺、視覺等多樣意象，以提供細膩而生動地
大規模鏡頭。再看另一組：

荒臺荊棘多，忠諫竟如何。細草迷宮巷，閒花誤綺羅。

前溪徒自綠，子夜不聞歌。悵望清江暮，悠悠東去波。

（儲嗣宗〈吳宮〉·卷五九四）

宮館餘基輟棹過，黍苗無限獨悲歌。荒臺麋鹿爭新草，

空苑鳧鷖佔淺莎。吳岫雨來虛檻冷，楚江風急遠帆多。

可憐國破忠臣死，日日東流生白波。（許渾〈姑蘇懷古〉·卷五

九四）

此二詩雖然是不同作者的作品，但憑弔對象同樣是春秋吳國遺址，使
用意象與構思結構相當類似。不過，七律比五律多了十六個字，更多
的意象容納於詩篇中，傳達出更深刻的思想與豐富的情感內容。仔細
觀察此二詩的頷聯，就發現五律僅用「細草」、「閒花」的植物意象，
七律則除了「淺莎」、「新草」的植物意象以外，多用了「麋鹿」、「鳧
鷖」的動物意象，更全面地表現遺跡的荒涼殘敗之景。此外，五言懷
古詩所呈現的場面較小，詩人的視線從「荒臺」經過「前溪」再轉到
「清江」，鏡頭的移動偏向直線。七言則場面較大，鏡頭不但平面前
後移動（從「荒臺」到「空苑」），還能上下移動（「吳岫」、「楚江」）
呈現出時空幅度極大的畫面。

　　如上所論，七律的表現功能確實勝過於五律，這可能是晚唐懷古
常用七律體式表現其獨特審美感受的主要原因。就近體格律的發展而
言，七律懷古詩的大量出現似乎是自然不過的事情。不過，我們不應
該忽略晚唐代表懷古詩人許渾、劉滄二人的努力。明人高棅《唐詩品
彙・七言律詩敘目》云：

> 元和後，律體屢變，其間有卓然成家，皆自鳴所長。若李
> 商隱之長於詠史，許渾、劉滄之長於懷古，此其著也……
> 用晦之〈凌歊臺〉、〈洛陽城〉、〈驪山〉、〈金陵〉諸篇，與
> 乎蘊靈之〈長洲〉、〈咸陽〉、〈鄴都〉等作，其今古廢興，
> 山河陳跡，淒涼感慨之意，讀之可爲一唱而三嘆矣。〔註40〕

在晚唐昌盛的七言律詩創作中，懷古詩可謂奇葩一枝。晚唐詩人七律
懷古作品數量遠遠超過中唐的劉長卿或劉禹錫，並且，其藝術成就相
當突出，能夠與李商隱七律詠史詩分庭抗禮，爲晚唐懷古詩人提示一
個發展走向。以下，以許渾、劉滄二人七律懷古詩的表現特點作爲基
礎，討論晚唐七律懷古詩的形式特點。

（一）寫景以達情

　　懷古詩是觸景生情之作，客觀外物如古跡風物是引發詩人懷古情
懷的媒介。因此，劉禹錫曾經在七律中採取時間的空間化形式，克服
由懷古詩格律化所伴隨的最大難題而成功地處理時間的跨度與空間
的邅變。這種表現手法被許渾與劉滄等晚唐懷古詩人積極接受。他們
常用兩聯寫景的方式來增添了懷古詩獨有的藝術魅力。試看：

> 玉樹歌殘王氣終，景陽兵合戍樓空。松楸遠近千官塚，
> 禾黍高低六代宮。石燕拂雲晴亦雨，江豚吹浪夜還風。
> 英雄一去豪華盡，唯有青山似洛中。（許渾〈金陵懷古〉・卷五
> 三三）
> 六代興衰曾此地，西風露泣白蘋花。煙波浩渺空亡國，

────────
〔註40〕明・高棅：《唐詩品彙・七言律詩敘目》（上海：上海古籍出版社，
　　1988 年 7 月），頁 707。

　　楊柳蕭條有幾家。楚塞秋光晴入樹，浙江殘雨晚生霞。

　　淒涼處處漁樵路，鳥去人歸山影斜。（劉滄〈經過建業〉‧卷五

　　八六）

詩論家認爲「七言律對不屬則偏枯，太屬則板弱。二聯之中，必使極精切而極渾成，極工密而極古雅，極嚴整而極流動，迺爲上則。然二者理雖相成，體實相反，故今古文士難之。」〔註41〕乍看之下，兩聯寫景的寫作方法似乎違反了七律「體實相反」的要求，但仔細觀察就會發現這兩聯並不板滯，甚至巧妙地合乎「體實相反」的要求：中間兩聯寫的都是眼前景物，一個著重人文景物，寂靜的遺址在展示人事的空幻；另一個著重自然景物，無情的自然恆古不變。歷代詩論家激賞他們的藝術效果與成就：「七言律詩極不易，唐人以詩名家者，集中十僅一二，且未見其可傳。蓋語長氣短者易流於卑，而事實意虛者又幾乎塞。用物而不爲物所贅，寫情而不爲情所牽，李杜以後，當學者許渾而已。」〔註42〕「劉滄、劉威獨多七言律，崇尙景物，爲後世寫景者所崇。」〔註43〕用兩聯寫景的寫作方式不但成爲近體格律演變發展的標誌，而且成爲晚唐懷古詩的突出成就。請繼續看看另外晚唐代表懷古詩的中間兩聯：

　　龍虎勢衰佳氣歇，鳳皇名在故臺空。市朝遷變秋蕪綠，

　　墳冢高低落照紅。（李群玉〈秣陵懷古〉‧卷五六九）

　　清洛但流鳴咽水，上陽深鎖寂寥春。雲收少室初晴雨，

　　柳拂中橋晚渡津。（李郢〈故洛陽城〉‧卷五九〇）

　　棲雁遠驚沽酒火，亂鴉高避落帆風。地銷王氣波聲急，

　　山帶秋陰樹影空。（羅隱〈金陵夜泊〉‧卷六五六）

〔註41〕明‧胡震亨：《唐音癸籤‧法微》（台北，木鐸出版社，1982年7月），卷三，頁22。

〔註42〕范晞文：《對床夜語》，卷二，見丁福保輯：《歷代詩話續編》（臺北：木鐸出版社，1988年7月），頁422。

〔註43〕見陳伯海主編：《唐詩彙評》（杭州：浙江教育出版社，1996年5月），頁2646。

　　牛馬放多春草盡，原田耕破古碑存。雲和積雪蒼山晚，

煙伴殘陽綠樹昏。(周朴〈春日秦國懷古〉‧卷六七三)

這裡也沒有時代滄桑與人生感悟的直接敘述，只有景物描寫而已。他
們透過自然意象與人事意象的並置，充分傳達詩人的哲理思考與審美
觀照。田耕宇對晚唐七律懷古詩的表現特點指出「晚唐人在懷古詩的
寫作中，採用以空間換時間的寫法，用繪畫的「靜態」特徵來替換敘
述的「動態」特徵。」〔註44〕的確，晚唐詩人以七律的形式，藝術地
表現懷古詩人的情意與哲思。然而，七律懷古詩發展到唐末，往往出
現以抽象的語言代替富有象徵性的意象群落，例如：

　　不知征伐由天子，唯許英雄共使君。江上戰餘陵是谷，

渡頭春在草連雲。(崔塗〈赤壁懷古〉‧卷六七九)

　　人亡建業空城在，花落西江春水平。萬古壯夫猶抱恨，

至今詞客盡傷情。(韓偓〈吳郡懷古〉‧卷六八二)

　　笙歌罷吹幾多日，臺榭荒涼七百年。蟬響夕陽風滿樹，

雁橫秋鳥雨漫天。(樓一〈武昌懷古〉‧卷八四九)

或敘述，或直接抒情，與寫景以達情的表現手法相比，其藝術效果稍
遜一籌，但充分體現出唐末詩人的憂鬱、消沈心態。

　　最後，必須指出的是，這種「寫景以達情」七律懷古詩的獨特表
現手法，往往被少數詩人運用在詠史作品中，尤以李商隱、溫庭筠的
七律最爲明顯，試看：

　　紫泉宮殿鎖煙霞，欲取蕪城作帝家。玉璽不緣歸日角，錦

帆應是到天涯。于今腐草無螢火，終古垂楊有暮鴉。地下

若逢陳後主，豈宜重問後庭花。(李商隱〈隋宮〉‧卷五三九)

李商隱詠史詩以擅長諷刺爲其顯著特色。他的諷刺，「不是純理性的
評判，而是充滿詩情的詠歎。」〔註45〕〈隋宮〉此詩在這方面表現得
最爲出色。頷聯，故作推度語氣對煬帝的肆意縱欲的行爲進行了嘲

〔註44〕同註40，頁157。

〔註45〕劉學鍇：《李商隱詩歌研究》(合肥：安徽大學出版社，1998年5月)，
　　　　頁15。

諷。頸聯將放螢取樂、開河巡游二事與眼前的自然景象聯繫起來，營
造出極為昏暗淒涼的畫面。昔日龍舟游幸，錦帆蔽日，何等烜赫，而
今日只有隋堤衰柳，暮鴉聒噪。詩人對隋煬帝的諷刺，正是通過這種
特定空間景物的描寫，更深刻、含蓄地表達出來。再看：

> 曾於青史見遺文，今日飄遙過此墳。詞客有靈應識我，
> 霸才無主始憐君。石麟埋沒藏春草，銅雀荒涼對暮雲。
> 莫怪臨風倍惆悵，欲將書劍學從軍。（溫庭筠〈過陳琳墓〉·卷
> 五七八）

本詩是作者淪落不偶的告白，借憑弔前代詩人而自傷，孤獨悲涼中難
掩不平之氣，其內涵時有強烈的託古詠懷之意。紀昀云：「『詞客』指
陳，『霸才』自謂，此一聯有異代同心之感，實則彼此互文。『應』字
極兀傲，『始』字極沈痛，通手以此二語為骨，純是自感，非弔陳琳也。」
〔註 46〕確是如此，頸聯轉寫景物，但未必都是眼前實景，只是藉由景
物描寫益增滄桑寥落之悲感，烘托氣氛而已。可見，七律詠史詩往往
藉助景物描寫彰顯主題或烘托氣氛，使作品具有情韻，但僅是次要構
成因素，不像是七律懷古詩裡那樣用來表現懷古指向的主要因素。

（二）兩種審美趣味的建立

儘管許渾、劉滄二人都注重寫景，句法也相當類似，〔註 47〕但
創作個性有所不同，因此他們的懷古詩篇呈現出不可混淆的鮮明個
性。試看以咸陽故都為背景的二人作品：

> 一上高城萬里愁，蒹葭楊柳似汀洲。溪雲初起日沈閣，山雨
> 欲來風滿樓。鳥下綠蕪秦苑夕，蟬鳴黃葉漢宮秋。行人莫問
> 當年事，故國東來渭水流。（許渾〈咸陽城東樓〉·卷五三三）

> 經過此地無窮事，一望淒然感廢興。渭水故都秦二世，咸

〔註 46〕見李慶甲：《瀛奎律髓匯評》（上海：上海古籍出版社，1986 年），中
　　　　冊，頁 1238。

〔註 47〕《唐才子傳》云：「詩極清麗，句法絕同趙嘏、許渾，若出一區綜然。」
　　　　見李立朴：《唐才子傳全譯》（貴陽：貴州人民出版社，1994 年 2 月），
　　　　卷 8，頁 503。

原秋草漢諸陵。天空絕塞聞邊雁，葉盡孤村見夜燈。風景
蒼蒼多少恨，寒山半出白雲層。(劉滄〈咸陽懷古〉‧卷五八六)

他們登高眺望，眼前早已不見昔日的繁華，見到的只是一片荒涼破敗
的圖景。心中的歷史與眼前的現實突然交匯在一起，在詩人心靈中產
生強烈地衝擊。再加上，自然界氣象的驟變，搖撼許渾內心深處的不
安心理，聯想到似乎無可挽回的現實政局，使得作品表現出懷古傷今
的濃厚情意。可以看出，從鄉愁到不安、憂慮的情緒激盪過程。劉滄
則有所不同，在無情而「凄然」的歷史遺跡裡，體會到歷史與生命的
本質。此地曾經是秦漢故都，但今日所聽到的是「邊雁」之聲，今日
所看到的是「孤村夜燈」。千餘年來，王侯將相，成敗興廢，正如天
空上的白雲一樣。如此以來，既令人深爲惋惜，又何必惋惜，世事本
來就是如此。可以看出，從感傷到平靜、消沈的情緒變化。

這種情緒狀態，有意無意地反映在色調與意象的選擇等，自然
形成了個人風格。許渾常常透過飽含濕氣與疾風怒濤場景的塑造，
寄託出一種身在險境、預感危亡的不安心理，使得作品色調灰暗冷
漠，格調蒼涼悲慨，例如，「溪雲初起日沈閣，山雨欲來風滿樓。」
(〈咸陽城東樓〉)；「鴉噪暮雲歸古堞，雁迷寒雨下空壕。」(〈故洛
城〉)；「凝雲鼓震星辰動，拂浪旗開日月浮」(〈汴河亭〉)。對於他的
創作傾向，《唐才子傳》云：「渾樂林泉，亦慷慨悲歌之士，登高懷
古，已見壯心。故其格調豪麗，猶強弩初張，牙淺弦急，俱無留意
耳。至今慕者極多，家家自謂驪龍之照夜也。」〔註48〕

至於劉滄，不像許渾那樣以極其形象化的筆墨，調動讀者的感
官，以平靜地視線描寫凄涼景色，隱約地流露空茫的傷感。並且，
他常用懷古詩傳統的「月亮」意象，表現自己的思想與個人風格，
例如「此來一見垂綸者，卻憶舊居明月溪。」(〈浙江晚渡懷古〉)；「一
望青山便惆悵，西陵無主月空明。」(〈鄴都懷古〉)；「行人遙起廣陵
思，古渡月明聞棹歌。」(〈經煬帝行宮〉)；「武帝無名在仙籍，玉壇

〔註48〕同前註，卷7，頁440～441。

星月夜空明。」(〈題王母廟〉)明亮的「月」意象,不僅代表永恆自然,以與灰暗無光的歷史遺跡形成強烈對比,反映出作者空茫而無奈的情緒,同時體現出參透世道後的平靜淡薄心態。

他們的情感表現方式,也對晚唐懷古詩發展有深厚的影響:有的像許渾那樣,作品中充斥著深永的傷感與無可奈何的喟嘆,體現出晚唐詩人的惆悵不安心態,有的像劉滄那樣,作品中沈重的歷史傷感已經淡出,很少出現情感的波動,流露出末世的平靜消沈心態。晚唐懷古詩人,繼承許渾、劉滄等人的表現方式,以七律藝術地反映時代感傷與生命本質的思索內容,使得懷古詩成為富有藝術魅力的詩歌題材。

當然,晚唐懷古詩未必都採取七言律詩的體式。有些詩人按照自己熟練的方式或能夠突出作品主旨的方式來創作懷古詩。晚唐懷古詩中從五言古詩、七言歌行到五言律詩、七言絕句、七言律詩等各種體式都有。唐代懷古詩的演變可以說是格律化的過程,每一種體式運用得熟練時,應用於懷古情懷的表現上。南朝到初唐時期主要用五古,盛唐則五古與五律,中唐則五律與七絕。到了晚唐,體式運用上最普也最成功的則是七律,但各種體式的作品都存在著,可以看出唐代懷古詩體式變遷的歷史。不僅有五律、七絕,還有南朝或初唐詩人常用的長篇五古,例如唐堯臣〈金陵懷古〉,豆盧回〈登樂游原懷古〉、陳陶〈塗山懷古〉、楊乘〈南徐春日懷古〉等。溫庭筠甚至以古題樂府而表達懷古感慨。

二、「殘」的美感意識

晚唐詩歌的藝術形式與藝術風格,一直受到一些詩論家的批評。宋人俞文豹《吹劍錄》云:「近世詩人好為晚唐體,不知唐祚至此,氣脈浸微,士生斯時,無他事業,精神伎倆見於詩,局促於一體,拘攣於律切,風容色澤,輕淺纖微,無復渾涵氣象,求如中葉之全盛,李杜、元白之瑰奇,長篇大章之雄偉,或歌或行之豪放,則無此力量

矣。」〔註49〕明人的復古，尤其是在前、後七子復古倡導下，提出「文必秦漢，詩必盛唐」的口號，對晚唐詩當然不屑一顧。譬如，謝榛曾經對許渾〈金陵懷古〉作了一個這樣的評語：「若刪其兩聯，則氣象雄渾，不下太白絕句。」〔註50〕他忽略了產生於不同時代土壤與主體心靈的盛、晚唐詩的差異，若刪去中間兩聯，就作爲晚唐審美特徵的感傷氣氛抹去了。吳可《藏海詩話》說：「晚唐詩失之太巧，只務外華，而氣格悲弱。」〔註51〕這類否定觀點已經成爲批評界的主流。當然，還有一些詩論家以較爲客觀、公允的觀點看待晚唐詩歌的。可惜的是，除了葉燮《原詩》較爲系統之外，其他大致缺乏理論性和系統性，不能與否定見解相抗衡，致使對晚唐詩的否定形成強大的思想慣性，一直影響至今。

　　儘管不能成爲主流，對晚唐詩的肯定之辭，提供我嶄新的觀點，有助於瞭解晚唐人的審美價值取向或獨特美感。例如，《詩藪》云：「皆形容景物，妙絕千古，而盛、中、晚界限斬然。故知文章關氣運，非人力。」〔註52〕此言，初步地指出詩歌的境界、氣象與時代精神之間的相關性，與謝榛的觀點形成對照。此後，清人葉燮論詩力主通變，且對晚唐詩數百年來遭致無數「俗儒」詬厲的現象頗爲不滿，故其在著名的詩論大作《原詩》中，發表了許多精到的見解。其中，有一段精彩的美學描述，值得我們參考：

> 論者謂晚唐之詩，其音衰颯。然衰颯之論，晚唐不辭，若以衰颯爲貶，晚唐不受也。夫天有四時，四時有春秋。春氣滋生，秋氣肅殺，滋生則敷榮，肅殺則衰颯，氣之候不同，非氣有優劣也。使氣有優劣，春與秋亦有優劣乎？故

〔註49〕《吹劍錄全編》載於《讀書箚記叢刊》（台北：世界書局，1963年），第二集，第四冊，頁32。
〔註50〕見明·謝榛：《四溟詩話》卷二，見《歷代詩話續編》（臺北：木鐸出版社，1988年7月），頁1170。
〔註51〕同前註，頁331。
〔註52〕明·胡應麟：《詩藪》（上海：上海古籍1979年11月，2004年），卷四，頁59。

> 衰颯以爲氣，秋氣也。衰颯以爲聲，商聲也。俱天地支出
> 於自然者，不可以爲貶也。又盛唐之詩，春花也。……晚
> 唐之詩，秋花也，江上之芙蓉，籬邊之叢菊，極幽豔晚香
> 之韻，可不爲美乎？〔註53〕

他以「衰颯」概括晚唐詩的審美趣味，又以「秋花」的比喻肯定晚唐詩的美學價值。的確，每個時代自有獨特的審美價值取向，晚唐亦不利外。這種審美趣味的形成與晚唐詩人的感傷情懷息息相關。即，對國運、身世強烈的衰落遲暮之感。安史亂後，時世艱難，盛唐人那種昂揚豪情蕩然無存，感傷主義又開始抬頭。時到晚唐，由於國運進一步衰敗，詩人身世的進一步沈淪，感傷主義傳統得到了全面的繼承和發展。將晚唐詩人所呈現的帶有時代意義的獨特美感，用一個字來概括的話，筆者應推「殘」字。因爲，一來「殘」字不僅是晚唐詩人最爲愛用的字，如殘柳、殘雨、殘花、殘陽、殘春、殘月等；二來「殘」字不僅蘊含對著晚唐人對「曾經」或「現實」的留戀和惋惜，同時透露著轉瞬即逝的危機感。

必須指出的是，「殘」既是晚唐人的普遍美感，更是懷古詩的典型美感。因此，仔細觀察晚唐懷古詩，最常見的場景無疑是望暮色與傷春景。故多見夕陽或落日，少見朝陽；多見殘花或落花，少見鮮花或開花。「夕陽」和「落花」乃是晚唐懷古詩人的主要觀照對象。無疑是晚唐懷古詩中最常見的場景。〔註54〕

（一）「夕陽」（或「斜陽」或「落日」或、「黃昏」等）

夕陽作爲一種自然現象，常常出現在中國古代文人筆下。夕陽西

〔註53〕清・丁仲祜編定：《清詩話》（台北：藝文印書館，1977年5月），頁755。

〔註54〕「夕陽」和「落花」意象當然不是懷古詩專有的意象，乃是晚唐詩人常用的意象。這兩個意象在晚唐詩人作品中比比皆是。例如，粗看李商隱詩，就不難發現其對夕陽暮景的偏好及對落花春景的執著；清人馮班在《才調集補注》卷三說「韋公（韋莊）詩篇篇有夕陽」，並不是誇張的。

下暗示日暮已經降臨，時光已經一去不返，油然生發種種感慨，充滿了哀傷和無奈。因此，「夕陽」意象也就具有了永恆的動情力量，便成為中國詩歌中不可缺少的重要意象。

正因為如此，畢竟讓人積極進取時代的盛唐，「夕陽」意象出現頻率並不少，但既沒有濃厚的感傷情緒，也沒有對時代的憂愁。例如，王維對散發出清淡光輝的夕陽特感興趣，如「落日山水好，漾舟信歸風」（〈藍田山石門精舍〉）、「大漠孤烟直，長河落日圓」（〈奉使塞上〉）、「蒼茫對落暉」（〈山居即事〉）；〔註55〕李白喜歡用「落日」意象渲染離情別意，或以「夕陽」表現其敏感的時間意識，如「浮雲游子意，落日故人情」（〈送友人〉）、「壯士心飛揚，落日空嘆息」（〈酬崔五郎中〉）、「秋水明落日，流光滅遠山」（〈杜陵絕句〉）。並且，初盛唐懷古詩中「夕陽」只是用來交代時間，或渲染蕭瑟氣氛的，並沒有深刻的象徵意涵，如「客心悲暮序，登墉瞰平陸」（李百藥〈郢城懷古〉）；「落日空亭上，愁看龍尾灣」（儲光羲〈臨江亭〉之一）；「梁苑白日暮，梁山秋草時」（高適〈宋中〉之四）。

然而，安史之亂的浩劫使得詩人的精神風貌發生巨大的變化，更使得詩歌創作的感情基調也隨之發生重大的變化。「夕陽」意象便成為中唐詩人對時光易逝、功名無望、嘆老傷懷的重要表現媒介。時入晚唐，「夕陽」雖然是寫實，但卻反映了詩人的一種心境、一種情結。即對夕陽的描寫，正是晚唐詩人的真實感受與體驗，表現對盛世的懷念以及對國家衰微的惆悵與無奈。晚唐人的夕陽情結，最典型地反映在李商隱〈樂游原〉：「向晚意不適，驅車登古原。夕陽無限好，只是近黃昏。」詩人的「不適」之意，並未因看到極為壯觀的落日美景而得到渲泄、緩解，反而愈見其痛苦的不可排遣，故一種熱烈的嚮往與

〔註55〕王維作品中描寫夕陽、返景、斜日、落暉之景甚多。小川環樹認為這與其說是尋常的興趣，不如說是他佛教信仰的折射。見小川環樹著，譚汝謙編：《論中國詩》（香港：中文大學，1997年），頁125～126。

失望相交錯的情思充溢著字裡行間。劉學鍇對此詩說：「詩中所流露之無可奈何情緒，雖帶有衰頹時世之特徵，然特殊之中亦有自寓有某種普遍性。」〔註56〕確實，這種心理反映不是李商隱專屬的，乃是晚唐詩人的共同心境。晚唐人對夕陽的情感體驗，反映在各種題材的作品中，尤以懷古詩最為直接、明顯。試看：

> 殘柳宮前空露葉，夕陽川上浩煙波。（劉滄〈經煬帝行宮〉‧卷五八六）
>
> 市朝遷變秋蕪綠，墳塚高低落照紅。（李群玉〈秣陵懷古〉‧卷五六九）
>
> 柳碧桑黃破國春，殘陽微雨望歸人。（羅鄴〈春望梁石頭城〉‧卷六五四）
>
> 寒日隨潮落，歸帆與鳥孤。興亡多少事，回首一長吁。（王貞白〈金陵〉‧卷七〇一）

夕陽的慘淡餘暉灑在那荒涼蕭條的歷史遺跡上，顯得更為淒涼。他們很少去歌詠它的美麗壯觀，通過詠歎其沒落遲暮，將心中的無限感傷以落日的景象傳達出來。可以說，晚唐人對夕陽的情感體驗是淒涼的，故其創造的意境必然是悲涼荒疏的。可見，夕陽景色增強懷古詩境的蕭條荒敗的氣氛，這就是晚唐懷古詩人喜用夕陽的藝術表現上的原因。

此外，我們必須討論的是，懷古詩人透過夕陽意象，想要表現的「意」究竟什麼？懷古詩最大的特點就是以自然的永恆不變來反襯人事的變化無常。懷古詩人運用「自然──人事」意象，形成強烈對比以產生震動心靈的效果。「山川」或「明月」等意象都是唐代懷古詩中常見的自然意象，它們都做為「提供一個恆古不變的對比背景，來反襯人事的變異空幻」。夕陽也是恆古不變的自然現象，但作為自然物的夕陽有其本身的物理特質，儘管它有濃重的絢麗色彩和光芒，但

〔註56〕劉學鍇、余恕誠：《李商隱詩歌集解》（北京：中華書局，1998年），頁 1946。

臨近日暮，走向沈沒。這種物質特點就是晚唐懷古詩人喜用夕陽的思想表達上的原因。試看：

> 夕陽唯照草，危堞不勝風。（許棠〈過洛陽城〉‧卷六〇四）
>
> 江山不管興亡事，一任斜陽伴客照。（沈彬〈再過金陵〉‧卷七四三）
>
> 立馬舉鞭遙望處，阿房宮址夕陽東。（劉兼〈咸陽懷古〉‧卷七六六）
>
> 晚雲陰映下空城，六代累累夕照明。（羅隱〈臺城〉‧卷六六二）

夕陽景色強化歷史人事消亡的幻滅感，夕陽不再是代表永恆不變的自然意象，卻用來襯托出人事的變化無常了。正如「不但不是一個對比背景，反而是一個與人事同質同情的意象了。」〔註57〕

　　總之，在異軍突起的晚唐懷古詩中，夕陽的描寫已經成為不可或缺的景色，從中還散發出末世的淒涼悲傷，凸現出人事滄桑的普遍感慨。

（二）「落花」

　　在外在自然界裡，足以感人情志的物極多，如風、雲、月、露、流水、禽、鳥、蟲等。而「花」正是其中最重要的一種，中國古今詩人喜歡詠花寫花。為何如此？葉嘉瑩有明快的解釋：「人之生死，事之成敗，物之盛衰，都可以納入『花』這一個短小的縮寫之中。因之它的每一過程，每一遭遇，都極易喚起人類共鳴的感應。」〔註58〕由於「花」從生長到凋落的過程明顯而迅速，看花者一方面會產生一種欣喜之情，一方面又會產生一種憂苦之感。尤其，看落花而抒發傷春、惜春之情早已成為中國詩歌的重要抒情傳統──「傷春」。〔註59〕

〔註57〕同前註，頁 46。

〔註58〕葉嘉瑩：〈幾首詠花的詩和一些有關詩歌的話〉，《迦陵談詩》（台北：東大圖書，2005 年），頁 304。

〔註59〕王立在〈中國古代文學中的春恨主題〉一文中說：「春恨具體可分為兩種。一是面對初春、仲春美景所發生的怨春、恨春之情，見美景反生愁思……另一種則是面對暮春殘景發出的惜春、憫春之悲，痛

　　從此以後，「落花」傳統經過歷代詩人獨特的人文體現與刻意營選，具有了豐富的意義與審美價值，成爲中國詩人抒發情懷的重要意象。中國詩人藉由「落花」意象，不僅表示生命之憂嘆和男女相思之苦，進而表示家國命運之悲，以及個人抱負難以實現的苦悶。杜甫〈曲江〉其二的「一片花飛減卻春，風飄萬點正愁人」精妙地描述了落花及落花帶來的傷春的哀愁。雖然一片的落花，而卻蘊含著深沈的的哀愁，是一種寓意深厚的意象。到了中唐，落花和傷春之情的結合大幅增加，例如沈亞之〈夢遊秦宮〉云：「君王多感放東歸，從此秦宮不復期。春景似傷秦喪主，落花如雨淚臙脂。」；戴叔倫〈落花暮春感懷〉云：「杜宇聲聲喚客愁，故園何處此登樓。落花飛絮成春夢，賸水殘山異昔遊。歌扇多情明月在，舞衣無意綵雲收。東皇去後韶華盡，老圃寒香別有秋。」；白居易〈過元家履信宅〉云：「雞犬喪家分散後，林園失主寂寥時。落花不語空辭樹，流水無情自入池。風蕩醼船初破漏，雨淋歌閣欲傾敧。前庭後院傷心事，唯是春風秋月知。」從春花的凋零殘敗中，詩人感到青春不再、繁華無常，無意識地反映了安史之亂以後強烈的失落感。

　　晚唐懷古詩人對春景的感觸更加濃厚，出現了不少標明季節的詩題，如杜牧〈春日古道傍作〉、周朴〈春日秦國懷古〉、羅隱〈湘南春日懷古〉、〈春日登上元石頭故城〉、羅鄴〈春望梁石頭城〉、李頻〈樂游原春望〉等。其實，王立指出過「懷古」與「傷春」兩個抒情傳統的共性特點：「懷古常常是登臨極目時所發，空間性的視覺感受向歷史時空縱向延伸；而春恨也是發自這種視覺感受，只不過其是由眼中所見橫向性地與主體自身現存在方式對應。」〔註60〕試看其具體作品：

　　惋花褪殘紅、好景不長，聯想到自身在現實中的被否定和難於被肯定，如同春光難久，春去難歸。」見王立：《中國古代文學十大主題——原型與流變》（瀋陽：遼寧教育出版社，1990年8月），頁162。
〔註60〕同前註，頁158。

　　五陵佳氣晚氛氳，霸業雄圖勢自分。秦地山河連楚塞，漢家
　　宮殿入青雲。未央樹色春中見，長樂鐘聲月下聞。無那楊花
　　起愁思，滿天飄落雪紛粉。（李頻〈樂游原春望〉·卷六四三）
　　萬里傷心極目春，東南王氣只逡巡。野花相笑落滿地，山
　　鳥自驚啼傍人。謾道城池須險阻，可知豪傑亦埃塵。太平
　　寺主惟輕薄，卻把三公與賊臣。（羅隱〈春日登上元石頭故城〉·
　　卷六六二）

李頻在樂游眺望時，思念那已逝去的霸業雄圖，自然感慨叢生：漢代
皇帝的陵墓還籠罩在鬱蔥的興旺之氣中，在這王霸之業的地方自有一
番雄偉氣象。從此，可以感受到當時兩個王朝的炎炎盛況，即秦地的
山河與處地的關塞相連，漢朝宮殿高聳入雲。如今，未央宮前春柳已
綠，長樂宮的鐘聲遠遠傳來，但過去的氛氳盛況早已消散了，只有那
滿天飄舞像下雪一樣的楊花，引發了一陣陣的愁思。〔註61〕楊花飄落
滿天的畫面，既美麗又淒涼，充分體現出晚唐詩人的審美趣味。羅隱
則登上石頭城而眺望以「東南王氣」聞名的上元縣，但過去的英雄豪
早已進入歷史，野花和山鳥成為此地的主人。雖然只看第三句「落花」
之景，並不帶任何感傷之情，但此句在整篇詩中的造境任務，無疑是
感傷情緒的渲染。可見，晚唐詩人都將歷史興亡的懷古感慨與傷春之
情相結合，使得作品蘊含著更豐富的意涵。

　　晚唐有一位叫做李中，題為「落花」的六言詩，值得我們注意。
此詩雖然不是懷古詩，但藉以說明傷春情懷與懷古情懷相結合的構思
過程：

　　殘紅引峒詩魔，懷古牽情奈何。半落銅臺月曉，亂飄金谷
　　風多。悠悠旋逐流水，片片輕黏短莎。誰見長門深鎖，黃
　　昏細雨相和。（李中〈落花〉·卷七四八）

〔註61〕其實，楊花又稱柳絮，並不是柳樹的花，只是古代詩人把它當成了
　　　柳樹的花。康正果先生曾說：「尚未從枝頭飄落的柳絮很難引起人們
　　　注意，當他飛舞空中，引起詩人的詩興時，他已經成為落花了。如
　　　此看來，楊花開放之日，也正是它零落之時。」見康正果《風騷與
　　　豔情》（台北：雲龍出版社，1988年9月），頁335。

詩人讓讀者帶進自己的神思過程：隨著殘紅的飄搖，詩人思緒穿越時空，先到早已失去過去風光的銅雀臺，又到風多亂飄的金谷園，最後滯留在被深鎖的長門宮，美好願望幻滅之後哀怨苦悶的失落絕望之情表現得細膩入微、淋漓盡致。詩人以「落花」非常平凡的自然現象媒介進入獨創的神遊，他的神遊過程極為複雜有趣，將「傷春」、「懷古」、「宮怨」三種淵源不同的抒情傳統竟然容納在一首詩中。晚唐懷古詩不僅與詠史詩不斷互相滲透交融，「落花」這種豐富意涵的意象出現時往往與「傷春」或「宮怨」等情懷內涵相結合。這可以說是晚唐詩人特有的抒情模式。

唐代詩人杜牧一生就寫下很多傷春的詩詞，在這些作品中，他抒寫了對歷史興亡、國家盛衰的感慨，從中流露出對歷史無情、興替長存的傷感情緒，〈金谷園〉詩是杜牧懷古傷春的佳作：

繁華事散竹香塵，流水無情草自春。日暮東風怨啼鳥，
落花猶似墜樓人。（杜牧〈金谷園〉‧卷五二五）

中唐以來，以「金谷園」為背景的詩篇逐漸增加，便成為晚唐懷古詩人反覆憑弔的對象。為就取景而言，杜牧的〈金谷園〉懷古詩與中唐懷古詩有所不同，中唐懷古詩中的金谷園是百花齊放的初夭或仲春，杜牧則著重描寫開始落花的暮春。俞陛雲《詩鏡淺說續編》：「前三句景中有情，皆含憑弔蒼涼之思。四句以花喻人，以『落花』喻『墜樓人』，傷春感昔，即物興懷，是人是花，合成一淒迷之境。」〔註62〕「落花」不只是寫實景，還蘊含著世事浮雲、人生無常的感傷情緒。再看其他詩人的作品：

鶴歸遼海春光晚，花落閒階夕雨晴。（劉滄〈題王母廟〉‧卷五
八六）

人亡建業空城在，花落西江春水平。（韓偓〈吳郡懷古〉‧卷六
八二）

〔註62〕霍松林主編：《萬首唐人絕句校註集評》（山西：山西人民出版社，1988年），下冊，頁788。

欲問升平無故老，風樓回首落花頻。（李郢〈故洛陽城〉·卷五九〇）

殘花舊宅悲江令，落日青山弔謝公。（韋莊〈上元縣〉·卷六九七）

當大自然以花褪紅殘的方式預示春天即將離去的時候，懷古詩人的感慨變得更為深沈而濃厚。因為，在荒涼殘敗的歷史遺跡的陪襯之下，花落滿地的景象或殘缺的花瓣讓詩人自然聯想到頹運不可挽回的國勢。可見，落花意象與夕陽意象一樣，表面上是自然意象，但其屬性卻相同於變化無常的人事意象。晚唐懷古詩人在選取景物、構造意境時，就自然而然地將悲涼蕭瑟的情緒傾注在衰敗的景物中。晚唐懷古詩中的「落花」意象對往後文學作品影響甚多。李後主便已率先以「落花」意象來抒發那哀婉九絕的亡國之悲：「流水落花春去也」（〈浪濤沙〉）南宋覆亡之後，許多詩人將黍離之痛與落花之景鎔鑄到一起，營造出亡國之音哀以思的悲涼氣氛，同時又淋漓盡致地抒寫了作為一個亡國遺臣的失落感情。

此外，晚唐懷古詩中「落花」意象往往用來象徵無情不變的自然，以反襯人事的蕭條，試看：

玉輦西歸已至今，古原風景自沈沈。御溝流水長芳草，宮樹落花空夕陰。胡蝶翅翻殘露滴，子規聲盡野煙深。路人不記當年事，臺殿寂寥山影侵。（劉滄〈經古行宮〉·卷五八六）

本詩極寫風流事散後的古行宮：詩人先以「落花」對「流水」描寫此地不變的自然景物，再用「胡蝶」和「子規」渲染出荒涼寂寥的遺跡氛圍。這種用例普遍出現於其他詩人的懷古詩篇中，諸如：

吳甸落花春漫漫，吳宮芳樹晚沈沈。（高蟾〈吳門春雨〉·卷六六八）

帆去帆來風浩渺，花開花落春悲涼。（鄭谷〈石城〉·卷六七六）

巖邊桂樹攀仍倚，洞口桃花落復開。（徐鉉〈題紫陽觀〉·卷七五五）

詩人寫的是「落花」，但強調的卻是落而再開的循環不絕特性。「落花」

在此然是恆古長存的永恆意象，用以對比人事的短暫虛幻。

　　總之，晚唐懷古詩中表現的春景有二種，即「花開」與「花落」。在荒涼破敗的歷史遺跡之對比之下，無論「花開」或「花落」，他們都感到極度的悲傷，正如「花開花落春悲涼」（鄭谷〈石城〉）。不過，落花意象更會反映出晚唐人的時代感傷，從而突顯出晚唐懷古詩人獨特的審美感受。

第六章　結　論

　　本文以由歷史古跡所觸發的懷古情懷爲主要抒情旨歸的作品爲主要研究對象，不僅探討懷古詩的形成及唐代懷古詩的演變過程，同時考察唐代懷古詩與詠史詩的交融情形。

　　以懷古爲題的詩篇雖然首次出現於初唐，但由於關注人類共同命運的懷古主題是人人都感興趣的人性題旨，故在初唐以前的文學作品中往往發現懷古意識情態的表露，惟在整篇作品中所佔的分量較少，並不能成爲主導性的抒情旨歸。然而，在政權更替、史學發達等外在因素及感物論等文學內在因素的刺激之下，懷古情懷逐漸成爲作品的主要抒情成分。每一種詩歌題材的形成，大抵是有所沿承而加以分化的，都不是突然出現的。懷古詩，亦不例外，即由行旅、遊覽詩分化而形成的。尤其，在宋、齊的行旅詩中，懷古情懷的表現在整篇作品中所佔的分量逐漸增加，足以構成作品的主題，具備獨立成體的客觀條件。再加上，六朝文論家對感物吟志的新認識，使得詩人的注意力從內在意志轉向外在景物；政局的混亂與政權交替的頻繁，使得詩人積極反思歷史興亡、人事滄桑等歷史結局所包孕的生命哲理。

　　隨著懷古情懷越來越普遍地表現在行旅詩中，終於出現了李百藥〈郢城懷古〉。就懷古詩的形成與發展而言，此詩的意義非常重大，不但確立了懷古詩的內容結構，而且明確點出除了表徵季節代序的自

然景物以外，還有歷史古跡等人文景物能引發濃厚的時間意識，宣告了懷古詩於焉正式成立。

然而，由於初唐前期詩壇由宮廷詩人主導，作為獨立成體的懷古詩並未得到詩人的注意。到了初唐後期，詩風變革與創作環境的變化為懷古詩的產生提供了良好條件，才陸續出現富有個人特色的懷古詩。初唐後期的懷古詩基本上延續著前一個階段而發展，但亦有創新之處。就內涵情境而言，在那種追求功業、昂揚樂觀的時代心理的影響之下，詩人感嘆人事消亡的虛幻之際，不忘表露懷才不遇之悲、建功立業之志等個人情懷，使懷古詩的內涵情境得以深化；就表現形式而言，近體格律的運用可以說是初唐後期懷古詩的突出成就。他們並不拋棄古今盛衰對比的傳統表現形式，但為了順應新體式的格律要求，蘊含著特定意涵的人文景物的描寫來代替古體懷古詩的核心內容——歷史追述與景物描寫，且透過自然景物的描寫來再次強調作品主旨。

經過漫長的形成過程，懷古詩終於受到詩壇的廣泛注意，開始走上發展的道路。若注意觀察盛唐、中唐、晚唐的懷古詩，就發現懷古詩的數量繼續增加，成為晚唐詩壇的主要抒情載體。並隨著社會客觀環境與詩人主觀情思的變化，每個階段的作品體現了顯明的時代風貌與情緒。

就內涵情境而言，盛唐詩人面對歷史王朝遺跡與先賢遺址時，常常流露生命短暫的歎惋與先賢德葉的緬懷。在他們看來，人世的一切功名富貴中不免在歷史的流轉中灰飛煙滅，都無法抵禦時間支流的奔駛，但他們並不因此完全否定人類所作的種種努力，還對前代賢達仍心嚮往之。並且，生命本質的深刻體認更能引起人生緊迫感，激勵人奮起行動去建功立業而擺脫時間對生命的威脅。這種內容情境可以說是盛唐樂觀進取的獨特精神面貌的最佳體現，是有別於前後階段的繁榮盛世的生命悲歌。然而，盛唐人這種精神風貌，隨著安史之亂的戰火而煙消雲散了。在衰世與盛世的分明而強烈地對比中，大多中唐詩

人快速陷入一種難以自拔的今不如昔感，處處表現了失去樂園的迷惘
與虛無。那些曾經繁華、興盛而今寥落的歷史遺跡時時留住中唐詩人
沉重的步伐。中唐懷古詩表面上寫景，但真正要表達是深藏於內心的
幽怨與憂患。後來，劉禹錫等人面對遺跡、回想人生、反觀歷史、置
身永恆的自然那種幻滅之後的人生空漠之感傳達出來，揭開了晚唐懷
古詩空前發展的序幕。時入晚唐，急遽下滑的政治、社會現實影響了
晚唐人的社會心理。他們已經把強盛與繁榮看成過去，接受了中興已
成春夢的現實，從中體認到盛衰興亡不可抗拒的道理。對國朝的現實
與歷史的交替明明有一股深沈的傷悼，然而表達的情懷卻是平靜淡漠
的。作品中既無作者一己之身世悲嘆又無個別歷史事件結局的興趣，
而充滿著歷史遺跡所包孕的生命哲理。不過，詩人畢竟不是哲學家，
止於感嘆而找不出任何明確、合理的答案，只著重表現了對生命本質
的領會過程本身。可見，唐代懷古詩的內涵情境由死亡的生命困境逐
漸擴展到歷史興亡的不可抗拒，體現出唐人的生命關懷完全擺脫「自
我」的限制，將自己視為宇宙的一部分，又將現實的種種現象從歷史
長河的廣遠視野來看，於是獲得某種程度的自由或滿足。

　　就表現形式而言，唐代懷古詩的演變可以說是懷古詩格律化的
過程。從行旅詩沿變而分化的懷古詩以紀行記遊、歷史追述、景物
描寫、感悟興懷為主要內容結構，透過今昔盛衰的強烈對比而表現
作品主旨，大致上都是古體。但在初唐近體格律的完成，影響了懷
古詩的表現形式。為了順應這種精妍新巧的創作體式，初、盛唐詩
人一方面省略了歷史追述的內容，另一方面凸顯出自然的永恆屬
性，將懷古詩不可缺少的時間跨度和空間遷變成功地納入在篇幅有
限的近體詩裡。再經過中唐詩人的積極嘗試，在晚唐詩人許渾、劉
滄手中完成了懷古詩格律化的過程，他們終於找到最適合懷古詩的
表現體式——七言律詩。從而，晚唐詩人採用七律這種特殊的近體
形式，用形象來告訴讀者詩人的懷古指向，這裡沒有時代滄桑與人
生感悟的敘述，只有景物的描寫或意象的並置。此外，就意象的經

營或創新而言，中晚唐懷古詩人的努力和成就都值得注意。他們一方面沿襲過去懷古詩常用的典型意象，一方面賦予它以新的意涵，或運用富有時代意義的特定意象，以提高懷古詩的藝術魅力，完美地表現懷古者的哲思與詩情，使得懷古詩成爲詩壇的主要抒情載體之一。

　　至於懷古詩與詠史詩之間的交融，也是本文討論的重點之一。懷古詩與詠史詩本來是產生於不同時期，各有不同特色的詩歌類型，但兩者都涉及「歷史」，在其各自發展的過程中往往互相交融。儘管這是貫串於整個唐代詩壇普遍現象，但每個階段或每個詩人的融合方式有所不同，有的單純借用懷古詩的觸景起興特點，有的借助於景物描寫烘托荒涼氣氛乃至彰顯作品主題。詠史詩人積極運用懷古詩的寫景抒情方式，不僅使得詠史詩的風貌有所改變，使得兩類詩歌的區別和差異模糊，甚至出現不少「題爲懷古實繫詠史」之作。尤其在歷史題材湧現的晚唐，詩人往往將「懷古」一詞理解爲往後看的思索取向，幾乎沒有以獨立成體的詩歌體類看待，或感嘆人類的共同命運，或抒發一己之情懷，或評論歷史人事的是非成敗。然而，必須強調的是因景生情而抒發今昔盛衰、人事滄桑之慨的懷古詩，從形成到演變發展過程中曾經往往與行旅、遊覽、詠懷、詠史等詩類交叉，但並沒有與它們合流而消失，卻不斷地提高藝術魅力與思想內涵，成爲中國文學史上不可缺少的抒情傳統之一。

參考書目

一、傳統文獻

1. 漢・司馬遷、楊家駱主編：《新校本史記三家注》（台北：鼎文書局，31980 年）。

2. 漢・趙曄、周生春：《吳越春秋輯校彙考》（上海：上海古籍出版社，1997 年 7 月）。

3. 晉・陸機撰、張少康集釋：《文賦集釋》（台北：漢京文化，1987 年 2 月）。

4. 晉・陳壽撰、宋・裴松之注、楊家駱主編：《新校本三國志》（台北：鼎文書局，1974 年 11 月）。

5. 梁・劉勰、范文瀾註：《文心雕龍註》（台北：開明書店，1993 年 5 月）。

6. 梁・鍾嶸、王叔岷箋：《鍾嶸詩品箋證稿》（台北：中研院中國文哲研究所，1992 年）。

7. 梁・鍾嶸、曹旭集注：《詩品集注》（上海：上海古籍出版社，1996 年 8 月）。

8. 梁・蕭統編、唐・李善注：《文選注》（台北：五南出版社，1991 年 10 月）。

9. 北周・庾信、清・倪璠注：《庾子山集注》（北京：中華書局，2000 年）。

10. 唐・房玄齡等撰：《晉書》（北京：中華書局，1974 年 11 月）。

11. 唐・魏徵：《新校本隋書》（台北：鼎文出版社，1980 年）。

12. 唐・徐堅等撰：《初學記》（北京：中華書局，2005 年 1 月）。

13. 唐・李吉甫：《元和郡縣圖志》（北京，中華書局，1995 年 1 月）。

14. 唐・杜祐撰、王文錦等點校：《通典》（北京：中華書籍，1996 年 8 月）。

15. 唐・劉禹錫著、陶敏，陶紅雨校注：《劉禹錫全集編年校注》（長沙：岳麓書社，2003 年）。

16. 後晉・劉昫等撰：《新校本舊唐書》（北京：中華書局，1995 年 3 月）。

17. 宋・歐陽修等撰：《新校本新唐書》（台北：鼎文，1976 年）。

18. 宋・司馬光、元・胡三省音註：《資治通鑑》（北京：中華書局，1976 年）。

19. 宋・孫奕：《履齋示編》（台北：世界書局，1963 年）。

20. 宋・郭茂倩：《樂府詩集・相和歌辭六》（台北：里仁出版社，1981 年 3 月）。

21. 宋・李昉等編：《文苑英華》（台北：台灣商務，1983 年）。

22. 宋・楊齊賢注、元・蕭士贇補：《分類補注李太白詩》（台北：世界書局，1974 年）。

23. 宋・徐居仁編、黃鶴補註：《集千家注分類杜工部詩》（台北：大通，1974 年）。

24. 元・方虛谷編、清・紀昀批點：《唐宋詩三千首：瀛奎律髓》（北京：中國書店，1990 年）。

25. 元・方虛谷編、李慶甲集評校點：《瀛奎律髓彙評》（上海：上海古籍出版社，2005 年）。

26. 元・辛文房著、李立朴譯注：《唐才子傳全譯》（貴陽：貴州人民出版社，1994 年 2 月）。

27. 明・王嗣奭：《杜臆》（台北：中華書局，1970 年）。

28. 明・胡震亨：《唐音癸籤》（台北：木鐸出版社，1982 年 7 月）。

29. 明・胡應麟：《詩藪》（上海：上海古籍出版社，1979 年 11 月）。

30. 明・高棅：《唐詩品彙》（上海：上海古籍出版社，1988 年 7 月）。

31. 清・王琦：《李賀詩歌集注》（上海：上海人民出版社，1977 年 12 月）。

32. 清・仇兆鰲：《杜詩詳註》（北京：中華書局，1995 年 4 月）。

33. 清・聖祖：《全唐詩》（北京：中華書局，1992 年 10 月）。

34. 清・趙殿成箋注：《王摩詰全集箋注》（台北：世界書局，1996 年 6 月）。

35. 清・董誥等編：《全唐文》（北京：新華書局，1996 年 7 月）。

36. 清・阮元：《重刊宋本十三經注疏》（台北：藝文，1981 年）。

37. 清・何文煥編：《歷代詩話》（台北：藝文，1991 年 9 月）。

38. 清・丁仲祜編定：《清詩話》（台北：藝文印書館，1977 年 5 月）。

39. 清・永瑢等撰：《四庫全書總目》（北京：中華書局，1995 年 4 月）。

40. 清・王琦詳注：《三家評注李長吉歌詩》（上海：上海古籍出版社，1998 年 12 月）。

41. 清・方東樹：《昭昧詹言》（土城：漢京文化，2004 年）。

42. 清・徐松撰、趙守嚴點校：《登科記考》（北京：中華書局，1993 年 9 月）。

43. 清・王堯衢：《古唐詩合解》（台北：文化圖書，1990 年 5 月）。

44. 清・嚴可均輯：《上古秦漢魏晉南北朝文》（北京：商務印書館，1999 年）。

二、近人著作

1. 丁福保編：《歷代詩話續編》（臺北：木鐸出版社，1988 年 7 月）。

2. 于浴賢：《六朝賦述論》（保定：河北出版社，1999 年 10 月）。

3. 中國古典文學研究會主編：《文心雕龍綜論》（台北：台灣學生，1988 年 5 月）。

4. 中外文學編輯部編：《中國古典文學論叢——詩歌之部冊一》（台北：中外文學月刊社，1976 年）。

5. 方瑜：《中晚唐三家詩析論——李賀、李義山與溫庭筠》（台北：牧童出版社，1977 年）。

6. 方瑜：《杜甫夔州詩析論》（台北：幼獅文化，1985 年 5 月）。

7. 方瑜：《唐詩論文集及其他》（台北：里仁，2005 年）。

8. 王力：《漢語詩律學》（上海：上海教育出版社，1993 年 8 月）。

9. 王文進：《論六朝詩中巧構形似之言》（台北：國立師範大學國文研究所碩士論文，1978 年）。

10. 王立：《中國古代文學時代主題——原型與流變》（瀋陽：遼寧教育出版社，1990）。

11. 王仲犖《隋唐五代史》（上海：人民出版社，1992 年 3 月）。

12. 王利器校注：《文鏡秘府論校注》（台北：貫雅文化事業有限公司，1991 年）。

13. 王國瓔：《中國山水詩研究》（台北：聯經，1986 年）。

14. 王國瓔《中國文學史新講》上下冊（台北：聯經，2006 年 9 月）。

15. 王夢鷗：《古典文學論探索》（台北：正中書局，1994 年 2 月）。

16. 王瑤：《中古文學史論》（北京：北京大學出版社，1986 年 1 月）。

17. 王錫九：《唐代的七言古詩》（南京：江蘇教育出版社，1991 年 7 月）。

18. 王曙：《唐詩故事》（台北：貫雅文化，1990 年 4 月）。

19. 王曙：《新編唐詩故事集──長安勝迹史事篇》（北京：北京功業大學出版社，2001 年 1 月）。

20. 田耕宇：《唐音餘韻──晚唐詩研究》（成都：巴蜀書局，2001 年 8 月）。

21. 任海天：《晚唐詩風》（哈爾濱：黑龍江教育出版社，1998 年 3 月）。

22. 安旗：《李白研究》（西安：新華書店，1987 年 9 月）

23. 安旗主編：《李白全集編年注釋》（成都：巴蜀書社，1992 年 4 月）

24. 宇安所安著、鄭學勤譯：《追憶──中國古典文學中的往事再現》（北京：生活・讀書・新知三聯書店，2004 年 12 月）。

25. 宇文所安著、賈晉華譯：《盛唐詩》（北京：生活・讀書・新知三聯書店，2004 年 12 月）。

26. 朱光潛：《詩論》（台北：正中書局，1962 年 9 月）。

27. 朱自清等編：《聞一多全集》（上海：上海古籍，1991 年）。

28. 朱枝富：《詠史懷古》（石家莊：河北人民出版社，2001 年 11 月）。

29. 朱金城、朱易安：《李白的價值重估》（台北：文史哲，1995 年 10 月）。

30. 何文煥：《歷代詩話》（台北：藝文出版社，1991 年 9 月）。

31. 余正松：《高適研究》（成都：巴蜀書社，1992 年）。

32. 余恕誠：《唐詩風貌及其文化底蘊》（台北：文津出版社，1999 年）。

33. 吳宗國：《唐代科舉制度》（瀋陽：遼寧大學出版社，1997 年）。

34. 吳庚舜、范之麟：《全唐詩典故辭典》（湖北辭書出版社，1989 年 2 月）。

35. 吳慧蓮：《東晉劉宋時期的北府》（台北：臺灣大學歷史研究所碩士論文，1984 年）。

36. 吳調公：《李商隱詩歌研究》（台北：明文書局，1988 年 9 月）。

37. 呂正惠：《抒情傳統與政治現實》（台北：大安書局，1989 年）。

38. 李浩：《唐詩的美學闡釋》（合肥：安徽大學出版社，2000 年 4 月）。

39. 李從軍：《唐代文學演變史》（北京：人民文學出版社，1993 年）。

40. 李澤厚：《美的歷程》（台北：三民書局，1996 年 9 月）。

41. 李清筠：《時空情境中的自我影像——以阮籍、陸機、陶淵明詩為例》（台北：文津，2000 年）。

42. 杜立選注：《歷朝詠史懷古詩》（北京：華夏出版社，2000 年 1 月）。

43. 杜曉勤：《20 世紀中國文學研究：隋唐五代文學研究》（北京：北京出版社，2001 年 12 月）。

44. 杜曉勤：《初盛唐詩歌的文化闡釋》（北京：東方出版社，1997 年 7 月）。

45. 杜曉勤：《齊梁詩歌與盛唐詩歌的嬗變》（台北：商鼎文化出版社，1996 年，8 月）。

46. 佟培基：《孟浩然詩集箋注》（上海：上海古籍出版社，2000 年 5 月。）

47. 周祖譔：《中國文學家大辭典——唐五代卷》（北京：中華書局，1992 年 9 月）。

48. 周嘯天：《唐絕句史》（合肥：安徽大學出版社，1999 年 3 月）。

49. 孟二冬：《中唐詩歌之開拓與新變》（北京：北京大學出版社，1998 年 9 月）。

50. 松浦友久：《中國詩歌原理》（瀋陽：遼寧教育出版社，1990 年 7 月）。

51. 松浦友久：《李白——詩歌及其內在心象》（西安：陝西人民出版社，1983 年 4 月）。

52. 松甫友久：《李白詩歌抒情藝術研究》（上海：上海古籍，1996 年 12 月）。

53. 侯迺慧：《詩情與幽境》（台北：東大出版社，1991 年）。

54. 施蟄存：《唐詩百話》（台北：文史哲出版社，1994 年 3 月）。

55. 柯慶明：《境界的再生》（台北：幼獅文化，1977 年）。

56. 柯慶明：《中國文學的美感》（台北：麥田出版社，2000 年）。

57. 查屏球：《唐學與唐詩》（北京：商務印書館，2000 年 5 月）。

58. 胡大雷：《文選詩研究》（桂林：廣西師範大學出版社，2000 年 4 月）。

59. 胡可先：《中唐政治與文學》（合肥：安徽大學出版社，2000 年 10 月）。

60. 降大任：《詠史詩注析》（山西：山西人民出版社，1985 年 12 月）。

61. 夏敬觀等著：《李太白研究》（台北：里仁，1985 年 5 月）。

62. 孫琴：《唐五律詩精評》（上海：上海社會科學院出版社，1991 年 12 月）。

63. 徐國榮：《中古感傷文學原論——漢魏六朝文士生命觀及其文學表述》（北京：中國社會科學出版社，2001 年 12 月）。

64. 徐復觀：《中國藝術精神》（台北：台灣學生，1998 年 5 月）

65. 高步瀛：《唐宋詩舉要》（台北：學海出版社，1982 年 3 月）。

66. 康正果《風騷與豔情》（台北：雲龍出版社，1988 年 9 月）。

67. 張仲謀：《兼濟與獨善——古代士大夫處世心理剖析》（北京：東方出版社，1998 年 2 月）。

68. 張伯偉：《中國詩學研究》（瀋陽：遼海出版社，2000 年 6 月）。

69. 張志烈：《初唐四杰年譜》（成都：巴蜀書社出版社，1993 年 4 月）。

70. 張步雲：《唐代詩歌》（合肥：安徽教育出版社，1994 年 4 月）。

71. 張松輝注譯：《新譯杜牧詩文集》（台北：三民書局，2002 年 10 月）。

72. 張法：《中國文化與悲劇意識》（北京：中國人民出版社，1989 年 1 月）。

73. 張相：《詩詞曲語辭匯釋》（台北：中華書局，1989 年 9 月）。

74. 張淑香：《抒情傳統的省思與探索》（台北：大安出版社，1992 年 3 月）。

75. 張淑香：《李義山詩析論》（台北：藝文出版社，1987 年 3 月）。

76. 張燕瑾主編：《隋唐五代文學研究》（北京：北京出版社，2001 年 12 月）。

77. 曹道衡、沈玉成：《中國文學家大辭典─先秦漢魏晉南北朝卷》（北京：中華書局，1996 年 8 月）。

78. 莊嚴、章鑄：《中國詩歌美學史》（長春：吉林大學出版社，1994 年 10 月）。

79. 許文雨：《唐詩集解》（台北：正中書局，1954 年 9 月）。

80. 許炯編：《許永章唐詩論文選》（南京：南京出版社，1993 年 12 月）。

81. 許銘全：《杜甫詩追憶主題研究》（台北：國立台灣大學中文研究所碩士論文，方瑜先生指導，1997 年）。

82. 許總：《唐詩史》（淮陰：江蘇教育出版社，1995 年）。

83. 連波、查洪德校注：《沈佺期詩集校注》（鄭州：中州古籍出版社，1991 年 11 月）。

84. 郭紹虞：《清詩話續編》（台北：藝文印書館，1985 年 9 月）。

85. 郭紹虞：《滄浪詩話校釋》（台北：正生書局，1972 年）。

86. 郭紹虞：《照隅室古典文學論集》（上海：上海古籍出版社，1983 年）。

87. 郭紹虞主編：《中國歷代文論選》（上海：上海古籍出版社，1979 年）。

88. 陳寅恪：《唐代政治史述論稿》（台北：里仁，1994 年）。

89. 陳允吉：《唐詩中的佛教思想》（台北：商鼎文化，1993 年 12 月）。

90. 陳世驤：《陳世驤文存》（台北：志文，1972 年）。

91. 陳伯海：《唐詩學引論》（上海：知識出版社 1990 年 11 月）。

92. 陳伯海主編：《唐詩彙評》（杭州：浙江教育，1996 年 5 月）。

93. 陳清俊：《盛唐詩時空意識研究》（台北：國立台灣師範大學國文研究所博士論文，

94. 陳植鍔：《詩歌意象論》（北京：中國社會科學出版社，1992 年 11 月）。

95. 陳貽焮：《唐詩論叢》（湖南：人民出版社，1980 年）。

96. 陳順志：《劉長卿詩歌透視》（武漢：湖北人民出版社，1994 年 10 月）。

97. 陳慶元：《沈約集校箋》（杭州：浙江古籍出版社，1995 年 12 月）。

98. 陳鐵民：《王維新論》（北京：北京師範學院出版社，1990 年 9 月）。

99. 陶敏編：《全唐詩人名考證》（西安：陝西人民出版社，1996 年）。

100. 傅剛：《魏晉南北朝詩歌史論》（長春：吉林教育出版社，1995 年 12 月）。

101. 傅璇琮：《唐代文學論叢》（台北：文史哲出版社，1995 年）。

102. 傅璇琮：《唐代詩人叢考》（北京：中華書局 1996 年 2 月）。

103. 喬象鍾、陳鐵民主編：《唐代文學史》（北京：人民文學出版社 1995 年）。

104. 逯欽立輯校：《先秦漢魏晉南北朝詩》（北京：中華書局，1998 年 5 月）。

105. 楊文雄：《李賀研究》（台北：文史哲出版社，1980 年，2 月）。

106. 萬萍、葉維恭主編：《中國歷代詠史詩辭典》（南昌：江西教育出版

社，1998 年 9 月）。

107. 溫洪隆注釋、齊益壽校閱：《新譯陶淵明集》（台北：三民書局，2002 年 7 月）。

108. 葉嘉瑩：《迦陵談詩二集》（台北：東大圖書，1985 年）。

109. 葉蔥奇：《李賀詩集》（北京：人民文學出版社，1998 年）。

110. 董乃斌：《李商隱的心靈世界》（上海：上海古籍出版社，1992 年 12 月）。

111. 廖振富：《唐代詠史詩之發展與特質》（台北：國立台灣師範大學國文研究所碩士論文，1989 年）。

112. 聞一多：《聞一多全集》（武漢：湖北人民出版社，1994 年）。

113. 臺靜農：《百種詩話類編》（台北：藝文出版社，1972 年）。

114. 趙謙：《唐七律藝術史》（台北：文津出版社，1992 年 9 月）。

115. 劉若愚撰、杜國清譯：《中國詩學》（台北：幼獅文化，1985 年）。

116. 劉學鍇、余恕誠：《李商隱詩歌集解》（北京：中華書局，1998 年）。

117. 蔣紹愚：《唐詩語言研究》（鄭州：中州古籍出版社，1990 年 5 月）。

118. 蔣維崧、趙蔚芝、陳慧星、劉聿鑫：《劉禹錫詩集編年箋注》（濟南：山東大學出版社，1997 年 9）。

119. 蔡英俊：《比興物色與情景交融》（台北：大安出版社，1995 年）。

120. 蔡英俊：《興亡千古事》（台北：故鄉出版社，1980 年 10 月）。

121. 蔡英俊主編：《抒情的境界》（台北：聯經出版社，1982 年）。

122. 鄧小軍：《唐代文學的文化精神》（台北：文津出版社，1993 年）。

123. 鄧仕樑：《唐宋詩風──詩歌的傳統與新變》（台北：台灣書局，1998 年 1 月）。

124. 蕭馳：《中國詩歌美學》（北京：北京大學出版社，1986 年 11 月）。

125. 蕭滌非：《唐詩鑑賞辭典》（上海：上海辭書出版社，1994 年 9 月）。

126. 錢志熙：《唐前生命觀和文學生命主題》（北京：東方出版社，1997 年 6 月）。

127. 錢鍾書：《談藝錄》（臺北：書林，1988 年 11 月）。

128. 錢鍾書：《管錐編》（台北：書林書局，1990 年 8 月）。

129. 霍松林、傅紹良：《盛唐文學的文化透視》（西安：陝西師大出版社，2000 年 2 月）。

130. 霍松林主編：《萬首唐人絕句校註集評》（山西：山西人民出版社，1988 年）。

131. 霍然：《唐代美學思潮》（高雄：麗文文化，1993 年）。

132. 駱祥發：《初唐四杰研究》（北京：東方出版社，1993 年 9 月）。

133. 韓泉欣：《孟郊集校注》（杭州：浙江古籍出版社年，1995 月 12 月）。

134. 顏崑陽：《杜牧》（台北：國家出版社，1990 年 2 月）。

135. 羅宗強：《隋唐五代文學思想史》（北京：中華書局，1999 年 8 月）。

136. 羅宗濤先生指導，1996 年）。

137. 羅韜：《張久齡詩文選》（廣東人民出版社 1994 年 12 月）。

138. 嚴雲受：《詩詞意象的魅力》（合肥：安徽教育出版社，2003 年 2 月）。

139. 續修四庫全書編輯委員會編：《續修四庫全書》（上海：上海古籍出版社，2002 年）。

140. 顧俊：《歷代詩話續編》（台北：木鐸出版社，1988 年 7 月）。

141. 顧學頡：《白居易集》（北京：中華書局，1996 年 2 月）。

142. 歐麗娟：《唐詩的樂園意識》（台北：里仁，2000 年）。

143. Stephen Owen：The poetry of the early Tang，New Haven and London：Yale University，1977。

三、單篇論文

1. 方瑜：〈李商隱學杜詩新論〉，《臺大中文學報》第 15 期（2001 年 12 月）。

2. 王紅：〈試論晚唐詠史詩的悲劇審美特徵〉，《西南師大學報》第 3 期（1989 年）。

3. 王國瓔：〈個體意識的自覺──兩漢文學中的個體意識〉，《漢學研究》第 21 卷第 2 期（2003 年 12 月）。

4. 何寄澎：〈悲秋──中國文學傳統中時空意識的一種典型〉，《台大中文學報》，第七期（1995 年 4 月）。

5. 牟瑞平：〈杜甫山水景物詩中的歷史意識〉，《杜甫研究學刊》第 47 期第 1 期（1996 年 1 月）。

6. 周裕鍇：〈試論杜甫詩中的時空觀念〉，《江漢論壇》（1988 年 6 月）。

7. 尚永亮：〈論元和五大貶謫詩人的生命沈淪和心理苦悶〉，《吉首大學學報》，1997 年第 2 期。

8. 侯迺慧：〈唐代懷古詩研究〉，《中國古典文學研究》第 3 期（2000 年 6 月）。

9. 姚大勇：〈懷古詩詞文化成因試析〉，《棗莊師傳學報》1998 年第 4 期。

10. 柯素莉：〈試論懷古詩中山水審美的縱向拓展及其時空轉換〉，《江漢大學學報》第 18 卷第 1 期（2001 年 2 月）。

11. 張晶：〈中晚唐懷古詩的審美時空〉，《北方論叢》1998 年第 4 期。

12. 傅紹良：〈論李白的懷古情結與心理調適〉，《陝西師大學報》第 24 卷第 4 期（1995 年 12 月）。

13. 楊志才：〈詩歌欣賞——懷古詩〉，《外交學院學報》1995 年第 3 期。

14. 楊曉靄：〈唐代懷古詩之文化解讀〉，《西北師大學報》第 39 卷第 6 期（2002 年 11）。

15. 廖蔚卿：〈論中國古典文學中的兩大主題〉，《幼獅學誌》，第 17 卷，第 3 期（1983 年 5 月）。

16. 齊益壽：〈談六朝詠史詩的類型〉，《中華文化復興月刊》，第 10 卷，第 4 期（1977 年 4 月）。

17. 鄭正平：〈淺論唐代懷古詩不同時期的主題傾向〉，《浙江師大學報》第 25 卷，2000 年第 4 期。